Het Tristan-akkoord

www.meulenhoff.nl

Ewa Maria Wagner

Het Tristan-akkoord

Roman

MEULENHOFF

ISBN 978-90-290-9367-5
ISBN 978-94-023-1406-9 (e-book)
NUR 301

Omslagontwerp: DPS Design & Prepress Studio
Omslagbeeld: © ArcAngel
Auteursfoto: © Hester Doove
Zetwerk: CeevanWee, Amsterdam

Deze uitgave kwam tot stand dankzij bemiddeling van Marianne Schönbach Literary Agency B.V. te Amsterdam

Voor Antoine

Het was voorjaar 1970. Ik rook de bruinkool in de lucht en zag de witte gordijnen die moeder gebreid had en die met de tijd steeds grauwer werden. Dikke voorhangsels met een dicht patroon van gebreide kant, die ons platte Silezische patois moesten dempen. De gordijnen waren de grens tussen bedrog en waarheid. Buiten waren we Pools, binnen bleven we Duits.

Tijdens de avonden kwam de warmte van de kachel. Niet van jou. Op een van die nietszeggende avonden duwde je een kleine viool in mijn handen. Een kwartviool.

'Kom, we gaan spelen,' zei je en je pakte een versleten zwarte vioolkoffer uit de kast. In de koffer zat nog een viool, een grotere. De lak was roodbruin en glanzend. Op het ogenblik dat je de viool onder je kin zette, keek ik voor het eerst in mijn leven naar jouw handen. De zwarte nagels, olievlekken en krassen botsten met de schoonheid van de viool. Het beeld van jouw vingers die op een viooltoets bewogen, zal ik nooit vergeten. Tot op deze dag wist ik niet dat je viool kon spelen.

1

Ze opent de deur. De stilte in de kamer lijkt een vacuüm.

'Goedemiddag Eveline, ga zitten,' zegt Kees Dijkstra. 'Ik zal er niet omheen draaien.'

De rand van de stoel snijdt in haar dij.

'We moeten inkrimpen. En dat lukt alleen nog maar door mensen te laten vertrekken. Volgens het systeem van het UWV... ' Zijn stem steekt als een lemmet in haar oor. *Who the hell is* UWV? Ze concentreert zich op zijn woorden, waar heeft hij het over? Het woord 'bezuiniging' valt vijf keer. Een enkele keer zegt Kees 'koerswijziging'. Op de klok achter hem springt de minutenwijzer op kwart voor drie.

'We willen er juist niet met de botte bijl op inhakken,' zegt hij tot slot.

Maar ze voelt al een koude wind in haar nek. Stilte. Ze moet reageren. Nu is het juiste moment om te zeggen dat ze het er niet mee eens is. Weg hier, ze wil opstaan, maar zodra ze beweegt vloeit er een niet te stuiten warmte door haar benen. Haar voeten schuiven traag over de grond, ze legt haar handen op tafel en staat op. Waar is Kees? Waarom ziet ze hem niet meer? Haar hart pompt tegen de zwaartekracht in. Ze draait zich om maar ze kan de deur niet vinden, ineens is het donker, donker en stil.

Ze voelt een tik op haar wang en nog een. Traag opent ze haar ogen. Kees knielt naast haar. Haar oogleden vallen meteen weer dicht. De zachte klappen herhalen zich. Opnieuw kijkt ze naar Kees. Blond en breed, met een irritant lachje op zijn lippen. In plaats van naar zijn gezicht kijkt ze naar het logo van Tommy Hilfiger op zijn roze poloshirt en ze knippert met haar ogen. Nu pas merkt ze dat zijn lippen bewegen. Waarom hoort ze niets? En waarom ligt ze op de grond?

Kees buigt zich nu over haar heen, zijn adem ruikt naar koffie. Hij probeert haar overeind te helpen. Snel duwt ze hem weg, ze tast naar de stoel en gaat erop zitten. De rand die meteen weer in haar dij snijdt herinnert haar aan de reden waarom ze hier is. Zijn hoofd wiebelt, 'ja, ja' knikt hij, nee, nee, denkt zij. Misschien kan ze hem horen als ze zelf iets zegt?

'Ben ik mijn baan kwijt?' Haar tong is droog.

Kees schudt nu een duidelijk 'nee'. Maar wat zegt hij?

Door het raam valt een streepje zonlicht op het bureau. Er hangt een scheurkalender op de muur achter Kees. Twaalf februari, leest ze, met daarboven een gedicht van Vasalis.

Ze houdt van gedichten, van taal, van de zwarte tekens op wit papier. Ook al begrijpt ze de betekenis van het gedicht niet helemaal, de woorden prikken het luchtledige door, piepend stroomt er nu lucht door haar longen, ze hapt naar adem. De hoestbui die volgt maakt haar oren weer open. Ze hoort meteen Kees' felle stem.

'... en na meer dan drieëntwintig jaar weten we dat je een waardevolle collega bent. We gaan in de volgende vijf maanden ons uiterste best doen om je in het orkest te behouden. Mocht het desondanks niet lukken, dan gaan we gezamenlijk naar een oplossing zoeken.' Kees staat op en komt op haar af. Met zijn rechterhand tilt hij haar hand op en legt zijn linkerhand erop. 'Het belangrijkste is dat je weet dat we je steunen.'

Wat heb ik eraan, wil ze vragen, en ze trekt haar hand weg.

'Kun je me volgen? Gaat het wel goed met je?' De glimlach verdwijnt van zijn lippen. 'Moet ik je naar huis brengen?'

Ev trekt haar schouders op. Nee, ze wil niet naar huis gebracht worden.

'Je moet me geloven.' Hij schraapt zijn keel. 'Ik kan je niet verzekeren dat je je baan behoudt, maar we doen er alles aan om voor je op te komen.'

Wie is 'we' en wie is 'je', denkt ze, maar ze zegt nog steeds niets.

'Gaat het?' herhaalt Kees.

'Jawel.' Ev staat voorzichtig op, schuifelend bereikt ze de deur. Zonder zich om te draaien verlaat ze de kamer. Buiten, op de gang, hoort ze de muziek die haar collega's in de studio spelen. Ze wil hier zo snel mogelijk weg.

Fietsen voelt goed, de frisse lucht en het mechanische benenwerk brengen het vertrouwen in haar lichaam terug. Thuis ziet ze voor het eerst hoe pront de witte krokussen al boven de grond uitsteken.

Wat is de klimop snel gegroeid, de rode klinkers zijn bijna niet meer te zien. Een kleine meter per jaar, vertelde Floris haar ooit. Hij voert er oorlog tegen, dit jaar heeft hij flagrant verloren. Ze trekt een paar takken weg en veegt de stenen schoon. Als ze de bladeren weg wil gooien, ziet ze de deksel van de oudpapierbak openstaan. In een flits ziet ze een gescheurd muziekblad liggen. Het blad lijkt na het gesprek van vanmiddag tot een andere wereld te behoren. Waarom ziet ze het verscheuren van dit onschuldige muziekblad als een omen? Muziek is onlosmakelijk met haar levenspad verbonden, muziek bepaalt iedere dag haar leven, haar beslissingen, haar emoties. Zou ze zonder muziek kunnen leven?

Ze kijkt weer naar de krokussen. Een paar dagen geleden waren ze niet zichtbaar. En had ze Kees nog niet gesproken. Maar zijn woorden hebben wel een zaadje in haar geplant. Morgen gaat ze gewoon naar haar werk, beslist ze, om de onrust de kop in te drukken. De volle agenda met repetities en concerten is een houvast dat het tumult in de kiem zal smoren.

Ze schrobt haar handen onder de warmwaterkraan in de keuken. Fjodor, die tot nu toe in zijn kattenmandje lag, is meteen bij haar.

'Nu al honger?' vraagt ze en ze schuift hem zacht opzij met haar voet. Daarna pakt ze de altvioolkist en loopt ermee naar haar studeerkamer, waar op de lessenaar een partituur staat van Anton Dvořák, symfonie nummer negen, *Uit de Nieuwe Wereld*. Het voelt als een grap. Tientallen keren heeft ze het stuk in meerdere landen met verschillende orkesten gespeeld. Nu is het zover, haar *Nieuwe Wereld* is begonnen.

Dvořák komt uit Bohemen, Ev uit een gebied dat er niet ver vandaan ligt: Silezië. Speelt ze zijn muziek daarom zo graag? Of zijn de altvioolpartijen zo goed omdat hij zelf altviolist was? Toen ze op het conservatorium ontdekte dat hij naast Tsjechisch ook graag Duits sprak, was haar sympathie voor zijn werk nog groter geworden. Volgend jaar is er met het orkest een tournee naar Amerika gepland. Ze wil mee, nee, ze gáát mee, zegt ze hardop.

Ineens krijgt ze zin om te spelen. Ze opent de kist, het donkerrode pluche rondom het instrument heeft kale plekken. Ze neemt de strijkstok in de hand en snuift de harsgeur op die opstijgt als ze het paardenhaar opspant. Zodra ze het instrument onder haar kin schuift ziet ze Kees weer voor zich. Snel legt ze de strijkstok op de snaren en speelt, maar de kracht vloeit uit haar armen weg. Ze legt het instrument terug en sluit de kist.

Als Floris twee uur later thuiskomt, zit ze nog steeds in haar studeerkamer. Haar gezicht is opgezwollen van het huilen. Hij komt achter haar staan en legt zijn armen om haar schouders.

'Dat was te verwachten toen je die uitnodiging van Dijkstra kreeg, of zit ik ernaast?' zegt hij zacht. 'Kom, we gaan naar beneden.'

Ze volgt hem naar de woonkamer en kijkt hoe hij de kaarsen met een lucifer aansteekt. De vlammen flakkeren en werpen gouden kringen op de lage tafel bij de sofa. Floris' kale hoofd glimt, zijn kleine buikje, dat zijn zwak voor het goede leven verraadt, verdwijnt in de plooien van zijn geruite overhemd.

'Is het alleen maar slecht bericht of misschien toch ook wel een klein beetje goed?' zegt hij na een lange stilte.

'Goed? Wat kan hier goed aan zijn?' vraagt ze en ze kijkt hem aan.

Een diepe frons verschijnt op zijn voorhoofd. 'Verandering hoort bij het leven, kijk maar naar de natuur,' zegt hij. 'Soms is het juist goed als je leven een nieuwe richting inslaat. Nu verzet je je, maar probeer het ook eens anders te bekijken.'

'Ho,' zegt Ev. Natuurlijk heeft ze dat zelf ook al bedacht. 'Ik zit niet op een managementcursus te wachten, oké?'

Er valt een stilte, ze voelt Floris' irritatie. In de kamer is alleen nog het zachte knetteren van de kaarsen te horen.

'Sorry, ik ...' zegt ze en ze glimlacht. 'Ik heb gewoon pech. Er is weinig aan te doen, ik werk al zo lang in dat orkest. Ik kan niet anders... ik wil niet anders. Ik... weet gewoon niet hoe ik zonder orkest moet leven...'

'Maak het nu niet moeilijker dan het al is.' Hij schuift naar het puntje van zijn stoel. 'Ev, je reageert alsof je al definitief ontslagen bent, maar dat is toch niet zo.'

'Dat zeg je maar...'

'En trouwens, weet je nog hoe je soms aan het mopperen was? Dat je het orkest zat was? Ik hoor het je nog zeggen.'

'Hou toch op, dat is nu niet relevant, ik hou van mijn werk...' Ze verslikt zich, een hoestbui volgt. Floris haalt een glas water.

'Je moet je vader bellen,' zegt hij als hij het volle glas op de tafel zet.

'Mijn vader?' Ze begint hardop te lachen 'Wat heeft hij hiermee te maken? *Ausgerechnet mein Vater! Du spinnst...*'

Floris gaat weer op zijn stoel zitten, zijn woorden ergeren haar. Beseft hij wat hij zegt?

'Waarom zou ik?'

Maar Floris geeft geen antwoord.

'Hij is de laatste persoon aan wie ik nu behoefte heb,' gaat Ev door.

Floris glimlacht 'Precies, dat is het.'

'Wat?'

'Je vader heeft de muziek in je leven gebracht, je bent musicus, hoelang wil je dat nog ontkennen?'

'Ontkennen?' fluistert ze. Waarom begint hij nu over haar vader?

'Weet je waarom je zo veel moeite met hem hebt? Omdat je hem nooit met de waarheid geconfronteerd hebt. Je leeft een leven dat hij voor je bedacht heeft, zonder dat je dat in de gaten hebt. Altijd die leugens dat je niet thuis bent als hij belt of dat het zo lastig voor je is een datum te prikken om hem te zien. Waarom in godsnaam?'

'Meen je dat echt? Daar staat mijn hoofd nu helemaal niet

naar, ik snap eigenlijk niet waar je naartoe wilt...'

Floris staat op. 'In wezen komt het mooi uit, je wordt binnenkort vijftig, het perfecte moment om het verleden onder ogen te zien, vind je niet? Je moeder leeft niet meer, maar de band met je vader kun je nog herstellen.'

'H-e-r-s-t-e-l-l-e-n?' Ev slikt.

'Schat, je kunt je niet je hele leven achter hun opvoeding verschuilen.'

'Floris, alsjeblieft!'

Een sterke windvlaag rukt een los raampje los, Ev staat op en doet het raam dicht. Buiten valt het flauwe licht van de straatlantaren op hun tuin, de bewegende takken werpen lange schaduwen.

'Op een dag moet je toch met je vader praten. Waarom niet nu? Zeg hem wat je mij over hem hebt verteld. Ev, dit is hét moment.'

De situatie tussen haar en haar vader is haar hele leven al gespannen. De laatste jaren vraagt ze zich na iedere ruzie met hem af wanneer hij eindelijk doodgaat. Dan schaamt ze zich en voelt ze zich nog slechter. Is dit echt het juiste moment om hier iets aan te veranderen?

'Dat kan ik er niet bijhebben, zeker nu niet.'

Floris kijkt onopvallend op zijn horloge 'Hoe dan ook, het was een rotdag voor je... mmm... wat doen we met eten? Gaan we ergens naartoe of zal ik iets halen?'

Fjodor sluipt de kamer binnen, springt op de sofa en legt zijn kopje op Floris' knie. Haar blik valt op de boekenruggen in de kast. Het liefst zou ze er nu eentje uit grissen, in een verhaal duiken en de rest vergeten.

Floris staat op, pakt zijn telefoon en legt zijn hand op haar schouder. 'Stel dat je niet meer in het orkest mag werken, dan verdwijnt de muziek toch niet uit je leven?'

Wat ze moet ze daarop zeggen?

Zodra Floris weer op de sofa zit, begint Fjodor met zijn broekriem te spelen die losjes uitsteekt.

'Het komt goed, ook financieel, het is oké,' praat Floris verder en hij lacht even als de kat zijn buik laat zien. 'Het wordt geen vetpot, maar we redden het wel, het komt goed, daar zorg ik voor.'

Ze zucht, typisch Floris, meteen wil hij alles regelen en ordenen. 'Waar wil je naartoe gaan om te eten?'

Het is kort na zessen in de ochtend, de dampende mok koffie brandt in Evs handen, maar ze is zich er nauwelijks van bewust. Ze heeft slecht geslapen. Flarden van de gesprekken met Kees en Floris smolten samen, ze had nachtmerries, haar pyjama plakte op haar rug. Haar droom leek op een grimmig verhaal van Roald Dahl, besefte ze toen ze wakker werd.

Ze hoort het kattenluikje klepperen, Fjodor is binnen en bedelt meteen om eten. Op de automatische piloot vult ze zijn bakje. Terwijl hij eet, neemt ze weer een slok koffie en kijkt naar buiten, maar het is nog goed donker. Komt de zon überhaupt nog op? Haar hoofd bonkt. Paracetamol, ze drukt twee witte schijfjes uit het plastic, draait de kraan open en neemt het medicijn in. Door de vieze smaak verkrampt haar slokdarm, ze moet kokhalzen. Misschien moet ze terug naar bed gaan, naar de warmte van haar man. Maar ze blijft in de keuken staan, zet opnieuw koffie en gaat boterhammen voor Floris smeren.

Op de fiets naar de studio ziet ze de auto niet. De claxon scheurt langs haar trommelvlies, te laat, haar wang raakt al de stoep. Een man springt schreeuwend uit de Volvo. Ja, ja, het was haar fout, gelukkig trapte hij op tijd het rempedaal in.

'Niets aan de hand,' mompelt ze en komt moeizaam overeind. Ze tilt de fiets van de grond en stapt op. Doortrappen, door de pijn heen, harder, totdat ze de studio bereikt.

De schuifdeur gaat opzij, ze stapt naar binnen. Ineens beseft ze dat Kees het over vijf maanden heeft gehad, binnen vijf maanden hoort ze of ze haar baan mag houden of niet.

'Goedemorgen Ev,' hoort ze Grace, een violiste, achter haar rug roepen. Ze knikt, haar knieën doen meer zeer dan haar lief is. Weet iemand 't al dat ze bij de directeur flauwgevallen is en waarom? Soms ergert ze zich eraan hoe snel slecht nieuws zich in het orkest verspreidt, iedereen weet alles over de ander. Maar zou Kees zoiets vertellen? Vast niet.

In studio vijf pakt ze haar instrument uit, harst de strijkstok en kijkt op het infobord. Naast wie zit ze vandaag? Derde lessenaar, rechts van Wilma, een Duitse collega. Gelukkig, dat betekent rustig werken. Een paar mensen zitten al op het podium als ze haar lessenaar opzoekt. Arthur, een oudere collega van de altvioolgroep, staat op. Hij haalt zijn hand door zijn grijze baard en wil iets zeggen, maar Ev knikt verlegen en gaat meteen op haar plek zitten. Hij legt een hand op haar schouder. Ze krijgt meteen waterige ogen.

'Ik ben verkouden, sorry,' zegt ze en ze legt de stok op de snaren. Ze stemt zo lang en zo hard dat Arthur het opgeeft en terugkeert naar zijn plek.

'Gaat het?' zegt Wilma. Verbeeldt Ev het zich of kijkt Wilma zorgelijk?

'En met jou?' vraagt Ev zonder antwoord te geven. Wilma's donkere ogen, bruine krullen en het mooie spitse gezicht doen aan een eekhoorntje denken. Ze heeft de eerste verschijnselen van reuma, niet iedere dag is voor haar even goed. Ze schudt haar hoofd, maar Ev weet niet wat ze daarmee bedoelt.

De dirigent springt op de bok en de repetitie begint. *Doorn-*

roosje, een ballet van Tsjaikovski. Het verhaal uit de sprookjeswereld haalt Ev uit haar somberheid. Moeiteloos volgen haar vingers de noten, alles is weer makkelijk zolang ze niet nadenkt. Volgen wat er is, gewoon spelen. Ze luistert naar haar eigen loopjes en naar de blazersakkoorden, en ziet ineens droombeelden.

'Eerste en tweede violen, de melodie moet altijd een dans blijven,' roept de dirigent.

'"Altijd" bestaat niet meer,' mompelt Ev. De betekenis van dit woord voelt sinds gisteren anders voor haar. De strijkers moeten het deel vanaf het begin herhalen. Ev slaat de pagina terug. Zodra ze gaat spelen, komen de droombeelden terug. Halverwege het tweede deel blijft ze hangen.

Doornroosje, waar ben je? Tijdens de *Pas d'action* in het *Rose Adagio* is de muziek met de taal in haar hoofd aan het bekvechten. Nu gaat het mis. De stemmen zijn harder dan de muziek. De eerste kinderlijke stem vertelt over Doornroosje in het Pools, algauw nemen de gebroeders Grimm het over in het Duits. In de verte hoort ze zelfs het timide keelgeluid van haar lerares in het Russisch. Haar hoofd lijkt nu op een radio met verschillende zenders, waar de stemmen door elkaar spreken. Ze volgt het Pools. Nee, die taal is niet meer van haar. Dan maar liever Duits, maar dan komt haar vader te dichtbij. Toch Russisch? Ze houdt van de melodieuze klanken, maar dat is niet echt haar taal. Ineens denkt ze aan het Nederlands, maar de *Brieven aan Doornroosje* van Toon Tellegen die ze recentelijk gelezen heeft, roepen geen stem in haar op. De onverwachte stilte verrast haar. Maar ze is Tellegens twijfels en overpeinzingen niet vergeten. Integendeel, zijn verlangen liever onderweg te zijn dan een doel te bereiken, bezorgt haar koude rillingen. Is de weg belangrijker dan het doel? Er is iets met deze gedachte, gist ze, en ze verliest de controle. Haar rechterhand verkrampt. Vasthouden, denkt ze, niet loslaten. De cellisten naast haar vliegen met hun vingers omhoog en omlaag langs de toetsen. Hun handen lijken op vlezige vogels. Ev kijkt naar haar vingers. Verder, verder, ze zal spelen. Een fout, en nog een, ze moet proberen niet te sturen, haar handen kennen de weg. Ze ziet een meisje in een enorme zaal dansen. Ze heeft Evs ogen, sproeten, en ze draagt rode lakschoenen. Ben ik dat in het kasteel van Doornroosje? vraagt ze zich af. Ze heeft het zich ooit verbeeld. Maar waar was het? De grote kroonluchters, de gouden versieringen, de glimmende vloer van zwartwitte stenen – ze ziet alles voor zich. Maar dan ruikt ze ineens een zoete geur van papier en inkt.

'Ev, het is pauze... gaat het wel goed met je?' Wilma raakt haar blote arm aan. 'Je hebt bloed op je knie.'

Maar Ev schrikt meer van Wilma's koude vingers dan van de bloedvlek.

'Weet ik,' ze aarzelt, wat moet ze zeggen? 'Ik ben met de fiets gevallen... maar het gaat wel.'

De studio is bijna leeg, de musici tappen waarschijnlijk koffie uit de automaten in de kantine. Ev wordt afgeleid door een kramp in haar rechterhand die niet over wil gaan. Ze trekt haar schouders op, het helpt niet veel. Wilma is ook al weg. Ev staat op, legt haar altviool in de koffer terug, maar blijft staan. Geen zin in koffie, geen zin in collega's. Het instrument staart haar aan. Het hout glanst. Net zoals de allereerste viool die ze op haar zesde van haar vader kreeg.

'Muziek is het mooiste wat er bestaat,' zei hij toen. 'Muziek is vrijheid. Geen communist heeft er grip op, geen politiek kan haar tot zwijgen brengen.'

De viool was toen te groot voor haar, het spelen lukte niet, alles voelde ongemakkelijk. Met een donkerblauw doekje, waarop een Japanse geisha onder een gele parasol staat te lachen, poetst ze nu het blad. Ze glijdt langs de snaren en haalt stof van de hars onder de toets weg. München, Berlijn, Londen, Tokio, Rome, Moskou – hoeveel steden hebben ze samen niet bezocht? Ze raakt de viool vaker aan dan ze haar vader ooit heeft aangeraakt. De altviool en zij hebben een relatie die ze met haar vader nooit heeft gehad en nooit zal kunnen hebben. Niet omdat hij ver weg woont. Niet omdat hij een Duitser is. Maar omdat de muziek tussen hen in staat.

3

Vader, weet je nog, die frisse vrijdagavond in november? Ik loop met jou in het centrum van Katowice langs een drukke weg. De twee gespen op mijn te grote lakschoenen glimmen in de koplichten van de auto's. Ik krom mijn tenen en ontwijk de stoepranden, die zouden krassen kunnen maken. In de punten heeft mijn moeder bolletjes watten gestopt, maar ze schuiven nog steeds. De lakschoenen zijn van mijn zus, ik mocht ze voor één keer dragen.

'We zijn er.' Je wijst naar de felverlichte ingang van een grijs gebouw links van ons. Ik reik naar de twee metalen grepen van de openslaande deuren, maar ze zitten te hoog voor mij. Een man in een donkerblauw uniform aan de andere kant van het glas lacht naar me. Zijn handschoenen pakken het metaal vast en de deur gaat open. Jij en ik lopen als door een toverpoort naar binnen. Hier is het behaaglijk warm. Het plafond trekt meteen mijn aandacht. De gloeilampjes lijken op stralende bloemboeketten. Ik volg de zachte goudnevel, kijk omhoog, knipper en honderd paarse vlekken dansen voor mijn ogen. Ik lach, maar je draait je van me af. Als ik een stap wil zetten, verlies ik mijn schoen. De marmeren vloer weerkaatst de gloeilampjes. Door mijn knieën zakkend grijp ik de lakschoen en trek hem aan. Dan wil ik zo'n lichtpuntje van de grond pakken, maar sissend trek je me aan mijn kleren omhoog. Met je handen op mijn schouders duw je me nu in de richting van de stenen pilaren achterin. Enorme spiegels reflecteren het lichtspel en de mensen achter ons. Het kan niet anders, Doornroosjes paleis moet er net zo feestelijk uitgezien hebben, met dezelfde elegant geklede mensen. Ik lach naar ons in de spiegel en zwaai. Je pakt mijn wuivende hand vast en we betreden een kamer waar het ineens donker is. Hier trekken de gasten allemaal hun jassen uit en geven ze aan de vrouwen achter de balie, die allemaal dezelfde witte kragen om hun nek hebben. Het ruikt naar parfums en mottenballen. Ik knoop mijn rode jas open en draai me naar je om.

'Hans, daar ben je eindelijk,' zegt een vreemde vrouw tegen je. 'Heb je je dochter meegenomen?'

Je staat met de vrouw in een groene jurk te praten. Met haar grote ogen en een brede glimlach lijkt ze op een kikker. Wanneer ze zich naar me toe buigt, bungelt er een groot medaillon aan haar hals. Een lange, smalle groef tussen haar borsten verdwijnt in haar decolleté. Moeder draagt nooit jurken die de borsten en de schouders bloot laten.

'Hoe oud ben je? Kom je lekker naar de sprookjesmuziek luisteren?'

Een bloemige geur dringt in mijn neus en ik nies. Je kijkt me verlegen aan en helpt me vlug uit mijn jas.

'Ze is vijf,' mompel je tegen haar. Ik haast me mijn jas af te geven. In ruil daarvoor krijg ik een ronde plastic schijf met drie cijfers erop, die ik aan je doorgeef.

We lopen nu alle drie terug door de Doornroosjehal naar de brede wenteltrap. Omhoog klimmen gaat niet makkelijk met de klapperende schoenen. De treden zijn zo breed dat ik er meteen een spelletje van maak. Iedere keer doe ik een extra grote stap en dan spring ik op de volgende tree omhoog. Dan gaat het mis en knal ik met mijn schouder op de stenen. Alweer heb ik een van mijn schoenen laten vallen. Ik ga op de trap zitten en loer naar beneden. De vrouwen dragen zwierige jurken, sommige hebben zelfs sieraden in hun opgestoken haar. Ze staan bij mannen in zwarte en grijze pakken en lachen met een hoge stem.

'Kom nou toch, we moeten verder,' roep je hard achter me en je legt een arm om de blote schouder van de kikkervrouw. We betreden een enorme ruimte. Het vertrek is zo groot dat ik niet weet waar ik naar moet kijken.

'Daar is het podium voor het orkest.'

Ik volg jouw wijsvinger naar een verhoging, waarop stoelen en lessenaars staan. Ik wil vragen wat een orkest is, maar het rode pluche op de stoelen houdt me bezig. De ene rij fauteuils achter de andere, ik heb zoiets nog nooit gezien. Als dit een balzaal is, waarom zijn er dan overal stoelen?

'Kom, we gaan onze plaatsen zoeken.' Je glimlacht naar me en haalt drie papiertjes uit je broekzak. Ik loop achter jullie aan en strijk met mijn hand over iedere leuning. De stof voelt verrassend zacht. Halverwege de zaal gaan we op het pluche zitten. De kikkervrouw zit in de andere stoel naast je. Ik krijg een pepermuntje van haar in mijn hand gedrukt. Vlak daarna hoor ik een overdonderend geluid, ik spring omhoog.

'Een gong,' vertel je meteen. 'Dat is het signaal dat alle mensen die nu nog beneden staan naar hun plaatsen moeten lopen.'

'Waarom?' vraag ik en ik leg het pepermuntje op de leuning. Ik lust geen pepermuntjes.

'Als je naar muziek wilt luisteren, moet je daar zijn waar die gespeeld wordt.'

Ineens wordt het luidruchtig. Door alle deuren stromen mensen de zaal binnen. Het stoelenrood verdwijnt onder pakken en jurken. Ik draai me om en zie hetzelfde rood terug in de geschminkte vrouwenlippen. Alsof het pluche door hen heen schijnt. Kinderen, er zitten ook een paar kinderen in de zaal.

Wat zei de kikkervrouw? Sprookjesmuziek?

'Wat gaan we doen?' vraag ik.

Met de wijsvinger op je lippen maan je me stil te zijn. Ik geef het pepermuntje een tik. De val van het snoepje verdwijnt in het geluid van klappende handen om mij heen. Op het podium verschijnen vrouwen en mannen in rouwkleding. Allemaal zwart. Alleen de mannen hebben witte hemden aan. Iedereen heeft een instrument in zijn handen. Ik herken onmiddellijk de ronde vorm van een viool. Precies zo een als die van jou, vader. Maar hier, op het podium, is de viool in meerdere maten te zien. Sommige zijn zo groot dat de mannen zich erachter kunnen verschuilen.

'Dat is de dirigent,' hoor ik je fluisteren. Je wijst naar een man met een enorme haardos en een dunne stok in zijn hand. Hij buigt naar het publiek. De lichten in de zaal dimmen.

Boem! Een zweepslag van geluid laat me opnieuw van mijn stoel springen. De klank dringt door mijn ogen, mond, neus en oren met geweld naar binnen. Er galopperen paarden, ergens stormt de zee. Een slag op een enorme trommel duwt mij als een windslag in de leuning. Ik verwacht iets te zien, maar er gebeurt niets. Links en rechts van mij kijken de mannen en de vrouwen naar de spelende musici, ze blijven allemaal rustig. Zo ook mijn vader en de kikkervrouw.

Waar is het beeld?

Waar blijft het verhaal?

Mijn neus kriebelt, ik haal hem op en voel tranen in mijn ogen komen die ik snel wegslik. De klankwenteltrap zuigt me algauw in een nauwe toren van opeenvolgende klanken omhoog. Het spinnewiel draait de muziek rond. Mijn binnenste draait met de melodieën naar buiten, ineens ben ik duizelig. De spelers bewegen heen en weer en ik voel de sterke wind om mijn lichaam waaien. Zwellende toonreeksen slinken en komen weer terug. Hoog, laag, donker, schril. En plotseling valt alles stil. Ik ben nog ver weg als je begint te klappen. Daarna klappen ze allemaal heel hard.

Het volgende moment komt er een vrouw in een roze jurk met schitterende steentjes erop naast de dirigent staan. De dirigent beweegt zijn handen, zijn witte stokje trilt even en de violen zetten zacht in. De vrouw sluit haar ogen en begint te zingen. De muziek kabbelt langzaam voort. Ik begrijp haar niet. Haar hoge stem schittert zoals de steentjes op haar jurk. Ze houdt soms een 'o' of een 'a' langer aan, verandert de hoogte en de snelheid van de woorden om de muziek bij te houden. De letterklank smelt met de muziek samen en schildert kleuren in mijn hoofd. Ze veranderen van toon en kracht, groeien, verdwijnen. Het klinkt anders dan alles wat ik ken. Haar stem dwingt me in de muziek te blijven.

En dan weet ik het ineens. De zangeres doet wat ik ook vaak doe. Ze verzint woorden, ze speelt met de letters en verbindt ze op dezelfde manier met elkaar als ik altijd thuis doe. Mijn moeder of Nina kunnen ze wel begrijpen. Dat is de magie: iets doen wat anderen kunnen volgen, terwijl ik het helemaal zelf verzin!

Jij speelt nooit mee, ook niet thuis, als je vrij bent. De muziek houdt opnieuw mijn aandacht gevangen met haar lijnen. Die komen met takken overeen, takken waarop woorden als bladeren groeien. De muziek beweegt ze, zoals de wind met echte bladeren speelt.

Pamiętam ciche, jasne, złote dnie,
Co mie się dzisiaj cudnym zdają snem,
Bo był otwarty raj także i mnie,
Bo był otwarty w dziecińistwie mem.

I czasem myślę, żem ja tylko spał,
Że całe życie moje było snem,
Zbudzę się, raj ten odnajdę com miał
Com miał w dziecińśtwie mem!

Ik herinner me de rustige, lichte, gouden dagen,
die vandaag op een prachtige droom lijken,
het paradijs was ook voor mij eens geopend,
voor mij als jongen in mijn kinderjaren.

En dan denk ik dat ik alleen heb geslapen,
dat mijn hele leven alleen een droombeeld was,
ik word wakker en zoek naar het paradijs,
dat ik als kind al gehad heb!

De woorden in het Pools klinken verdraaid, ik kan ze niet goed begrijpen maar het maakt niet uit, mijn gedachten kleuren toch wel. Ik glimlach naar de muziek, doe de zangeres in gedachten na en sluit mijn ogen. Algauw val ik in slaap.

In mijn droom zitten het publiek, mijn vader en de kikkervrouw doodstil. Alles verzinkt in een veelstemmige klank. Het pepermuntje is een gifpil. De rode lakschoenen lopen vanzelf terug naar mijn zus. Mijn vader drukt een viool en een strijkstok in mijn handen en zegt dat ik door moet gaan. Gaan? Waarnaartoe? Het instrument vergroeit met mijn hand. Het wordt een verlengstuk van mijn lichaam. Zodra ik de strijkstok op de snaren leg, kan ik niet meer stoppen. Mijn ongemak groeit, maar ik kan niet anders dan blijven spelen.

'Muziek is beter dan stilte,' zeg je.

Dat is niet waar, wil ik schreeuwen, maar vanaf het moment dat de viool mijn lichaam is, kan ik niet praten. Woorden, waar zijn jullie gebleven? Ze fluisterden altijd in mijn hoofd, vertelden me wat ik niet wist. Huilend speel ik door, op zoek naar het gefluister, maar ik ben alles kwijt. De muziek die ik zelf speel, maakt me verdrietig. Vader, ik wil mijn woorden terug.

2

'Ev, je had toen al je hart moeten volgen,' zegt haar zus Nina, door de telefoon als ze een paar dagen later het nieuws hoort.

'Iedereen weet kennelijk beter wat ik moet doen,' reageert Ev geprikkeld, 'waarom had ik niks door? En als dat echt zo is, waarom heb je dan vijfenveertig jaar gewacht om me dat te zeggen?'

Ev raakt buiten adem. Toen was ze een kind. Hoeveel zelfbewustzijn heb je als zesjarige? Hoeveel vertrouwen in jezelf? Hoeveel kennis?

'Kom op Ev, dat weet je best. Je hebt de viool voor hem gekozen en als je dat ontkent, dan kan ik je niet meer volgen. Wanneer word je eens volwassen? Al die tranen, de ruzies tussen jullie, jezus, alsof je dat nog niet beseft!'

'Waar heb je het in hemelsnaam over?' zegt Ev. 'Je hebt me hier nog nooit iets over verteld, en nu ineens zit je op je praatstoel. '

'Nee, ik zou niet tussen vader en jou durven komen, maar ik was ook thuis toen de boeken door de kamer vlogen als je met hem ruzie maakte. Moeder en ik waren alleen het decor in jullie drama.' Ze raakt buiten adem.

'Nina...'

'Verdorie, doe nu niet zo schijnheilig, je hebt ons gezin kapot gemaakt, dat weet je toch!'

'Dat is niet waar, waarom zeg je dat?'

'Je moest jezelf zo nodig waarmaken. Gewoon doen vond je stom. Altijd iets extra, altijd iets anders. Trouwen en kinderen krijgen vond je burgerlijk.'

'Toen was ik een puber, Nina, alsjeblieft...'

'Lekker dan, voor mij: zonder baan, twee kinderen en een echtgenoot die toentertijd meer werkte dan bij me was, hè? Nooit bij stilgestaan?'

'Houd toch op, thuis mocht ik helemaal niets, ik had alleen maar plichten. Jij niet, je was de prinses die overal mee naartoe mocht, die tijdens verjaardagen van oma tentoongesteld werd, die door tantes geaaid werd en met moeder op vakantie mocht, ik moest altijd alleen maar studeren!' Ev bonkt met de vuist op de tafel. En hoewel de knal *con sordino* uitvalt, doet haar hand zeer. 'Ik moet nu gaan.'

'Ja natuurlijk, vlucht maar gauw, daar ben je goed in,' zegt Nina geërgerd. Ze verzucht: 'Waar ga je naartoe?'

'Naar mijn werk.'

'Je bent gek... je zei dat je ontslagen bent. Of ik snap het niet, of je liegt. Je hoeft toch niet te werken?'

Met een harde klap legt ze de smartphone op tafel, ze weet het zelf niet meer. Ze is niet ontslagen en ze wil werken! Zoals iedere dag staat ze er ook vandaag voor op en gaat ze 's avonds uitgeput, met de muziek in haar hoofd, naar bed.

Dit telefoongesprek sloeg nergens op. Ze haat apparaten en in het bijzonder telefoons, om met Nina te praten moet Ev haar zien, de gebaren lezen. Anders krijgen ze ruzie. Zoals nu. Wat heeft Nina eigenlijk gezegd?

Ev moet helemaal nergens naartoe, waarom heeft ze gelogen? Vandaag heeft het orkest een vrije dag, maar dat hoeft Nina niet te weten. Rillend staat ze voor de verwarming en draait de knop open. Ze krijgt Nina's woorden niet uit haar hoofd. Ev wordt chagrijnig. Nina heeft gelijk, muziek en vader zijn een synoniem voor haar: als ze muziek zegt, denkt ze aan haar vader.

Ze lijkt op haar vader. Ze heeft zijn blauwe ogen, de vorm van zijn neus. Ze ergert zich aan haar grote oren, die het evenbeeld van de zijne zijn. Als puber was ze bang dat de Duitse wortels van haar vader haar zouden buitensluiten, dat vrienden haar met nazi's zouden associëren. Ze heeft dat toen zelfs in een encyclopedie opgezocht. Drie lichaamskenmerken bepalen de rasindeling; pigmentatie – daar horen huids-, haar-, en oogkleur bij; lichaamslengte en schedelvorm. Haar schedel was een kopie van de zijne. Zijn gezicht spiegelde het hare, ze wist precies hoe ze eruit zou zien als ze ooit oud zou worden: ze krijgt wit krullend haar en haar lichaam zal net zoals het zijne rond de heupen verzakken. Vader en zij zijn dubbelgangers met een verschuiving in de tijd.

Waarom zou ze hem überhaupt iets vertellen? Ze weet wel een paar goede antwoorden op die vraag, maar ze wil zichzelf zijn medelijden besparen. Alleen al de gedachte aan vaders grijnzende gezicht en de woorden 'ik wist dat je het niet ging redden' maken dat ze zich ziek voelt.

Paniekerig pakt ze de telefoon en zoekt de herhaalfunctie, nu pas ziet ze de barst op het beeldscherm. Er blijven zweetvlekken van haar vingertoppen achter op het scherm.

'Nina? Ik ben het nog eens, vertel vader alsjeblieft niets hierover, oké?'

'Waarom?'

'Ik moet... ik wil het hem zelf zeggen.'

'Net zei je iets anders.' Ze valt stil.

'Ben je daar nog?' vraagt Ev.

'Wanneer gaan jullie twee eindelijk eens normaal doen?'

Ev drukt op het rode hoorntje in het display. Weg, ze tovert haar zus voor de tweede keer weg uit de woonkamer. Heel gemakkelijk duwt ze Nina's beeld terug naar de opgeknapte woning in het Poolse Tychy, midden in een betonnen woud van flatgebouwen. Hun werelden raken elkaar niet. Nina vond niets mooier dan kinderen baren en opvoeden. Geen ambities, geen carrière, ze leeft het leven van dag tot dag en is nog gelukkig ook.

Ev kijkt door de tuindeur naar de Japanse esdoorn. Hoe is het mogelijk dat er nog een paar rode bladeren aan zitten? Deze uitblinkers hebben de winter overleefd, nu tekenen de bladeren zich af tegen de kale struiken erachter, wonderlijk. De lente moet nog beginnen.

Is ze jaloers op Nina? Op haar twee dochters? Nina lijdt tenminste niet onder een ziekelijke ijver om alles perfect te willen doen. Ja, ze is jaloers op een levensgevoel dat ze niet kent. Op Nina's familiebanden en misschien ook op het eenvoudige geluk. Nina hoefde niets te doen om de goedkeuring van haar ouders te krijgen, ze hoefde ouderliefde niet te verdienen.

Het is nog steeds te koud in de kamer. Net als ze wil opstaan om een deken te halen springt Fjodor op haar schoot. Zijn warme vacht duwt hij tegen haar buik. In een opwelling van tederheid streelt ze hem en kust zijn kop. Hij sluit zijn ogen en begint te spinnen. Het mechanische strelen van het kattenlichaam verzet haar zinnen en ze ziet weer haar vader: jong, lachend, met die ene krul op zijn voorhoofd en zijn neus, die toen nog niet gebroken was.

Vader de dierenhater.

Vader de muziekliefhebber. Met de viool in zijn handen speelt hij voor.

Ze moet hem nadoen.

Hij wacht op haar.

Vader, herinner je je nog het jaar 1969, toen ik vijf werd? Het was een zonnige, warme dag, ik lag onder jullie grote bed in de slaapkamer. We sliepen allemaal in één kamer. Er waren slechts drie vertrekken in onze woning: de keuken, de woonkamer en de slaapkamer. Onder het bed lag ik graag, ondanks het stof. Hier kon ik alleen zijn.

Deze ochtend vertelde moeder me dat elke vinger voor een jaar van het leven staat. Ik telde mijn vingers: *raz*, *dwa*, *trzy*, *cztery*, *pięć*. Ik was een handvol oud. Ik telde mijn vingers nu opnieuw, maar kriebel in mijn neus leidde me af. Snel kneep ik met beide handen in mijn dijen om niet te niezen. Als je iets niet wilt, moet je in je vel knijpen, zei kabouter Gapcio, de hoofdpersoon uit mijn lievelingsboek. Het deed een beetje pijn, maar de kriebel was voorbij. Ik luisterde naar de geluiden in de woning. Als jij of moeder me zou vinden, moest ik naar de fotograaf. En zo niet, dan zouden jullie er misschien zonder mij naartoe gaan.

Waar was mijn Petronella? Moeder breide haar voor me toen ik nog ‘minder vingers’ oud was. Waar was ze? Ik had het popje hier voor jou verstopt, je wilde haar gisteren weggooien. Ik tastte de hoek achter de beddenpoot af. Daar zat ze, ik trok haar naar me toe. Ze was vuil, op haar fluwelen rokje hing een stofdraad. Ik keek naar haar wollen glimlach en lachte terug. Mijn vijfjarige vingers kneedden Petronella’s zachte lichaam, aaiden het wollen haar. Ik drukte mijn lippen op haar hoofd. Petronella was van mij en niet Lala, die ik met mijn verjaardag had gekregen.

'Kijk, dat is Lala,' had tante Elza trots gezegd toen ze me haar cadeau gaf. 'Ze heeft echt haar en draagt een spijkerbroek. Moet je naar de ogen kijken, ze heeft echte wimpers, zo mooi opgemaakt, een echte modepop, vind je niet?'

Nee, dat vond ik niet. Ik pakte haar uit de doorzichtige doos en voelde de kou van het plastic. Haar spitse vingers krasten over mijn hand en lieten rode strepen op mijn huid achter. Petronella zou dat nooit doen. Lala was stijf en hoekig. Haar ogen klopten ook niet. Hoe ik haar ook draaide, ze keek boven mijn hoofd en niet naar mij.

'Ze past uitstekend in de groene auto, met haar broek,' riep je vrolijk. Herinner je je nog de grote plastic auto, die na deze dag nog jarenlang onder de badkuip in de badkamer stond? Jouw cadeau voor mij. Het was een tractor op grote zwarte wielen met een nog grotere achterbak, waarmee je bouwblokjes kon vervoeren. Een auto, wat moest ik daarmee? Je greep Lala uit mijn handen en zette haar in de bak. Ze paste er inderdaad in, maar ik snapte niet wat dat met mijn verjaardag te maken had.

'Zo, nu kan die lelijke lappenpop eindelijk weggegooid worden,' zei je.

Uit mijn neus liep vocht, ik veegde het met mijn witte mouw af en kuste Petronella opnieuw. Haar twee glimmende knopen, met een kruis in het midden, keken me lief aan. Ik schoof haar lange wollen haar opzij en ondanks dat ze geen oren had, vertelde ik haar dat ik niet naar de fotograaf wilde. Ik wist dat ze me kon horen.

De deur van de slaapkamer ging open. Ik kneep meteen weer in mijn dij. Een smalle streep zonlicht verlichtte de vloer en ik zag de voeten van mijn moeder. Ze zette een stap dichterbij en ik keek naar haar blote tenen. Kleine stofdeeltjes dansten rond haar rode nagels en kwamen op de hoge hakken te zitten. Ze droeg de schoenen alleen als jij thuis was. Zodra je de deur uit was, schopte ze ze in de hoek.

'Kom, het is tijd. Waar ben je?' riep ze nu.

Ik bewoog niet.

'Ze zit onder het bed, mam,' hoorde ik Nina vanuit de woonkamer zeggen.

'Nee toch! ' Moeders schoenen maakten een dansje en haar tenen verdwenen achter haar knieën. 'Dat kind maakt me razend... '

Nu zag ik ook jouw voeten in grote vilten huisschoenen erbij komen. Je knielde naast mijn moeder. Jouw rode gezicht verscheen onder het bed en het was jouw hand met zwarte nagels die me eronderuit trok. Ik klemde Petronella met al mijn kracht tegen me aan. Toen ik voor je stond, deed je een zwaai naar achteren met je andere hand. Moeder ving jouw pols op en hield hem vast.

'Niet in haar gezicht, we gaan zo naar de fotograaf,' zei ze. Toen draaide je me om en je hand landde een paar keer op mijn rug en op mijn billen.

Petronella mocht niet mee. Ik stond in mijn ondergoed in de keuken en wachtte af. Mijn billen deden pijn en mijn huid brandde. Niet huilen, niet huilen, dacht ik, en ik kneep weer in mijn bovenbenen. Het geluid van stromend water in de badkamer vermengde zich met moeders krijsende stem. Door de open deur zag ik haar armen op en neer bewegen. Ze wreef mijn witte matrozenpakje over het wasbord. Petronella's ogen waren nat.

'Ik ga niet zonder jou, hoor,' troostte ik haar.

'Wat zeg je daar?' vroeg je en je gaf me een mep op mijn hoofd. Een buik zo rond als een bal puilde uit je zwarte broek. Je passeerde me, bleef voor de spiegel staan en legde een zwart haarnet op je hoofd. Zorgvuldig stopte je je haar eronder en trok het net strak aan de touwtjes erachter. De krullen op je hoofd werden platgedrukt. Een zoete parfumlucht drong uit jouw richting in mijn neus, ik niesde.

'Dat komt door die vieze pop,' zei je en voordat ik een beweging kon maken greep je naar Petronella. Ik keek hoe ze door de lucht vloog en op het fornuis landde. Petronella!

Ik snelde van mijn stoel naar het fornuis en pakte Petronella. Gelukkig brandde er geen vuur. Toen keek ik naar je. Jouw staalblauwe ogen leken ineens op die van een dier in mijn sprookjesboek.

'Zeg Ernst, moet ze echt in dat matrozenpak naar de fotograaf?' Moeders handen waren rood en op haar voorhoofd plakte een bruine haarlok. Haar vingers knepen in mijn natte bloes. Ze zag de druppels niet die op de grond vielen. 'Ik kan haar ook een mooi jurkje aantrekken.'

'Nee, waarom? Wat is er? Geen rokken, geen vieze poppen en al dat meisjesgedoe,' zei je, 'begrepen?'

De keukendeur ging open en mijn zus kwam in een witte jurk naar binnen. Ik herkende hem meteen, dat was haar kanten jurk van het eerste-communiefeest. Ze was zo mooi dat zelfs Petronella uit mijn handen gleed. Om Nina's opgestoken haar zat een groene bloemenkrans, gemaakt van mirte, wist ik van mijn moeder. Ik wilde ook een jurk. Ik wilde ook lang haar.

'Mam, moet ik ook de witte handschoentjes aandoen?' vroeg mijn zus.

'Ja... en vergeet de gewijde kaars niet.'

'Wat? Moet die ook mee?' Nina was oprecht verbaasd. 'Ik hoef toch niet voor de tweede keer naar de eerste communie?'

Mijn ouders barstten tegelijk in lachen uit.

'Waarom lachen jullie?' vroeg ik, maar moeder keek me niet aan. Ze streelde de schouder van Nina. Toen deed ze een stap naar achteren.

'Mijn schoenen!' Ze stond in een plas water, keek naar me en zei: 'Kind, je maakt me razend.'

Petronella lag voor mijn voeten, ik pakte haar weer op en drukte haar tegen mijn buik.

'Ernst, ik krijg dit toch nooit binnen een half uur droog.'

'Schiet dan op.' Je haalde je schouders op toen je het zei.

We waren te laat. De fotograaf zou mijn opa kunnen zijn, die had ik namelijk niet. Hij begroette ons vriendelijk en wees ons de stoelen in de wachtkamer. Hij was met andere mensen bezig. Het was donker in de wachtruimte en het rook er penetrant. Tegen de muur stonden vier stoelen op een rij waarop we gingen zitten. De fotograaf verdween achter een donkerblauw fluwelen gordijn. De stoel was te hoog voor me. Ik moest me op mijn ellebogen optrekken, waardoor de houten zitting behoorlijk vochtig raakte van mijn mouwen. Maar toen ik de tentoongestelde zwart-witportretten aan de muur ertegenover zag, vergat ik alles. Iedere afbeelding was door een aparte lamp verlicht. De vrouwen hadden gefriseerde haarkunstwerken op hun hoofden. Hun glanzende monden waren rond en open, maar ze lachten niet. Lange wimpers wierpen rare schaduwen over hun wangen. Ze deden me aan Lala denken. Geen van de vrouwen leek op Petronella, dacht ik. Mocht Petronella niet mee omdat ze lelijk was?

'Wil je iets drinken, jongeman?' vroeg de fotograaf. Mijn zus keek me aan en begon te giechelen. Moeder trok haar perfecte wenkbrauwen omhoog, waar ze vanochtend veel tijd aan had besteed. Ik viel bijna van de stoel af, zo diep boog ik me naar voren om de genoemde jongen te zien, maar we waren alleen in de wachtkamer.

'Nee, dank u,' zei je ineens. Ik kwam weer omhoog en ging normaal zitten. In een fractie van een seconde zag ik dat moeder je met roofvogelogen aankeek. Vervolgens legde je jouw hand om mijn schouder, trok me naar je toe en zei met een kalme glimlach: 'Hij heeft net thuis nog iets gedronken.'

3

De laatste repetitie van deze week zit erop. Morgen concert, denkt Ev, het eerste van de vijf maanden tijd waar mijn toekomst van afhangt. Ze sluit de altvioolkist, hijst het instrument als een rugzak op haar rug en verlaat de studio. Zonder iemand gedag te zeggen stapt ze op de fiets. De wind waait hard, de kist met het instrument geeft haar meer balans in bochten maar haar hersens bevriezen, ze mist een muts. Voor het huis ziet ze Fjodor zitten. Ev stopt bij de poort wanneer een schel geluid haar aandacht trekt. Er komt een felrode scooter de hoek om met een zwartgeklede vrouw erop. Ze draagt een helm, maar Ev herkent haar onmiddellijk.

'Hoi Ev, hoe is 't met je?' roept Helga. Ze stopt de scooter maar blijft erop zitten. 'Lang niet gezien!'

Ze zet de helm af, een heleboel blonde krullen springen om haar gezicht. Hoewel ze vier jaar ouder is dan Ev, lijkt ze met haar meisjesachtige figuur op een puber.

'Ik heb last van mijzelf, maar voor de rest gaat het goed.' Ev grinnikt. 'En jij dan? Alles goed?'

Helga zet eindelijk de motor af. 'Nee, het gaat helemaal niet goed.'

'Wat is er?' Nu pas ziet Ev de rode vlekken op Helga's gezicht.

'Mark is bij me weg.'

Ev knippert met haar ogen. Ze ziet hem meteen voor zich

met z'n stijlvolle baardje en zonnige lachje. Wanneer heeft ze hem voor het laatst in de straat gezien? Ev legt een hand op Helga's schouder. 'Dat meen je niet, ik weet even niet wat ik moet zeggen...'

'Weet je, het is zo... zo... zo cliché... Sinds ik de vijftig gepasseerd ben, voel ik me onzichtbaar.' Helga barst in huilen uit maar gaat verder: 'Overal ben ik overbodig. De hufter, hij heeft het met bijna iedereen gedaan en ik wist van niets. En nu heeft hij een piepjonge vriendin.'

'Ik kan me dat niet voorstellen...' Ev krijgt bijna zelf zin om te huilen. 'Wil je niet binnenkomen? We staan midden op straat.'

'De hele sfeer op mijn werk is verpest, hoe heeft hij dat kunnen doen?'

Mark en Helga zijn artsen en werken samen bij het AMC in Amsterdam. Voordat ze iets vraagt, gaat Helga door. 'Idioot,' verzucht ze, 'ze is negentien jaar jonger dan hij. Kun je je dat voorstellen?'

'Wie?'

'De nieuwe natuurlijk!' Helga schreeuwt het zo hard dat een passant verderop zich naar hen omdraait.

'Kun je er misschien nog over praten met Mark?'

'Ev, je bent echt niet van deze wereld, er valt niets meer te zeggen. Zijn beslissing staat vast. Zijn spullen heeft hij al meegenomen...'

'Kom, we gaan binnen verder,' zegt Ev licht geïrriteerd. Ze is eigenlijk te moe, maar wat Helga overkomen is, is gewoon te heftig om hier te bespreken. 'Sinds wanneer... ik bedoel, hoe weet je... heeft Mark je dat zelf verteld?'

'Alice woont gelukkig ver genoeg bij deze ellende vandaan. Ik ga haar bellen, ja, ik ga haar als eerste bellen. Dat vervloekte tijdverschil, ik vergeet telkens hoe laat het bij haar in New

York is. Weet jij dat? Maakt niet uit, even opzoeken...'

'Dat kan nog even wachten, kom je?' Ev zet een paar passen naar haar huis. Maar Helga maakt geen aanstalten om mee te gaan. Ze staart weer naar haar mobiele telefoon. Ze blijft wijdbeens op haar scooter zitten.

Ev kucht. O nee, niet weer dat rothoesten. Haar ogen worden rood en glazig. 'Sorry, ik heb last van kriebel,' zegt ze snel en ze kucht verder, het lijkt wel *staccato*.

Helga laat eindelijk haar handen met daarin de telefoon zakken en draait zich naar Ev toe. 'Verdomme, ze weet het al.'

'Heb je zin in koffie? Of wijn?' poogt Ev nog een keer haar buurvrouw naar binnen te lokken. Maar Helga hoort het niet, ze toetst driftig op haar telefoon.

'Ik bel je, oké?' zegt Ev en ze gaat ervandoor.

'Beloofd?' roept Helga haar achterna.

Ev blijft staan, het valt niet mee haar zo achter te laten. Ze heeft het nu vast niet makkelijk want alles wat Helga denkt, doet en waarvoor ze iedere dag opstaat draait om haar werk. Met haar royale salaris als kinderchirurg zal ze het wel overleven, daar maakt Ev zich geen zorgen over. Maar sinds haar dochter in Amerika woont, is ze veranderd. Als Ev aan Alice denkt, denkt ze ook aan de onophoudelijke ruzies tussen die twee. Nog geen jaar geleden vertrok Alice naar Amerika. Sindsdien is de moeder-dochterrelatie prompt verbeterd. Tenminste, volgens haar vriendin. Helga bemoedert te graag. Is dat waar Mark op afgeknapt is?

Kinderen zijn lastig, als je ze krijgt is je leven afgelopen, alles komt je tegen te zitten, heeft Evs moeder steeds herhaald. Waarom denkt ze daar nu aan?

Zonder om te kijken zwaait Ev kort met haar hand. Met de fiets loopt ze achter het huis om. Ze zet de fiets tegen de muur en gaat naar binnen. Vermoeid kijkt ze naar de vieze kopjes die sinds het ontbijt nog steeds op het aanrecht staan, ze opent de vaatwasser en zet alles erin. En dan denkt ze aan haar vader. Ze heeft hem nog steeds niet gebeld.

4

De nieuwe week begint met de negende symfonie van Gustav Mahler. Bij Mahler zijn verschillende opstellingen van het orkest mogelijk. De chef-dirigent kiest voor de oude, Duitse opstelling. Hierbij gaan de contrabassen achteraan zitten. De eerste violen zitten zoals gewoonlijk links, dan de altviolen, de celli en geheel rechts de tweede violen. Het gaat erom dat het geluid van de contrabassen over het gehele orkest verdeeld wordt. En de dialoog tussen de eerste en tweede violen komt beter tot zijn recht.

Ev zit ongemakkelijk op haar stoel. Het is niet alleen de plek maar ook de rolverdeling aan de lessenaar die haar uit balans brengt: in het geval van *divisi* speelt de speler links de onderpartij en de rechterspeler de bovenpartij. Precies het tegenovergestelde van hoe het normaal gesproken is. Ze kan zich moeilijk concentreren, 's nachts ligt ze wakker, overdag voelt ze zich moe, nu zit ze ook nog op een andere plek op het podium en ook nog op een andere stoel. Alweer iets wat buiten het patroon valt.

'Altviolen, deze frase is intens vibrato en forte, willen jullie dat eens alleen spelen?' vraagt de dirigent. Het klopt niet wat hij zegt, denkt Ev.

'Er staat *ruhig* en *mezzoforte*,' mompelt ze maar ze heft haar instrument en speelt braaf met de hele groep wat de dirigent wil. Wat mankeert haar? Nooit heeft ze problemen met dirigenten gehad. Of is het haar overgevoeligheid die haar de laatste tijd parten speelt? Achter elk woord, elk gebaar zoekt ze een dubbele betekenis.

Mahler is van haar. Ze herinnert zich de woorden van een bekende Nederlandse dirigent: 'Muziek voor boven de boomgrens.' Eerst ziet ze groene bergen. Hoge bergen waar de toppen ondergesneeuwd zijn. Er is een duidelijke grens tussen de bomen, de sneeuw en de strakblauwe hemel erachter. Haar vingers volgen de lastige reeks zestienden en ze focust zich op de voortekens. Het zijn er te veel, netelig om ze in dit tempo te spelen. Een grens. Nu moet ze oppassen, ze springt van de eerste naar de vijfde positie. Gelukt. Ze houdt te lang haar adem in. Een grens, het woord krijgt ineens een felrode kleur. Kuchend hapt ze naar lucht. Nu en toen, verleden en toekomst, muziek en stilte – alles heeft een grens, een overgang, een lijn. Deze symfonie verwijst naar het moment van scheiden, naar verandering. Ev fronst. Een motief van Beethoven dringt zich in de muziek van Mahler op. Verbeelding? Waar kent ze het fragment van?

Ineens herkent ze de pianosonate, *Les Adieux* of *Das Lebewohl* in het Duits. De titel krijgt nu een andere lading. Nog vijftien weken, denkt ze, over vijftien weken weet ze wat er gaat gebeuren. Mahlers suggestie van afscheid laat haar niet meer los.

De dirigent gaat over naar het tweede deel. Driekwart maat, het ritme voor een wals. Hier een boerendans. Een twee drie, een twee drie... Midden in een sentimentele wals wisselt onverwacht het tempo. Pats, ze let niet op en vliegt eruit.

'Dat is *pizzicato*, niet *arco*, Ev,' zegt haar collega Frans vanaf de eerste lessenaar en hij tikt met zijn strijkstok op de bladzijde.

'Weet ik,' zegt Ev snuivend. Warmte golft door haar lichaam. Iedereen maakt fouten, worden de anderen daar dan ook op gewezen? Ze willen mij niet meer, denkt ze. Kees had gelijk met zijn 'wij' en 'je'. Haar vingers verlammen op de toets. Het loopje van de zes opstijgende achtsten lukt ook al niet meer. Waardeloos. Vroeger voelde ze zich niet zo snel op haar vingers getikt. Onzin! Mahler is gewoon lastig, de altvioolpartij is soms onlogisch en ambivalent. Concentratie, oppassen. Ze ziet de zweetvlekken die haar vingers op de toets achterlaten. Nu is er nog muziek, straks komt alleen nog maar stilte. Een enorm blok stilte. De altviool geeft haar nu nog een rol. Niet nadenken, spelen. Ze dwingt zich binnen de vijf lijntjes te blijven en speelt met overgave. Blind en niet wetend waar ze uitkomt, bijt ze op haar lippen en speelt door, door, door.

𝄡

Vader, een paar keer vroeg ik je wat muziek voor je betekent. Je antwoordde me nooit. Lastig, want muziek en jij smolten steeds voor mij samen. Met deze vraag heb ik voor het eerst jou van de muziek in mij losgemaakt. Ik kwam erachter dat wat voor de een de smaak van een madeleine of een foto is, voor de ander muziek is: een filter dat genot en verbeelding in een herinnering verwerkt. Maar wat beleefde jij, vader, als je viool of mondharmonica of gitaar speelde? Wat raakte je in de muziek? En – misschien de belangrijkste vraag – waarom heb je nooit de moed gehad je muziekdrang te volgen?

Ik heb je nooit verteld dat als ik speel, ik niet in de klank blijf maar afdwaal naar verhalen die in de muziek gevangen zitten. Pas later begreep ik dat het de woorden zijn die bij mij de muziek tot leven brengen. Wat is dat bij jou?

Een muziekstuk is een in een melodie gevat tijdsverloop, zei je ooit terloops tegen me. Het mysterie zit dus in de tijd, begreep ik meteen. Ik geef je gelijk. Spelend beleef ik muziek anders dan wanneer ik ernaar luister. Telkens als ik op de altviool bezig ben, ontsnap ik aan de werkelijkheid, mijn gedachten wisselen van spoor en dwalen in een tijdperk of verhaal rond waarin zich de compositie afspeelt. En hedendaagse muziek? Die verbindt me met het hier en nu. Het verrast me hoe muziek het leven steeds weer anders kan vertalen. Als ik je zeg dat het me verrijkt, kun je me niet volgen.

Je hebt het nooit over meer dan muzieknoten en je eigen inbreng gehad. Je hebt nooit verteld wat muziek met jou doet, alleen wat jij met de muziek deed. Begrijpen we elkaar daarom niet? Als muziek een organische verbinding tussen heden en verleden is, hebben we wel kans elkaar te ontmoeten. Maar we zouden ons eerst met de grootheid van het leven moeten verbinden – wat sommigen god en anderen kunst noemen.

Voor jou is muziek voorgoed het verleden. Je hebt ergens ook gelijk, de Fransen noemen het een *déjà entendu*, omdat het al gebeurd is op het moment van luisteren. Kan ik teruggaan om jou op te zoeken? Ik wil je na zo veel jaren in de muziek zo graag ontmoeten.

Het was voorjaar 1970. Ik rook de bruinkool in de lucht en zag de witte gordijnen die moeder gebreid had en die met de tijd steeds grauwer werden. Dikke voorhangsels met een dicht patroon van gebreide kant, die ons platte Silezische patois moesten dempen. De gordijnen waren de grens tussen bedrog en waarheid. Buiten waren we Pools, binnen bleven we Duits. Het altijd schaarse licht in de ouderlijke woning was een uiting van angst. Niemand mocht ons opmerken. Buiten de gordijnen groeiden Poolse berken, reden Poolse Syrena's en op straat liepen Poolse moeders en vaders met vermoeide gezichten. Vermoeid van het werken voor hun vaderland. Aan de binnenkant van de gordijnen woonden wij: een gezin met Duitse wortels. De voorliefde voor alles wat uit Duitsland kwam – boeken, speelgoed, tijdschriften – was niet te begrijpen voor Nina en mij. We wisten te weinig over jouw verleden. De dagen waren grijs en lang voor moeder die haar Duitse wortels in Poolse woorden moest verpakken, die zich niet mocht verraden en liever gewerkt zou hebben dan na mijn geboorte thuis bij mij te blijven. Tijdens de avonden kwam de warmte van de kachel.

Niet van jou. Op een van die nietszeggende avonden duwde je een kleine viool in mijn handen. Een kwartviool.

'Kom, we gaan spelen,' zei je, en je pakte een versleten zwarte vioolkoffer uit de kast. Moeder rolde met haar ogen, nam Nina bij de hand en ik bleef alleen met je in de kamer. In de versleten koffer zat nog een viool, een grotere.

'Ik heb altijd musicus willen worden, maar die verdomde oorlog... ik was de enige jongen in de familie, weet je? En mijn vader was ziek, astma...'

Ik keek naar de viool. De lak was roodbruin en glanzend. Op het ogenblik dat je de viool onder je kin zette, keek ik voor het eerst in mijn leven naar jouw handen. De zwarte nagels, olievlekken en krassen botsten met de schoonheid van de viool. Het beeld van jouw vingers die op een viooltoets bewogen, zal ik nooit vergeten. Tot op deze dag wist ik niet dat je viool kon spelen. Veel, veel later kwam ik erachter dat je binnen no-time op ieder instrument kon leren spelen. Ik was niet zo handig. Ik kon geen klank op mijn kwartviool produceren.

'Dus... moet je naar een muziekschool,' constateerde je en je pakte beide instrumenten weer in.

'Maar ik hou van boeken. Ik wil schrijfster worden,' probeerde ik nog te protesteren.

'Dat maakt niet uit,' antwoordde je vastbesloten. 'Taal is te beperkt. Je ziet hoe de communisten die misbruiken.'

Ik zag het niet en ik wist niet wat communisten waren. Toch hield je je aan je woord, een jaar later in september werd ik leerling aan de prestigieuze muziekbasisschool in Katowice. Ik wist alleen niet of ik daar gelukkig mee moest zijn. Moeder was in ieder geval wanhopig omdat de school twintig kilometer van ons huis vandaan lag en veel geld kostte. We hadden geen auto en het communisme met zijn afkeer van alles wat elitair was, bemoeilijkte de praktische kant van deze onderneming.

'Maar Ernst, denk nou na, ze is nog een kind...'

Je sloeg met je vuist op tafel. 'Juist daarom! Hoe ouder ze wordt, hoe moeilijker ze het krijgt.'

Deze woorden sloegen in als een bom, ook al heb ik ze toen uit de context gehaald.

'Wat zijn twintig kilometer in vergelijking met een oorlog, die mijn opleiding... voorgoed de nek omgedraaid heeft?' zei je en spetters speeksel vielen op mijn gezicht.

'Dat kind maakt me gek,' zei moeder en ze keek naar mij alsof ze een vreemde zag.

Ik stond tussen jullie in en hoorde alleen jouw woorden, ik zou het moeilijk krijgen, moeilijk, moeilijk, moeilijk...

Op deze school begon de muziek als door een infuus mijn leven in te stromen. De weg was lang, maar ik wist toen nog niet dat die weg ooit naar mijn vrijheid zou leiden. Ik weet nog goed toen we een keer in de woonkamer samenspeelden en je tegen me zei: 'Onthoud, spelen is *Spass*, de concrete wereld is beslist niet het onderwerp van de muziek.'

Ik geloofde je, maar ik kon het plezier niet meteen vinden. De oefeningen waren saai en het gevecht met de coördinatie tussen denken en de mechaniek van mijn vingers verliep moeizaam. Langzamerhand werd de viool een kwelling voor me, tot mijn lerares me erop wees dat muziek in alles om mij heen aanwezig was. Het ritme van de wekker, het geluid van de fluitketel, de zachte klank van een lepel in een mok, de claxon van de auto of het rinkelen van een telefoon. Vanaf dat moment begon een klankweefsel als klimop rondom een hek te groeien. Na lange tijd zie je het hek niet meer. Je ziet alleen nog maar de klimop. Nu begrijp ik pas hoeveel jouw muziek van de mijne verschilde.

5

Ev is in de keuken bezig als ze een sleutel in het slot hoort draaien. Ze kijkt op haar horloge, het kan Floris niet zijn.

'Hoi,' mompelt Bo wanneer hij binnenkomt. Fjodor loopt op hem af, draait tussen zijn voeten en geeft hem kopjes.

'Hé, wat een verrassing! Het is woensdag, moet je niet op school zijn?' Ev blijft staan.

Bo loopt door naar de trap en zegt zoals gewoonlijk niets.

'Ik praat tegen je, is er iets aan de hand?' Ev weet zeker dat hij pas volgend weekend weer bij hen zou komen. Ev kijkt naar hem, zijn lichaam is door de hormonen zo veranderd dat ze weinig terugziet van de jongen die hij vroeger was. Zijn te lange haar valt nu voor zijn gezicht, onder het grijze T-shirt draagt hij een ander shirt met lange mouwen en zijn broek hangt ter hoogte van zijn kruis. Hij is nu al langer dan Ev.

'Jeetje, kan ik niet zomaar gewoon langskomen? Jullie zeggen altijd dat dit ook mijn huis is.' Zijn stem klinkt geïrriteerd, hij loopt de trap op naar boven. Floris en Ev hebben een tijd geleden de hele zolder voor hem verbouwd, het is bijna een appartement geworden.

'Maar waarom ben je hier en niet op school?' Ze kijkt op haar horloge.

'We waren vandaag eerder klaar.' Bo blijft halverwege de trap staan.

Ev weet nooit wanneer hij de waarheid spreekt, zijn moeder

heeft daar waarschijnlijk minder problemen mee. Onder de pony kan ze Bo's ogen nauwelijks zien. Ze ziet rode, ontstoken puistjes op zijn kin en op zijn wangen.

'Wat is dat?' Ev wijst op een voorwerp onder zijn oksel.

'Wat? Is dit een verhoor of zo?'

'Ik ben gewoon nieuwsgierig,' zegt ze.

'Miniversterker, nou goed?' Bo schudt zijn hoofd en zijn gezicht kleurt rood. Zuchtend leunt ze tegen de muur. Een zonnestraal achter de rug van Bo licht ineens de trap op.

'Wat zit er in die lange koffer? Die heb ik nog nooit gezien.'

'Mag ik nu naar mijn kamer?' Bo's gezicht is gespannen.

'Wat ga je doen?' Ziet ze een frons onder de pony?

'Spelen, ik dacht altijd...'

'Waar is je viool?'

'Ik heb...' Hij kijkt haar niet aan. 'Ik heb een elektrische viool... geleend.'

'Hè? Van wie?'

'Ik wil gewoon zonder gezeik vioolspelen.'

'En je trainingen dan? Tennissen is toch altijd belangrijk voor je geweest?'

Ev kijkt naar de grote tas aan Bo's atletische schouders. Ze ziet in hem de zoon die ze nooit gehad heeft. Nadat ze te weten gekomen is dat ze nooit moeder zou worden, zag ze in Bo haar onvervulde wens. 'Gooi de spullen maar op je kamer en kom straks even wat drinken.'

Bo verdwijnt de trap op naar boven, ze hoort hem rommelen. Kunnen ze Bo alles bieden als ze straks haar baan niet meer heeft? Mijn god, nog een paar weken en ze wordt vijftig. Stel dat het fout loopt, hoe komt ze ooit nog aan een andere baan?

Plotseling verlangt ze naar een warm bad. Dat was ze van plan voordat Bo verscheen. Het bad moet wachten, eerst moet ze erachter komen wat er met Bo is. Als ze de thee aan het inschenken is, komt hij de keuken binnen.

'Ga zitten. Zeg, heb je ruzie met je moeder? Problemen? Of is er iets anders?' De mok met de thee verwarmt haar handen.

'Ik stap over naar... naar jazz. Mijn moeder wilde dat ik er helemaal mee stop, ze kan er niet tegen, ze zegt dat het door jou komt.'

'Wat, jouw voorkeur voor jazz?'

'Nee, voor viool natuurlijk.'

Hij is zelden zo eerlijk tegen haar, maar kan ze zomaar geloven wat hij zegt? Bo wrijft over zijn knokkels. Als buiten een hond blaft, schreeuwt de eigenaar zo hard dat Bo en zij glimlachen.

'Waarom wil je opeens jazz spelen? Als je met viool wilt stoppen is dat toch prima?' vraagt ze.

Bo bloost. 'Grappig dat je dat vraagt. Met viool ben ik klaar, iedereen lacht me alleen maar uit. Ik ben de enige die met klassiek...'

'Vind je dat zelf ook belachelijk?'

Hij antwoordt niet. De thee is voor haar nog steeds te warm om te drinken. Na een stilte begint Bo te vertellen. 'De elektrische viool is grappig, het klinkt pas goed met een versterker. Weet je, liedjes en *standards* vind ik vet. Ik ben gewoon klaar met al dat klassieke gedoe...'

'Wil je er serieus mee verder?' onderbreekt ze hem.

'Weet ik niet...' Bo nipt van zijn kopje en vlecht dan zijn vingers in elkaar. Ze denkt aan hun samenspel lang geleden. Hij is wel muzikaal, maar geen doorzetter.

'En tennis dan?' vraagt ze nog een keer.

'Daarvan kun je toch niet leven? Tennis is gewoon voor de lol...'

Ev lacht kort en denkt na. 'Weet je, ik wil me er niet mee bemoeien, maar geen enkele weg is goed als die niet echt van jezelf is. Daar gaat het om.'

Bo lijkt van zijn stuk gebracht, hij kijkt naar de grond.

'Denk je dat je er geld mee kunt verdienen?' gaat Ev verder. 'Ik bedoel met de elektrische viool.'

'Jij doet het toch ook? Lekker spelen, gewoon, de kick van 's avonds op het podium staan... dat vind ik leuker dan me in een wedstrijd afmatten.'

De knie van Bo beweegt ritmisch van links naar rechts terwijl hij dat zegt.

Kan ze nog onbevangen over muziek praten? Dit is het perfecte moment om te zeggen wat haar overkomen is. Maar ze doet het niet. 'Snap ik.'

'En een elektrische viool is makkelijker dan een echte,' voegt Bo snel toe en hij drinkt zijn kopje leeg.

'Wat je ook doet, passie en toewijding zijn belangrijk. Die twee factoren bepalen je kwaliteit en later je inkomsten,' hoort ze zichzelf zeggen, maar het klinkt niet echt overtuigend. Bo raakt niet enthousiast. Deze woorden heeft ze ooit van haar docent gehoord.

'Passie interesseert me geen ene reet.' Bo lacht, zijn adamsappel beweegt op en neer. Pas als hij weer naar haar kijkt wordt hij verlegen. 'Sorry.'

'Hoezo, nee, geen sorry.' Ze vat het als compliment op dat hij zich eindelijk op zijn gemak voelt.

'Mag ik nog wat thee?'

Ze schenkt zijn kopje in. 'Vertel je het aan Floris? Ik bedoel, aan je vader?'

'Moet dat?'

'Dat weet je best.'

Bo gaat zachter praten. 'Ik heb een vriend, Damiaan. Hij heeft een eigen band en ze doen alleen concerten, geen repetities, want hij studeert nooit. Ieder weekend verdient hij daar vet veel geld mee.'

'Hoe weet je dat?'

'Ik heb meegedaan.'

'Waarom blijf je dan niet met Damiaan spelen?'

'Omdat hij vijftig procent van het geld voor zichzelf houdt en de andere helft over de rest van de musici verdeelt. Dat is oneerlijk!'

'Het is zijn band.'

'Nou en? Wat hij kan, kan ik ook. Maar ik moet het beter doen.'

'Heb je ooit van het AMT gehoord?' vraagt ze.

Bo nipt weer aan zijn thee.

'Hm, nee.' Hij schudt zijn hoofd. 'Wat is dat?'

'De Academie Muzikaal Talent.'

'O nee, ik wil naar het conservatorium.'

'Alsjeblieft zeg, je hebt misschien een paar jaar goed viool gespeeld, maar een studie op het conservatorium is wel heel iets anders.'

'In ieder geval stop ik met tennissen, dat is niks voor mij.'

'Vergis je niet,' zegt ze snel, 'je kunt je in sport veel beter uitleven dan in muziek.'

'Mijn moeder wil dat ik tennis, ik niet.' Zijn stem lijkt nu op een countertenor die te laag moet zingen. Als Ev iets over de ex van Floris weet, is het wel dat ze gek op tennissen is.

'Mam gaat verhuizen,' zegt hij onvoorzien hard en hij kijkt weg.

Ev kijkt op. 'Zo!?'

'Ze is... ze heeft een nieuwe vriend,' praat Bo verder, 'stomme kerel trouwens, hij praat met me alsof ik nog een kind ben.'

Ev valt stil, ineens zegt hij niet 'moeder' maar 'mam' en krijgt hij iets teders in zijn gezicht.

'Muziek mag nooit een vlucht zijn,' zegt ze zacht.

'Thuis is niet meer thuis,' zegt hij en kijkt weg, 'ik wil hier wonen.'

'Ik kan me niet voorstellen dat je moeder...' maar Ev breekt haar zin af, ze beseft dat alles wat ze zou willen zeggen zijn moeder in diskrediet brengt. 'Het is nu misschien een beetje te veel allemaal,' Ev legt een hand op zijn arm, 'het komt goed... uiteindelijk wel.'

'Dus ik mag bij jullie blijven?'

'Voorlopig wel, maar je moet wel zelf Floris op de hoogte stellen.'

'Het conservatorium kost geld. Denk je dat pa dat gaat betalen?'

'Dat is nog te vroeg, Bo, eerst moet je auditie doen en zo...'

'Je gelooft niet in mij...'

Ev verstijft. Precies deze woorden heeft ze zelf op zijn leeftijd tegen haar vader gezegd.

'Geloof je wel in jezelf?'

Bo's rechterknie begint alweer ritmisch te wiebelen. 'Ik wil gewoon jazz spelen...'

Het valt niet mee nu oprecht tegen Bo te zijn. 'Als je niet voldoende voor muziek overhebt ga je haten wat je doet. Laat het los, ga spelen en kijk eerst of het is wat je echt wilt.'

Dat hij begaafd is weet ze, maar zal hij genoeg vasthoudendheid hebben om zijn passie tot beroep te maken? Ze raakt zijn schouder aan, zijn spieren zijn gespannen. 'Ik ga er met Floris over praten, beloofd.'

'Alsof het iets uitmaakt,' mompelt hij.

'Waar gaat je moeder eigenlijk naartoe verhuizen?'

'Ze gaat bij hem wonen, in Rotterdam.'

'En jullie huis hier in Hilversum?'

'Weet ik veel.'

Fjodor komt om de hoek kijken, Bo bukt meteen en aait hem over zijn kop. 'Daar ben je weer, waarom heet hij eigenlijk Fjodor?'

Ev grinnikt. Waarom wil hij dat nu ineens weten? Op mijn zestiende was ik gek op de Russische literatuur en vooral op Dostojevski. Die heet Fjodor met zijn voornaam.'

Als Floris die avond thuiskomt en Ev vertelt over Bo zijn toekomstdroom, wordt hij meteen boos.

'Dat is de ruis van je eigen kindertijd. Mijn zoon moet gewoon een degelijke opleiding volgen en geen conservatorium, alsjeblieft, Ev!'

'Wat zeg je nou?! Er is niets beter voor een musicus dan een opleiding aan het conservatorium. Waarom zeg je zoiets stoms?'

Maar met Floris valt er vanavond niet te praten. Ze verliest haar geduld. 'Waarom vertrouw je hem niet? Denk je echt dat hij dat niet kan?'

'Bo is mijn zoon en ooit zal hij me dankbaar zijn, ik bedoel het alleen maar goed,' zegt Floris met hoge stem. Alles wat hij noemt zijn geen goede argumenten voor Ev. Als hij zijn ex keer op keer beschuldigt, grijpt ze in.

'Je kunt de verantwoordelijkheid niet alleen bij haar leggen, dat is niet eerlijk. Normaal gesproken ben je niet zo snel met oordelen.'

Maar Floris luistert niet en praat door.

'Dromen zijn een belangrijke motor, een wegwijzer,' onderbreekt ze hem opnieuw. 'Ik smeek je dat bij Bo niet te ontkennen. Alleen omdat jij niets met jazz hebt en niet op zijn talent vertrouwt.'

Floris straalt dezelfde beklemmende angst uit die ze ooit in de ogen van haar vader zag. Volgens haar misbruikt hij zijn ouderlijke macht om Bo tegen zijn wil in een andere richting op te duwen. Uitdagend kijkt ze haar man aan. 'Als jij het niet doet, zal ik zijn opleiding betalen. Aan het conservatorium.'

Floris reageert niet, hij valt helemaal stil. Zegt hij nog iets? Dringt het tot hem door? Als hij zijn glas voor de zoveelste keer tot de rand met rode wijn vult, geeft ze het op. Ze laat hem alleen en loopt naar de slaapkamer.

13

Vader, ik zag je die woensdag van 1 september 1971, een warme maar bewolkte dag, buiten op me wachten. Ik verliet ons flatgebouw en liep naar je toe in een schooluniform dat mijn zus vroeger gedragen had. Mijn witte kniekousen waren wel nieuw. Je had besloten mij op mijn eerste schooldag de twintig kilometer naar het centrum van Katowice te brengen met de Bedford – jouw oranje vrachtwagen. Traditiegetrouw kreeg ik van moeder een reusachtige puntzak gevuld met zoete lekkernijen.

'Vandaag stap je mijn wereld in, doe je best, dan zijn we vrienden.'

Je zei het vrolijk, maar ik schrok. Sinds het bezoek bij de fotograaf moest ik als jij en ik alleen ergens naartoe gingen tegen iedereen liegen dat ik een jongen was, je gaf me zelfs een andere naam: Andreas. Ik duwde de puntzak stevig tegen mijn buik. Het plastic plakte aan mijn handen. Je maakte de stoel naast je vrij.

'Mag die zak thuis blijven? Ik wil daar niet mee naar school...' vroeg ik.

Jouw grote handen grepen me rond mijn middel en je tilde mij samen met de puntzak in de vrachtwagencabine.

'Nina had er ook een op haar eerste schooldag. Hou 'm bij je en doe niet zo moeilijk.' Je sloeg het portier dicht. Het woord 'moeilijk' brandde als neonlicht in mijn hoofd. Het woord kende ik al, het betekende: niet-echt-leuk-in-het-begin. Van de boeken die ik toen verslond wist ik dat 'moeilijk' ook boeiend was. Het woord was een signaal dat ik me niet moest verzetten en door moest gaan. We reden weg en ik keek een laatste keer naar ons keukenraam, vierhoog. Het stond open, maar moeder was er niet. Waarom ging ze niet mee?

Tijdens de rit floot je de hele tijd. Ongeveer drie kwartier later stopte je voor een gebouw van rode baksteen. 'We zijn er.'

Het gebouw zag er ouderwets uit. Het enorme sportveld ernaast, met beton in plaats van gras, paste er niet echt bij. Een paar jongens schopten tegen een bal alsof niets op de wereld belangrijker was. Ik weet nog precies hoe verbaasd ik was een cellokist naast het veld te zien staan, er hing een jongensjas aan. Speelden de voetballende jongens ook cello?

'Ev, kom je mee?' Je stond al bij de geopende vrachtwagendeur en hielp me uit te stappen. Op de stoep duwde je meteen weer de puntzak in mijn handen. Kinderen, overal waren er kinderen die net als ik naar de ingang liepen. En net zoals ik hadden ze moeite de enorme puntzak vast te houden. Een meisje met een bril en scheve voortanden liet hem op de grond vallen. Haar moeder ging op de hurken zitten en duwde de gevallen chocolaatjes en koekjes erin terug. Je zag het, maar je trok aan mijn hand en versnelde je pas.

We stapten naar binnen alsof het jouw eerste schooldag was en niet de mijne. Al bij de deur begroette een vrouw ons.

'Welkom Evje, wat fijn dat je er bent,' zei ze. Haar grote ogen en haar brede glimlach herinnerden me aan iets, maar aan wat ook weer? Toen ze zich naar me toe boog, zag ik een medaillon aan haar hals bungelen. Die had ik al eens gezien. De vrouw aaide me over mijn hoofd en richtte zich weer op om met jou verder te praten. Met ieder gebaar verspreidde ze een bloemige geur. Haar wijnrode coltrui en grijze tweedrok vielen op tussen de donkerblauwe kinderuniformen. Maar het mooist waren de transparante panty's en lakschoenen met een vierkante hak. Ze schoof een haarlok achter haar oor. Ik bedacht dat haar elegantie iets met de school en met muziek te maken moest hebben. Geen vrouw was zo mooi gekleed op een doordeweekse dag. Moeder in ieder geval niet, ze droeg meestal oude kleren. Alleen op zondag, de dag van God, mochten we allemaal mooi gekleed zijn. Blijkbaar had muziek met God te maken.

'Ernst, neem maar vast plaats in de zaal,' hoorde ik de vrouw zeggen. Ze legde haar hand op mijn schouder. Ik bewonderde haar volle, brede lippen, ze lachte en duwde me naar de stenen trap.

'Mag ik even jouw hand?' vroeg ze, en we liepen weg. 'Wil je nog naar je papa zwaaien?'

'Nee,' antwoordde ik resoluut. Ik was al halverwege de trap, met mijn rechterhand omvatte ik de puntzak en met mijn linkerhand hield ik haar hand vast. Ik zette mijn voeten naast haar lakschoenen op de trap. Ineens wist ik het! Het was de kikkervrouw. Ik stopte en keek omhoog. Dezelfde kikkervrouw die jij en ik bij mijn eerste concert ontmoet hadden.

We kwamen bij een aula uit. Ze wees naar het podium. 'Kijk, zie je de klapstoelen daar? Je mag er eentje uitzoeken, ga maar zitten.'

Ik bleef staan.

'Mevrouw, kent u mijn moeder?' vroeg ik.

'Nee, nog niet, maar ik hoop haar gauw te ontmoeten.'

Ik pakte opnieuw haar hand. Ze lachte weer en trok me naar het podium, waar ik op een van de klapstoelen ging zitten. Links van me zat het meisje met de scheve tanden, ze klemde haar puntzak tussen haar benen. Ik nam de mijne en deed hetzelfde.

Mensen in de zaal lachten en zwaaiden. Waar was je? Er waren weinig mannen tussen de moeders te vinden. Je stond bij de deur met een schouder tegen de muur, je hand was bezig met de vingers van de kikkervrouw die alweer bij je stond. Ik dacht aan het woord 'moeilijk' en aan jouw woorden van vanochtend, dat dit jouw wereld was. Kwam je hier vaker? Kende je deze mensen? De kikkervrouw keek even achter jouw schouder in mijn richting en stak een hand op. Ik sprong van de stoel en zwaaide terug. Hoorde ik nu voor altijd bij jouw wereld, vader?

6

Het is alweer vijftien jaar geleden dat ze op een zondagochtend in een hotel in Roermond tijdens het Bachfestival met een strijkersensemble het derde Brandenburgs concert speelde. Een man keek en passant om. Met zijn koffer in de hand was hij al bijna bij de uitgang toen hij bleef staan. Hij zette de koffer neer en luisterde tot het eind. Na afloop vroeg hij Ev wat dat voor muziek was. Ze raakten in gesprek.

'Kun je op een klank, op muziek verliefd worden?' vroeg de man.

Ze was onzeker geworden.

'Kan muziek verliefdheid oproepen?' Ze draaide de vraag om.

De man lachte kort en praatte verder, maar Evs gedachten bleven bij zijn eerste vraag hangen. Alles, maar dan ook alles in haar leven hing met muziek samen: haar privéleven, haar vriendenkring, zelfs de liefde. Musiceren was een levensproces en een oefening in aanvaarding geworden. Dit proces zette tot nu toe ook alles voor haar in beweging. Maar was ze op de muziek verliefd geworden?

'Trouwens, ik ben Floris,' zei de man toen.

Door haar heeft Floris de muziek ontmoet en de wereld erachter ontdekt. Vaak herhaalt hij dat hij door het luisteren naar muziek een ander mens is geworden. Wordt Bo ook een ander mens als hij zijn droom volgt?

Het is vandaag een week geleden dat hij bij hen kwam wonen, maar Floris heeft er moeite mee. Sinds Floris op de hoogte is, speelt Ev een soort mediator tussen vader en zoon. Bo is vooral met zichzelf bezig en over zijn moeder wil hij niets meer vertellen. Op die manier blijft hij ondanks alles loyaal aan haar, en dat ergert Floris.

Ze probeert zich er niet mee te bemoeien, maar toch leidt het haar af van het feit dat ze nog steeds haar vader niet op de hoogte gesteld heeft van haar eigen situatie. Des te meer was ze gisteren verrast toen Bo bij het avondeten zei dat hij naar haar concert in Rotterdam wilde komen. Deze week speelt ze een kamermuziekprogramma in De Doelen.

Ze heeft met Bo in het Rotterdamse Starbucks-café afgesproken, nog voor haar generale repetitie. Als ze koffie haalt en gaat zitten, merkt ze dat ze de oudste in de ruimte is. Een jongen van ongeveer achttien, met een kleur van ebbenhout, zit in de hoek. Twee gehoofddoekte meisjes aan de tafel naast haar praten met elkaar in een vreemde taal.

Ev zet haar koffie op tafel en verwondert zich over de maat van de beker. Ze is ruim op tijd, toch kijkt ze naar de klok op haar mobiele telefoon terwijl ze opnieuw van haar koffie proeft. Zou Bo's belangstelling voor haar optreden in Rotterdam iets te maken hebben met zijn plan om jazz te spelen?

Wanneer is ze voor het laatst alleen, zonder Floris of collega's, in een vreemde stad geweest? Ze moet aan alles hier wennen. Net alsof ze ergens in het buitenland is. Ineens staat Bo naast haar; met sneakers, hoody en in zijn oudste jeans die trendy tot halverwege zijn kont hangt. De schouderriemen van zijn rugzak zijn nat. Regent het nu buiten?

'Hoi,' zegt hij, en hij kijkt haar net niet aan.

'Wat goed dat je er bent,' zegt Ev in plaats van zo-mag-jede-concertzaal-niet-binnen-jongen. Ze is opgelucht dat ze hem ziet. 'Kom zitten.'

Ze leunt in haar stoel naar achteren als hij zijn hand naar haar uitsteekt om haar te begroeten.

'Wat doe je officieel,' mompelt ze verlegen en ze schudden elkaar de hand.

'Even koffie halen,' zegt hij. In deze ambiance lijkt hij volwassener, of denkt ze dat alleen omdat ze voor het eerst buitenshuis met hem afgesproken heeft? Met een enorme mok melkkoffie gaat hij zonder zijn jas uit te trekken tegenover haar zitten.

'Heb je er zin in? Als je wilt, ga ik speciaal voor jou spelen vanavond.' Ev lacht om haar eigen slechte grap. 'Het is pas vijf uur, wat ga je nog meer doen?'

Bo roert in zijn latte en zegt even niets. Pas na een paar slokken kijkt hij weer op. 'Ik heb met mijn moeder afgesproken.'

'O?' Ev is sprakeloos. Hij probeert niet eens te doen alsof haar optreden niet de reden voor deze ontmoeting was. Ze houdt haar koffiemok met beide handen vast. En toch is ze teleurgesteld dat hij het niet gewoon meteen verteld heeft. Natuurlijk, moeders gaan altijd voor.

Bo kijkt op.'Wil je dat niet tegen mijn vader zeggen?'

'Oké,' zegt ze te snel.

'Je zei tegen me dat geen enkele weg goed is als de weg niet van jezelf is.'

Heeft ze dat gezegd? Bo bespeelt haar, straks moet ze ook nog tegen Floris liegen. Probeert hij haar iets te zeggen, iets waar niemand naar luistert?

'Wat bedoel je precies? Goed trouwens dat je met je moeder gaat praten.'

Voor het eerst lacht hij naar haar. Hij heeft een melksnor op zijn bovenlip. 'Hoe laat begint het concert?' vraagt hij.

'Waar hebben jullie afgesproken?'

'Bij hem thuis.' Hij kijkt de hele tijd naar zijn koffie, zijn handen verstopt hij onder de tafel.

'Wilde jij dat, of...' Ze slikt, dat kan niet, beslist ze, ze moet een grens trekken.

'Ze zei dat het er een keer van moest komen.' Hij trekt zijn wenkbrauwen op en zijn mondhoeken omlaag.

'Wat?'

'Dat ik naar ze toe zou komen.'

Onwillekeurig kijkt ze nu naar zijn bolle rugzak, wat zit erin? Misschien heeft hij toch andere kleding meegenomen voor vanavond. Ze legt haar handen bij elkaar en steunt op haar ellebogen.

'Oké,' zegt ze, 'als je... als jullie... neem de tijd, ook al kom je niet naar het concert, het is niet erg.' Ze slikt opnieuw en kijkt hem in zijn ogen. 'De orkestbus naar Hilversum staat voor de artiesteningang, als je daar voor tien uur bent, kunnen we samen naar huis rijden.'

Bo leunt achterover, wordt ineens serieus.

'Je zei dat ik goed genoeg viool speel... '

Het meisje naast hen kijkt naar hem, ze glimlachen naar elkaar.

'Ik heb je nog nooit op dat ding, de jazzviool, gehoord.' Evs stem schiet omhoog. Dat klopt niet. Een of twee keer afgelopen week heeft ze hem wel boven op zijn kamer horen studeren. Loopjes, grooves, en andere oefeningen. 'En op school? Hoe gaat het daarmee?' zegt ze om de stilte te verbreken.

'Goed, hoezo?'

Het meisje naast hen vraagt Bo om suiker in perfect Nederlands. Ze zit met haar handen aan haar hoofddoek en zoekt duidelijk oogcontact met hem, hij bloost en slaat zijn benen over elkaar zodat zijn lichaam in haar richting draait.

'Ik heb een leraar, een violist van het Metropole Orkest.' Bo kijkt meerdere keren stiekem naar het meisje, waardoor het lijkt alsof alles wat hij zegt tot haar gericht is. 'Hij gaat me voorbereiden voor een auditie op het conservatorium in Amsterdam.'

'Heeft Amsterdam een jazzafdeling?' vraagt Ev. Maar hij antwoordt niet en lacht naar de meisjes. Dan draait hij zich weer naar Ev toe. 'Ik denk wel dat het iets met me doet, jazz bedoel ik. Ik wil het proberen, alleen al omdat...'

'Ja?'

'Nou ja, mijn vader...'

'Heb je toch met hem gesproken?'

Bo valt opnieuw helemaal stil. 'Heb jij het er met hem over gehad?'

'Ja, natuurlijk, dat heb ik toch beloofd.'

'... ik weet niet...'

'Wat is er aan de hand?'

'Hij doet raar. Ik ga het toch doen, maakt mij het wat uit...'

Ze denkt plotseling aan een andere tijd in een ander land, waar ze aan een tafel met haar vader zat. Ook zij heeft ooit met haar vader een soortgelijk gesprek gevoerd. Maar haar vader begon te lachen. Wat had je je voorgesteld Ev, vroeg hij toen, je hebt niets te willen, je bent een meisje. Zolang je onder mijn dak woont doe je wat ik zeg. En daarna? Daarna ga je doen wat je man zegt, ha, ha, ha!

'Bo, het komt goed, geloof me, als je er helemaal voor gaat, komt het goed,' herhaalt ze snel achter elkaar. Ze merkt dat het belangrijker voor haar is dan ze besefte.

Als de meisjes opstaan zoekt Bo nog eens de ogen van de exotische schoonheid.

Ev wil terug naar de concertzaal, loslaten is het beste wat ze kan doen, ook al heeft ze moeite met Floris' instelling.

'En als ik een nacht bij ze blijf?'

'Bo, ik ga niet tegen Floris liegen, dat doe ik niet, niet voor jou, voor niemand.'

Ze staat nu ook op en pakt haar jas. Speelt ze weer een rol die haar niet ligt? 'Probeer erachter te komen wat het je oplevert, voordat er iets gebeurt wat niet meer teruggedraaid kan worden.'

Bo grijnst. 'Ik zal pa zelf bellen.'

Als ze buiten staan regent het niet meer, een collega loopt langs en begroet haar, ze groet terug.

'Wist je trouwens dat Rotterdam dé jazz-stad van Nederland is?' Ze probeert luchtig te klinken. 'North Sea Jazz Festival, zegt je dat iets? Heb je overwogen het hier op het conservatorium te proberen?'

Maar Bo luistert niet meer, hij loopt al weg. Ze kijkt hem nog lang na. Ze weet bijna zeker dat hij zich op het weerzien met zijn moeder verheugt.

13

‘Pa, wat staat daar?’ vroeg ik je. Op deze afstand kon ik het nog niet lezen, maar het trok mijn aandacht. Het was zomer 1974. In de verte schitterde de boot in de zon. Op de witte zijkanten herkende ik rode letters.

Het was volkomen windstil. Ik liep naast je een heuvel op. De bladeren en de hoge boomkronen stonden zo stil dat ze geschilderd leken. De zee, de bergen, de verte – alles leek ineens zo groot. Groter dan het ouderwetse gebouw van mijn school en breder dan de straten in de stad. Ik struikelde.

‘Pas op!’ Je stem klonk schor. Je pakte mijn pols pijnlijk vast, maar dankzij jou viel ik niet. Met mijn witte gymschoenen probeerde ik de passen van je grote sandalen bij te houden. Het was moeilijk, je ging te snel, jouw passen waren te groot voor mij. Ik struikelde opnieuw.

‘Pas op, verdomme.’ Nu was je boos. Hoe harder je mijn hand vastgreep, hoe langzamer ik liep. Het was een warme dag, ik begon te zweten.

‘Pa,’ zei ik opnieuw, maar je keek me niet aan. Je ongeschoren kin, je bril die te klein voor je grote neus was, je te kortgeknipte haar, het staat op mijn netvlies gebrand. Zelfs jouw adem kan ik nu nog horen, zwaar en ruisend van inspanning.

‘Hoe lang nog?’ vroeg ik om de stilte te doorbreken. Toen stopte je zo plotseling dat ik bijna viel. Eindelijk liet je mijn hand los.

'Wacht hier,' zei je en je ging van het pad af. Ik masseerde mijn zere hand en keek hoe je achter een dikke boom bleef staan. Jouw schouders bewogen, kort daarna hoorde ik gekletter. Ik draaide me om en ging op mijn hurken zitten. Waarom mocht mijn zus thuisblijven en ik niet? En moeder dan? Opeens miste ik mijn viool. Gedachteloos bekeek ik de vingers van mijn linkerhand. Ze leken op kleine stompjes met diepe groeven op de vingertoppen. Maandag over een week ging ik examen doen op mijn muziekschool. Ik zou nu veel liever willen studeren. Ik vroeg me af waar het geheugen eigenlijk zat: in de vingers of in mijn hoofd? Meteen sloot ik mijn ogen, het lukte het muziekblad voor me te zien, mijn vingers bewogen automatisch alsof ze de snaren raakten. Ik speelde de eerste maten van het vioolconcert van Viotti.

'Kom.' Je tikte me aan en ik sprong op, maar ik gaf je geen hand. Lopend probeerde ik verder aan de muziek te denken, maar het lukte me niet.

'Neem haar mee naar de botendag,' had mijn moeder tegen je gezegd toen ik met haar van de dokter was teruggekomen. Ik liep al een tijdlang met een wond in mijn hals. Dat kwam door het vioolspelen. De wond raakte ontstoken en ik kreeg koorts. De arts die het schoonmaakte zei dat het lang zou duren voor het genezen was. Thuis had moeder met je gepraat. 'Dit is niet goed, ze gaat weer lezen en dan is het zo moeilijk haar weer bij de muziek te brengen, neem haar alsjeblieft mee, dan wordt ze afgeleid van die stomme boeken.'

Ik wilde niet met je meegaan want ik wist wat de afspraak was: als we zonder moeder en Nina ergens waren, moest ik van jou een jongetje spelen. Maar thuisblijven was geen optie.

Toen we eindelijk bij de waterkant aankwamen, stonden er al twee mannen die je hartelijk begroetten. Ik zag geen kinderen, gelukkig. Straks zou je dronken zijn, dan kon ik verder lezen in *Eugénie Grandet* van Balzac, dat ik stiekem met het pasje van Nina van de bibliotheek geleend had. Dat deed ik altijd als jij en moeder me niet zagen. De relatie tussen Eugénie en haar vader, zijn gierigheid, Frankrijk en een ander leven, alles trok me het verhaal in. Ik moest alleen niet verraden dat ik het boek bij me had. Geen van de twee mannen had mij opgemerkt dus ging ik weg, naar de boot.

Ik bleef staan en las de rode letters, die ik net in de verte zag: ANDREAS. Alsof iemand het opschrift uit een kinderfilm naar de werkelijkheid had overgeplaatst. Waarom Andreas? Waarom precies deze naam? In geen van de boeken van Joseph Conrad had ik ooit gelezen dat een boot een mannennaam droeg. Echt nooit.

Ik hurkte. Het water stonk. Van zo dichtbij zag ik vervuilde kabels met op de zijkant roestige plekken. Ik stak mijn handen uit en wilde ze in het water dompelen toen iemand me aanraakte. Ik keek om. De zon scheen zo fel dat ik met een hand mijn ogen beschermde. Er stond een meisje naast me. Ze had twee blonde staartjes en een wipneus. Toen ze lachte, zag ik dat haar voortanden ontbraken. Ze vlocht haar vingers in elkaar en vroeg: 'Hoe heet je?'

De wind speelde met haar blauwe jurk. Ze leek op Eugénie Grandet toen ze nog klein was, bedacht ik en ik lachte. Op hetzelfde moment kwam jij met de mannen achter me staan. Ik bloosde en keek weg.

'Hoe heet je?' herhaalde het meisje lispelend. Ik wist wat er ging gebeuren. 'Dat is Andreas,' hoorde ik jouw stem achter me. 'Dat is mijn zoon Andreas!'

Ik voelde een zacht briesje in mijn kortgeknipte haar, ik voelde de nepjeans in mijn buik snijden. Ik duwde mijn kin op mijn sleutelbeen en durfde niet op te staan. Je praatte verder alsof er niets aan de hand was. Mijn hart bonkte, jij lachte. Ik dacht aan

Eugénie, en haar vader Charles die haar geliefde neef wegstuurde, naar India. Alle vaders zijn hetzelfde, dacht ik toen. Maar ik dacht ook aan moeder die niet doorhad dat ik een jongetje moest spelen als ze er niet was en aan mijn zus die me helemaal niet zag staan. Wat was eigenlijk de bedoeling van familie? Ik wist niet hoe maar ik moest ontsnappen. Een andere oplossing zag ik niet. Ik was van niemand en deze gedachte luchtte me op. Mijn grootste wens was grote borsten te krijgen en eindelijk ongesteld te zijn, zodat de hele wereld zag wie ik echt was. Ik zou het bloed op mijn kleren smeren, voor je gaan staan, je uitlachen en in je oren schreeuwen: kijk, jouw Andreas is dood! Maar nu moest ik doen wat je van me wilde, terwijl het nooit goed genoeg was.

'Een kruimeltje,' herhaalde je vaak, 'je bent een kruimeltje voor me, ik kan je zomaar, met één gebaar, wegvegen als ik dat wil.' En ik beschouwde dat als een liefkozing, omdat ik het woord 'kruimeltje' zo mooi en lief vond.

Het voelde goed mijn handen in het water te dompelen. Het was troebel en koud. Het vaartuig naast me lag te dobberen. Riet en moerasplanten kwamen tussen mijn vingers te zitten. Slap maar taai. Ik pakte ze, trok ze uit het water en smeerde de moerassige massa over de rode letters. Mijn witte gymschoenen raakten te water, de blauwe kleur van mijn nepjeans gaf af. Het blonde meisje bleef lachen. Ik wreef over de letters alsof het bloed was, ik wilde het voor altijd wegpoetsen. Plotseling pakte je mijn hoofd en dompelde mijn gezicht onder water. Voor even. Toen hapte ik naar adem als een operadiva die gaat zingen, maar in plaats van te zingen begon ik te huilen.

'Jongens huilen niet,' zei je woedend.

7

'Hoe is het op je werk gegaan?' Floris komt de keuken in en kust haar vluchtig. Ev ziet kringen onder zijn ogen, hij maakt een afwezige indruk. Sinds Bo na haar concert niet meer uit Rotterdam is teruggekomen, is Floris meer gespannen dan ze van hem gewend is. Bo woont al twee weken bij zijn moeder. Toen ze Floris een keer uitdaagde in een gesprek over Bo en zijn keuzes om op een positieve manier stelling te nemen, eindigde de avond opnieuw in een ruzie. Sindsdien stort hij zich volledig op zijn werk. Onverwachts gaat hij op zakenreis naar Italië. In de regel doet hij dat in het voorjaar en in het najaar. Ev vindt het meestal leuk, ze spreekt met vriendinnen af, of als ze vrij is maakt ze een tripje met Helga. Maar dit keer voelt het helemaal niet goed. Ev ziet er tegenop dat Floris weggaat, ze weet niet precies waarom. Hij blijft met een hele stapel documenten in zijn hand bij haar staan.

'Wat wil je horen?' Ze wil het niet vertellen en doet vervelend.

'Heb je er met iemand over gesproken?'

'Met iemand? Met de hele groep! Ze weten het allemaal. Franka heeft het verklapt.'

'Hoe hebben ze gereageerd?'

Ev draait zich van hem weg. Ze zit niet op zijn medelijden te wachten. Dat voelt vernederend.

'Goed, niets mis mee.' Het gaat haar niet om de reactie van haar groep. 'Gewoon...'

'Fijn, je houdt het tenminste niet meer voor jezelf.' Hij lijkt opgelucht. Eindelijk heeft ze zijn oprechte aandacht.

'Natuurlijk niet, ik ben niet de enige in deze situatie, zeventig mensen in beide orkesten verkeren in dezelfde situatie. Alleen...' Haar stem valt weg.

'Alleen wat?'

'Alleen weet niemand wie wel mag blijven en wie moet weggaan.'

'Wie bepaalt dat?'

'Het UWV, als laatste binnen, als eerste eruit.'

'Maar je werkt hier drieëntwintig jaar!'

'De afspiegeling gaat per tien jaar. Dus twintigers, dertigers, veertigers, enzovoort.'

'Wie zit er in jouw groep?'

'Wilma en Rob, ze zijn jonger dan ik, maar ze spelen langer in het orkest.'

In iedere ontslagregeling zit een gevoel van onrecht inbegrepen. Ze weet dat Wilma en Rob er totaal niets aan kunnen doen en dat zij in dit geval aan het kortste eind zou trekken. En toch kan ze het niet zomaar accepteren.

'Het gaat wel over.' Floris omarmt haar, en wanneer hij een kus in haar nek drukt, voelt ze alles van zich af vloeien. Ze legt haar hoofd op zijn schouder.

Floris' warme handen bewegen langs haar rug, alsof hij een instrument bespeelt. Zachte klanken komen in haar op. Ze leunt tegen hem aan met gesloten ogen. Geen orkest, maar de klank van altviool en piano. De zachte toon van haar eigen instrument speelt samen met Floris' bewegingen. De warmte van zijn lichaam bedwelmt haar. De melodie is traag, in zeskwartsmaat en de toonsoort lijkt optimistisch, F-majeur? Wat is dat? Ta-ta-ta, ta-ta-ta, de monotone herhaling van de harmonische drieklanken door de piano werkt meditatief. Floris blijft staan alsof hij de muziek ook kan horen. De dag is voorbij, alles komt eindelijk tot rust. Geen overdaad aan instrumenten, geen spetterend ritme, geen golven van dynamiek. Ze kent het stuk heel goed, maar komt niet op de naam van de componist. Ze stelt zich voor hoe haar tranen in pianoklanken veranderen. Floris, denkt ze, hij mag niet weg, ze kan nu niet zonder hem, de eenzaamheid van de dagen die komen wil ze niet.

'Weet je nog wat Kerouac zei?' fluistert Floris.

'Nee,' fluistert ze terug.

'*The only truth is music.* Maar ik denk dat er voor jou meer waarheden te ontdekken zijn.'

Arvo... Arvo Pärt, schiet haar ineens te binnen. De muziek die ze hoort is *Spiegel im Spiegel*, van een Est die in Duitsland woont. Ze heeft hem ooit ontmoet. Worstelt Pärt ook met de taal? Zijn muziek roept een sereen en vredig gevoel op. De spanning wijkt uit haar lichaam alsof ze een medicijn heeft genomen. Het stuk is eigenlijk voor viool geschreven, maar ze vindt altviool zo veel mooier klinken in deze dialoog.

'Wanneer vertrek je?' vraagt ze aan Floris.

'Overmorgen, dat weet je toch.'

Fjodor dringt zich op en verstoort het moment. Hij valt als een knuffelbeer op hun voeten.

'Ja, dat weet ik.' Ze maakt zich van Floris los. Een altviool, geen groep. Een simpele melodie, geen georkestreerde emotiefabriek maar een enkele stem. Dat de melodie zo sterk in haar bewustzijn blijft hangen is nieuw voor haar.

Een telefoon gaat.

Waar rinkelt het? Waar komt het geluid vandaan? Haar tas, ze draait zich om en loopt naar de bijkeuken. Ze ziet de eerste twee cijfers: 49. Duitsland, vader. De trilfunctie gaat als een elektrische impuls door haar hersens. De mobiel gaat over, steeds opnieuw. Voordat ze reageert schakelt hij naar de automatische voicemail. Haar borstkas brandt.

'Neem je niet op?' Floris loopt de keuken binnen en doet het licht aan.

Een signaal op het scherm laat weten dat er een bericht is ingesproken.

'Even luisteren,' zegt ze en ze gaat naar de woonkamer. 'Waarom neem je nooit op? Ik moet je altijd tien keer bellen voordat je terugbelt. Nou ja... ik wil je... ik heb met je zus gesproken.' Hij zegt het alsof hij het een vreemde vertelt. 'Bel me terug. Nu. Je vader.'

Zijn stem klinkt schor en geïrriteerd in het Pools, de woorden 'altijd' en 'nooit' liggen al snel in zijn mond. Als ze zijn bericht voor Floris vertaalt, merkt ze hoe zacht de Nederlandse taal aanvoelt. Deze taal is haar schuilplaats. De ronde Nederlandse benamingen laten de agressie wegvloeien. Wat is er toch met haar vandaag? Eerst Pärt en nu de taal, alsof ze voor het eerst haar ogen opent. Ze stelt zich vader Nederlands pratend voor maar het gaat niet, dit is haar wereld.

In het Nederlands mag ze 'onvolkomen' zijn. In het Pools niet, evenmin in het Duits. De twee talen die het houvast van haar verleden zijn, eisen perfectie. Ze mag niet vergeten waar ze vandaan komt, ze mag niet vergeten wie ze is. Maar wat moet ze ermee? Ze praat nauwelijks Pools, Duits gebruikt ze ook alleen sporadisch. Ze heeft wel een Nederlands paspoort. Is ze Nederlands? In deze taal maakt ze te veel fouten. Haar tong lijkt te houterig en te spits voor deze taal. Nederlanders praten smeuïger, langzamer, milder en ze hebben een andere intonatie. Zoals Floris.

13

Vader, wat was je boos toen ik in januari 1977 met rode wangen uit school kwam en het grote nieuws vertelde: mijn schoolorkest ging op een driedaagse minitournee naar Ostrava in Tsjechië.

'Je blijft thuis, je gaat nergens naartoe,' herhaalde je keer op keer terwijl ik nog aan het vertellen was. Een maand lang probeerde ik met je verbod te leven. De school nam de kosten op zich, een financieel obstakel was er niet. Ik sprak met andere kinderen op school, iedereen ging mee. Ik snapte niet waarom ik niet mocht gaan. Op een winterse zondagochtend in februari, aan het ontbijt, kon ik het niet meer voor me houden. Ik was immers bijna dertien en ik wilde er gewoon bij horen en meegaan.

'Ik ben aanvoerder van de tweede vioolgroep! Waarom mag ik dan niet mee?' vroeg ik en ik probeerde te negeren dat mijn stem piepend uitschoot. Ik zag het meteen. Je kaken op elkaar, je ogen die donkerder kleurden, zoals altijd als je boos was. Maar ik was eraan gewend geraakt, mijn successen kleineerde je. Je was nog steeds boos op me omdat ik geen Andreas meer wilde zijn na ons laatste uitstapje met de boot. Dat ik in het schoolorkest een leidende positie had, liet jou onverschillig. Een orkest vond je helemaal niets. Voor jou telden alleen solisten. Een kruimeltje, weet je nog, vader? Dat was ik. Maar ik was er wel trots op. Ik wist gewoon geen beter argument om mijn wanhopige wens te onderbouwen. 'Ik wil naar Ostrava!'

'Daar kunnen we ook met z'n vieren naartoe,' zei je en je sloeg met de vuist op de tafel. 'En nu wil ik er niets meer over horen!'

Moeder zette haar vork in een dikke plak warme worst, maar bleef er alleen naar kijken. Ze at niet. Misschien dacht ze precies hetzelfde als ik: wij gaan nooit samen ergens naartoe.

'Mama...' fluisterde ik, mijn stem bleef in mijn borstkas steken.

'Je hebt geen manieren,' zei ze en ze roerde met het stuk worst in een klodder mosterd op haar bord. 'Kijk eens naar jezelf, hoe je aan tafel onderuit hangt. De kinderen in het orkest zullen je alleen maar uitlachen... je bent ook nog aanvoerder... nou, nee hoor, je zou juist het voorbeeld moeten geven, en dat kun je niet.'

Moeder keek me niet één keer aan. Met haar linkerarm om het bord leek het alsof ze tegen de worst sprak. Eindelijk schoof ze hem in haar mond. Nina wiebelde op haar stoel, ze likte haar vingers af en deed alsof ze er niet was. Jouw wangen stonden bol van het eten. Altijd duwde je veel te grote stukken tussen je kiezen. Op het idee om het eten met een mes klein te snijden kwam je niet. Misschien omdat dat snijwerktuig nooit op tafel lag. We aten altijd met een vork of lepel.

Jij was min of meer afwezig. Ik was er wel, en ik voelde al mijn organen, ik kneep mijn billen samen en ik hield mijn buik in. *Roz, dwa, trzi, sjtyrzy...* ik telde in het Silezisch tot tien en hapte naar een beetje lucht.

'Iedereen gaat mee... behalve ik,' zei ik. Het klonk alsof ik een stembreuk had. 'Ik wil naar Ostrava!'

Na deze woorden draaide je je hoofd abrupt naar mij toe. Ik stopte met ademen en kreeg natte ogen. Het duurde lang tot het eten in je grote mond weg was. Mijn blik focuste zich op je gezicht. Je kaken waren nu het actiefste deel van je lichaam. Je was aan het eten, niet aan het denken. Ik hapte weer naar adem, maar liet de tranen niet toe.

'Wanneer is de reis?' vroeg je alsof er niets gebeurd was. Tegelijkertijd plantte je je ellebogen luidruchtig op tafel. Ik kon niets zeggen. Als gehypnotiseerd volgde ik je rechterhand, hoe je de duimnagel tussen je tanden wurmde. Er kwamen sissende geluiden uit je mond, je smakte en je bekeek de stukjes vlees die op de nagel bleven hangen. Je tong likte ze eraf. Toen je met de langste pinknagel een grote brok uit je mond trok, keek ik omlaag.

'In mei,' fluisterde ik eindelijk. Ik trilde van angst of van afschuw, ik kreeg spijt en voelde me schuldig, ik zorgde niet alleen voor problemen, ik was een probleem. Iemand die niet deugt, hoeft niet te eten, dus strafte ik mezelf en at niet. Mijn bord stond onaangeroerd voor me. Ik had gelijk, anders zouden jullie me allang gedwongen hebben om een hap te nemen. 'Wie leeft die eet', was jouw devies. Ik bleef naar mijn bord staren.

'Vanaf nu ga je rechtop aan tafel zitten, je gaat met mes en vork eten en je praat alleen maar goed Pools, begrepen?' zei je. Jouw tong smakte nog steeds. 'Ik wil je nooit meer dialect horen praten.'

'En je luistert naar wat ik zeg,' vulde mijn moeder aan. 'Anders ga je echt niet mee naar Ostrava.'

Ik keek niet meer op en begon in mijn hoofd in het Pools te tellen: raz, dwa, trzy, cztery...

Een kleine triomf: woorden boven muziek! Met mijn musiceren kon ik je slechts gedeeltelijk bereiken maar ik wist nu dat mijn woorden je wel geraakt hadden. Maar ieder succes krijgt een schaduw. Op deze zondagochtend kreeg ik mijn schaduw, al zag ik het nog niet aankomen.

Doordat jullie mij verboden hadden een van jullie te zijn, ontgroeide ik de familiebanden in een vrij snel tempo. Jullie letten sinds die zondag op hoe ik at, hoe ik praatte en hoe ik me gedroeg. Dag in dag uit was ik bezig een ander kind te worden. En omdat ik niet bij mijn gezin mocht horen, las ik meer dan ooit. Tot mijn geestelijke ouders benoemde ik Lev Tolstoj en Maria Konopnicka. Anton Tsjechov en Marcel Proust waren mijn ooms en Eva Demski en Gabriela Zapolska mijn tantes. Ook met de dichters Bulat Okudzhava en mijn geliefde Maria Pawlikowska-Jasnorzewska bracht ik blijmoedige uren door. Ja, ik had een surrogaatfamilie gevonden en bewaarde afstand tot jullie drie.

8

'Tachtig, dat haalt niet iedereen,' zegt vader, 'dat wil ik in Polen vieren.'

Ev zit tegenover hem in Kaiser, een Oostenrijks restaurant in Essen, waar hij dagelijks luncht. Achterin schreeuwt een kind dat opa en oma tot rust proberen te brengen.

'Waar heb je het met Nina over gehad?' vraagt Ev. Twee dagen geleden zei Nina dat ze vader alles verteld had.

'Ik hou niet van telefoons. En ik hoor niet goed, dat weet je,' zegt hij driftig.

'Ik was wel boos op Nina.' Ev probeert zijn aandacht te vangen.

'Ik heb al een locatie uitgezocht,' zegt vader.

'Fijn,' Ev bijt op haar lip. Hij is oud maar ziet er verzorgd uit, het overhemd onberispelijk gestreken, de broek gedateerd maar met een scherpe vouw aan de voorkant.

'Deze week speel ik maar één stuk,' zegt Ev, 'waardoor ik onverwacht vrij ben. Om elf uur ben ik in de auto gestapt. Het is gelukkig niet zo gek ver van Hilversum hiernaartoe,' prevelt ze verder, ook al kijkt hij haar helemaal niet aan, 'alsof het zo moest zijn.' Ze lacht nerveus.

'*Sie wünschen?*' vraagt een blonde vrouw in dirndl. Met het perfect gevlochten haar op haar hoofd is ze het schoolvoorbeeld van een Germaanse schoonheid. Vader tovert een brede glimlach op zijn lippen.

'Herr Müller?'

'Wie immer, Schätzchen.'

'Und Sie?'

'Das ist meine Tochter, sie kommt spezial aus Holland.'

'Eine Forelle "Müllerin art" bitte,' zegt Ev, en ze klapt de leren menukaart dicht.

'Und zum Trinken?'

'Ein Glas Spätburgunder.' Duits gaat Ev nog steeds makkelijker af dan Nederlands.

Zodra ze om de hoek verdwijnt glijdt de lach van vaders lippen. Zes maanden geleden heeft ze hem voor het laatst gezien. Hun ontmoetingen wist ze uit haar geheugen alsof ze een schoolbord schoonveegt. Zijn ogen zijn vochtig, zijn golvende haren spierwit. In zijn oor glimt een hoortoestel. Een glimp van het doorzichtige plastic ontlokt haar een soort voldoening. Ooit had hij een absoluut gehoor. Nu hangen zijn oren als fletse antieke schelpen aan zijn hoofd. Hij vertelt haar over zijn buren die ze niet kent. Heeft Nina hem echt niets over haar situatie verteld? Waarschijnlijk interesseert hem dat niet. Zoals zijn buren haar niet kunnen boeien.

'Maar hoe is het met jou?' onderbreekt Ev zijn verhaal. Tijdens de twee uur durende autorit heeft ze een paar openingszinnen geoefend en zich met assertieve antwoorden gewapend.

'Ik wil ongeveer vijftien mensen uitnodigen,' zegt vader. 'Vijftien, als ze in juli nog leven. Weet je wat het ergste van het oud worden is? Niet een ziekte, dan blijven ze tenminste nog met je bezig, maar het verlies van je vrienden.'

Je hebt nooit vrienden gehad, je hebt altijd alleen maar kennissen, denkt Ev, maar ze zegt niets.

'De een na de ander gaat dood. Het kerkhof is een plek geworden die ik gezellig begin te vinden. Daar vindt de laatste tijd mijn sociale leven plaats.' Hij kijkt haar het hele gesprek niet aan. Ev knikt en laat hem praten.

'Eergisteren is mijn beste vriend Ludwig overleden, *scheiss Leben*... hij was pas achtenzeventig. En toen dacht ik, ik ga mijn verjaardag vieren. Wie kan nog zeggen dat hij tachtig geworden is?'

De serveerster arriveert met twee borden en zet ze voor hen neer. Op het ene ligt een belachelijk grote *Schweinshaxe*. De forel ernaast lijkt op een grap. Vervolgens schenkt ze het alcoholvrije bier in een smal glas voor vader en zet een tot de rand gevuld Romeins wijnglas voor Ev neer.

'*Guten Appetit, Herr Müller*,' zegt ze alsof Ev er niet is, en ze loopt weg.

Ev pakt haar glas en wil met vader proosten, maar hij pakt al met zijn beide handen het vlees. Het mes en de vork laat hij liggen.

'Proost,' zegt ze en ze heft haar glas. Ook nu krijgt ze geen aansluiting, ze zet de wijn onaangeroerd terug.

Tutto nel monde è burla, schiet haar te binnen. *Falstaffs* slotfuga van de opera: alles in de wereld is een grap. Haar vader lijkt op een verdiaanse operaheld. Zijn vingers glimmen van het vet, hij trekt het vlees van het bot af met een brede lach op zijn gezicht en stopt tegelijk een hap in zijn mond. Eten is leven, was altijd zijn credo. Falstaff, een oude, dikke man met weinig gevoel voor goede manieren.

'Heb je Nina gesproken?' vraagt Ev, hoewel ze het antwoord al weet.

Hij knikt. De forel ligt onaangeroerd op haar bord. Ze heeft ineens geen honger meer.

'En? Waar hebben jullie over gehad?'

'Bel haar zelf,' zegt hij.

'Heeft ze jou iets over mij verteld?'

Hij knikt opnieuw en likt het kale bot af. Ev grijpt nogmaals haar glas. De wijn verrast haar, lekker.

'En?' Ze denkt aan de afgelopen dagen. Er is weinig veranderd tussen vader en haar, maar ze had er ook weinig aan gedaan. Moet ze zich schuldig voelen?

Plotseling valt hij uit. 'Sinds wanneer interesseert mijn mening over jouw orkest je?' Hij laat het bot luidruchtig op het bord vallen. Het oudere echtpaar met hun kleinkind draait zich naar hen toe.

'Ik dacht...' Tja, wat dacht ze? Dat hij belangstelling zou tonen? Dat ze er met hem over kon praten? Ze neemt een minuscuul stukje vis in haar mond en kauwt erop alsof het een varkensbout is. Belachelijk, natuurlijk heeft vader gelijk, zijn mening voegt niets toe aan de situatie. Waarom heeft ze naar Floris geluisterd?

Familie is een verzinsel, een voorwendsel dat anderen graag gebruiken om hun eigen zwakten te verdoezelen. Familiebanden zijn boeien waarmee je je hele leven vastzit. Vaders kin glimt van het vet, op zijn overhemd zit een donkere vlek. De vis ligt Ev zwaar op de maag. Ze neemt een slok wijn tegen de opkomende misselijkheid.

'Ik dacht dat we eindelijk als twee volwassenen met elkaar zouden kunnen praten,' zegt ze ten slotte. 'Over jou en over mij, over wat er met ons leven gebeurd is. Je wordt tachtig. We hebben in het verleden tien jaar niet met elkaar gesproken. Maar soms vraag ik me af of het niet beter zou zijn dat we...'

Waar is ze mee bezig, stomme tranen, wat beschamend, denkt ze. 'Ik ben het zo zat steeds als een klein meisje behandeld te worden. Alsof je niet wilt erkennen dat ik een volwassen vrouw met een eigen leven ben, je... je accepteert me gewoon niet.' Ze verrast zichzelf. Haar lippen trillen van opwinding, haar lichaam voelt koud en warm tegelijkertijd.

Eindelijk is ze een blik van hem waardig, hij kijkt naar haar, zijn mond gaat open en dicht, hij schudt zijn hoofd.

'Könntest du es nochmals auf Deutsch sagen? Oder Polnisch? Warum sprichst du auf einmal Holländisch mit mir? Ich verstehe nicht was du sagst!'

Ev zit met haar handen als twee vuisten om het stuur. Ze passeert de grensovergang tussen Duitsland en Nederland. Normaal gesproken luistert ze naar een hoorspel. Maar nu zit ze stijf achter het stuur en concentreert zich alleen nog maar op de weg. Haar vader wilde naar huis. Alleen. Hij weigerde met haar te praten.

'Ik laat je met rust, stresskip, er valt niet met je te praten, ik ga alles met Nina regelen,' zei hij tegen haar en hij schudde zijn hoofd. Ze heeft haar monoloog niet in het Duits vertaald. Een rood verkeerslicht. Ev stopt. Geen huilbuien meer, beveelt ze zichzelf, geen gehoest. Een dissonant koor autotoeters dringt tot haar door. Het is groen, ze moet rijden.

Ze drukt de radioknop in. Een tedere melodie van een trompet wordt door de strijkers weersproken. Wat is dat? Kent ze dit stuk?

Misselijk stopt ze in een parkeerhaventje. Ze legt haar voorhoofd op het stuur. Het is Roussel. De *Petite suite* van Albert Roussel was het eerste stuk dat ze bij het Radio Filharmonisch Orkest speelde toen ze in 1991 naar Nederland kwam. De strijkers klinken lichtvoetig en speels. Het stuk past helemaal niet in zijn tijd, Roussel schreef het in 1929 – het jaar van de beurskrach en de daaropvolgende depressie. In februari 1930, het jaar van haar vaders geboorte, ging het werk als suite in première. De beelden in haar hoofd dwarrelen door elkaar. Naast haar opa en oma ziet ze ook Roussel die in een sombere woning in Parijs de fragiele frasen van zijn *Petit suite* noteert. De

Petit suite tegenover de machten van de wereld die haaks op de geboorte van haar vader staan. Het leven is een door niemand bedacht weefsel van tijd en gebeurtenissen dat zich blijft vernieuwen, waarom zou je dat willen begrijpen? Leggen we de verbanden zelf? Dichten we toeval te veel betekenis toe? Oma geloofde er niet in. Blijven doorgaan helpt, zei ze altijd, morgen komt de zon weer op en de dag begint zoals altijd gewoon opnieuw.

Ze richt haar aandacht weer op *Aubade*, het eerste deel begint met een melodie bij de trompetten waaronder de strijkers vragende loopjes spelen. Dat heeft ze net gehoord. Ze sluit haar ogen en ziet een straat met vele heen en weer lopende mensen, ze lachen en ruziën. Het duurt maar kort, iets langer dan een paar gedachten op een rij. Ze herkent het volgende deel, *Pastorale*. De hobo vertelt een lang verhaal, de fagot geeft hem gelijk. De strijkers maken zich zorgen en stellen terloops vragen op de achtergrond. Het verhaal wordt steeds door een andere blazer naverteld.

Welk instrument zou haar vader in een orkest spelen als hij voor de muziek had gekozen?

In het derde deel, *Mascarade*, komt de vrolijke straatonrust terug. Het alledaagse schijnt de gevaren effectief af te kunnen wenden. De hoorns hebben het meeste gezag, alsof ze de oude wijzen nadoen. Ook naar de fagot wordt geluisterd. En dan is alles voorbij. De betekenis vloeit voort uit de vorm: alles gaat voorbij.

13

Vader, ik herhaal mezelf, maar uit Ostrava kwam ik terug als een ander mens. De schaarse woordenwisselingen tussen jou en mij beperkten zich nu tot praktische mededelingen. De behoefte iets met jou te delen was er niet meer. Doordat ik de reis naar Ostrava had doorgezet, kreeg ik erkenning van de lerares en mijn vrienden op school. Ik leerde wat aandacht was. Doordeweeks leefde ik. In het weekend, toen zaterdag opeens een vrije dag op school geworden was, probeerde ik thuis niet op te vallen. Dan kon ik ongehinderd lezen. Alleen als ik jarig was, kreeg ik jouw aandacht.

Na de reis met het schoolorkest naar Ostrava ging het van kwaad tot erger tussen ons. Je weigerde ineens mijn wekelijkse zakgeld te geven. Een straf voor een misdaad die ik niet begaan had. Mijn kinderlichaam transformeerde en ik begon een bh te dragen. Andreas was definitief uit mij verbannen. Alsnog verbood je me rokken te dragen en stuurde je me regelmatig naar de kapper om mijn haar kort te houden. Omdat ik geen kleren in de juiste maat voor mijzelf mocht kopen, stal ik jouw overhemden. Jouw oversized *koszula* bond ik met jouw leren broekriemen om mijn middel met de knopen open, zodat iedereen mijn bh kon zien. Ik verfde handdoeken met zwarte inkt en naaide ze met naald en draad aan elkaar tot lange hippierokken. Tot de dag van vandaag weet ik niet wat je vreselijker vond: mijn kleren of mij.

Alles wat jij niet was kreeg mijn aandacht. Jouw woede jegens mij groeide evenredig met mijn behoefte jou met de buitenwereld en het normale leven te confronteren. Ik zorgde voor gênante scènes op school zodat je daar moest verschijnen en voor me moest opkomen. Dat deed je niet.

Het leek alsof alles wat ik deed nog meer vragen opwierp. Maar vragen wachten op antwoorden en die gaf je me niet. Op een dag kwam ik op het idee de rollen van muziek en literatuur te personifiëren: ik was de muziek en jij werd het verhaal van mijn puberteit. Naarmate ik meer van en over muziek wist, besloot ik je uit te dagen en met je te praten. Het lukte niet, je gaf geen antwoorden. Overmoedig ging ik door, ik begon te kletsen zodra ik je zag. Ik praatte je letterlijk en figuurlijk uit mijn lijf, zonder te beseffen dat ik de conversatie met mezelf voerde. Totdat ik je op mijn vijftiende verjaardag met de familie aan tafel vroeg waarom je de muziek had opgegeven.

'Ik kan zomaar weer de mondharmonica pakken of gitaar spelen,' zei je.

Je was een muzikant geworden en geen musicus. Je speelde alleen nog maar af en toe, als je er zin in had. Passie heb ik niet bij je gezien, je hebt nooit iets geofferd voor de kunst. Gedegen bouwde je een muur van vaste overtuigingen om je heen. Wanneer is de kloof ontstaan tussen jouw passie en jouw keuzes?

'Ik ga van viool naar altviool overstappen,' verklapte ik opgewekt. De verjaardagstaart stond nog onaangeroerd op tafel. De twee oma's, drie ooms en vier tantes die tussen ons zaten vielen stil.

'Daar heb je toch niets op tegen?' zei ik zo luchtig mogelijk.

Dat is wat ik voor mijn verjaardag van je vroeg, vader, je toestemming.

Moeder knipperde met haar ogen en perste haar lippen op

elkaar. Ze had me die ochtend nog gesmeekt om daar vandaag niet over te beginnen. Juist daarom zei ik het, alsof de familie garant stond voor jouw correcte antwoord. Mijn viooldocent zei het als eerste. Hij zag vooral een altvioliste in mij vanwege mijn fysieke predispositie – ik was op dat moment de grootste in de klas. Op de middelbare muziekschool, waar ik inmiddels drie jaar zat en nog drie jaar verder moest, golden communistische regels. De docenten konden niet om de ouders heen. De ouders bepaalden, de mening van de leerling telde veel minder. Voor alles moest er schriftelijke oudertoestemming op tafel komen. En toen ik je dat een maand geleden vertelde, lachte je me uit. Ik kon ook zeggen dat het schoolorkest krap zat met altviolen en dat ze me daarvoor benaderd hadden. Maar ik zweeg.

'Over mijn lijk,' zei je en het onderwerp was voor jou van tafel.

Daarop reageerde oma. 'Wat is een altviool?'

'Hij lijkt op een viool,' verklaarde ik ijverig, 'maar hij is groter. Je houdt hem nog steeds zoals de viool, ik bedoel onder je kin. En omdat hij groter is, is de klank lager, donkerder.'

'O, dan is hij niet zo schril als een viool bedoel je?' merkte tante Erna, jouw oudere zus, op. Iedereen lachte. 'Ik snap niet dat mensen een viool mooi vinden. Ernst, het is toch fantastisch, als Ev geen viool meer speelt dan ben je er toch vanaf?'

Er ontstond een discussie over wel doen, niet doen. Ik zat ertussen en keek je lachend aan. Moeder begon de taart rond te delen. Het thema ebde uiteindelijk weg tussen alle roddels van de familie. De volgende dag vroeg ik het opnieuw, ik kreeg je toestemming niet. Sindsdien maak ik me onzichtbaar, zoals de muziek in jouw leven. Zijn deze brieven de eerste stap om mijn weg terug te vinden?

Op een novemberochtend zat ik in een klaslokaal van de middelbare muziekschool in Katowice en keek uit het raam. Het sneeuwde, de witte vlokken veranderden in waterloopjes zodra ze het glas raakten. Vervolgens maakte een sterke wind er een natuurschilderij van. Door de water- en sneeuwlandschappen zag ik de overkant van de straat, waar een ijzeren poort stond. Vroeger was het een park. Erboven danste in de wind een rode doek met een communistische leus: *Proletariërs aller landen, verenigt u!* De fijne sneeuwvlokjes vielen op de plooien en maakten de woorden onleesbaar. Ik telde de eikenbomen achter de poort. Vijftien – één eik voor elk jaar van mijn leven.

'Fictie wordt soms realiteit,' hoorde ik de lerares zeggen. En realiteit wordt soms fictie, draaide ik haar zin om. Ik zat met mijn hoofd in Tolstojs *Oorlog en vrede*, Moskou in 1814, en dacht na over Natasja Rostova. Er zat veel meer in haar leven dan wat ze ermee deed, dat wist ze zeker. Was dat bij mij ook zo? De vijftien bomen achter de poort hadden tijden meegemaakt nog lang voor mijn geboorte. Waren dat Silezische of Poolse bomen? Dat vijftien bomen genoeg zijn om een park te vormen, leek sterk op een communistisch verzinsel. Tolstoj verpakte geschiedenis in een verhaal over liefde en verraad. Echte mensen, daar ging het om. Mensen die verliefd waren, mensen die tijdens de oorlog omkwamen, helden en lafaards. Polen, Silezië, Rusland, Frankrijk. Jaloers op Natasja's sterke karakter kopieerde ik haar op school en thuis. Ze wist op mijn leeftijd al zo veel beter wat ze wilde. En ik? Ik had slapeloze nachten omdat ik de overstap van viool naar altviool als een onoverbrugbaar obstakel zag.

'... Ev?' Dat was de stem van de lerares.

'Ja?'

'Kun je ons vertellen wat een prelude is?'

Ik wist het antwoord snel te geven. De muziektheorieles ging door en ik dacht verder na over Natasja. Totdat de lerares muziek opzette. Ik was meteen klaarwakker door de klanken, die als een zachte adem de klas tot leven brachten.

'Wat is het?' vroeg ik zachtjes aan mijn buurmeisje.

'Debussy... de titel kan ik niet uitspreken, in ieder geval heeft het met een prelude te maken,' zei ze. Ik keek naar de tafel waar de platenspeler stond. Ernaast lag een lp-hoes: *Prélude à l'après-midi d'un faune* van Claude Debussy. Ik bewoog van links naar rechts terwijl ik de wisselende akkoorden volgde.

'Dat waren de altviolen,' zei de lerares.

Ik keek op. De altviool was de afgelopen dagen mijn thema. Waarom mocht ik van jou niet op de altviool verdergaan? Jij bespeelde toch ook meerdere instrumenten?

De lerares ging verder over *Pini di Roma* van Ottorino Respighi en *Peer Gynt* van Edvard Grieg. Ze had het niet over de stukken, maar over de klank, de kracht en de betovering van verschillende orkestinstrumenten.

'De altvioolgroep is in het orkest zeer belangrijk. De balans zou zonder hen niet compleet zijn. Soms neemt de altvioolpartij een basstem over, soms omfloerst ze de vioollijn of het thema van de celli en in enkele gevallen is deze groep het harmonische hart van de strijkers. De bassen en de celli zijn de basis, de violen en de blazers voeren het hoogste woord maar altviolen zijn de buik, het hart of anders de gulden snede van het orkest.'

Ik dacht aan de afgelopen dagen, aan mijn verjaardag en de gasten. En aan jouw 'nee' tegen de altviool. Dacht je dat vooral de viool een waardig instrument was? Ik was er nooit van overtuigd. Ik vond het klavier boeiender en blazers – met name hoorn – natuurlijker klinken. De viool kon makkelijk ruzie krijgen in ensembles omdat hij altijd wilde soleren, de altviool stond altijd in het midden, wat beter bij mijn karakter paste. Het unisono tussen de aard van een instrument en de persoonlijkheid van de speler zorgt voor de magie die de luisteraars raakt. De grootste solisten waren op zo'n 'organische' manier met hun instrumenten verbonden. Maar ik was niet eens zeker of ik een solospeler wilde zijn. Mijn muziek ging niet over soleren maar over verhalen en over een plek in het leven vinden. Literatuur mocht er van jou niet zijn en nu probeerde je me ook nog bij de altviool vandaan te houden. Je vond de viool vooral interessant vanwege zijn solistische uitstraling, maar ik koos intuïtief voor de alt, juist vanwege de harmonieuze klank. Was je er daarom zo tegen? Achtte je, na zo veel jaren, het orkest nog steeds inferieur aan soleren?

Ons gezin kon me niet meer schelen, ik had dankzij de altviool een nieuwe uitdaging gevonden: het orkest. Samen met anderen zijn en musiceren, een onderdeel van een organisme zijn leek me een droom. De kracht van deze gedachte bracht alles in een versnelling. Nu kon ik je trotseren.

Ik verlangde zozeer naar de eerste stap zonder jou in mijn muziekuniversum dat ik er niet van kon slapen. Maar ik was ook bang: wat als het me niet lukt? Duizelig werd ik ervan, maar ik moest het proberen. Zo besloot ik je nooit meer om toestemming te vragen.

De ochtend na mijn verjaardag begroette ik je vriendelijker dan ooit. Ik zei geen woord meer over de altviool. Moeder wel, ze had geen vrede met het feest.

'Ik had je nog zo gevraagd niet over die stomme altviool te beginnen,' zei ze toen ze oud brood met boter voor mijn neus zette.

'Geen zorgen, ik zal het niet toelaten,' zei je tegen haar en je trok je voorhoofd in rimpels, ze leken op inkervingen van een houten beeld. Je stak een sigaret op, inhaleerde diep en pas toen de rook jouw mond verliet, praatte je tegen mij. 'Wat was dat voor vertoning? Wilde je me belachelijk maken?'

Ik liet de boterham staan, ging naar de woonkamer en opende de kast waar moeder alle documenten bewaarde. Het schrift van mijn schooldirecteur lag bovenop, ik pakte een envelop extra en nog een oude brief van de gemeente erbij en schoof alles in mijn schooltas. Vroeger dan normaal ging ik de deur uit en nam ik een bus eerder naar school. Er was nog niemand in de klas. Voorzichtig pakte ik eerst de envelop met de voorgedrukte toestemming en toen de oude brief van de gemeente waar jouw handtekening onder stond. Eerst oefende ik nog. Daarna zette ik je handtekening in één keer onder de toestemming. Tevreden vouwde ik het papier in vieren en schoof het in een schone envelop. Ik likte langs de randen met lijm, het smaakte zoutig. Nog voordat de eerste les begon, gaf ik de brief af in het kantoor van de schooldirecteur.

Twee weken later kreeg ik mijn eerste altviool van de school in bruikleen. Ik kwam naar huis en begon te studeren. Je kwam de kamer binnen. Met het koude hout van de altviool in mijn hand stond ik te trillen van angst. Weet je nog hoe je reageerde?

Je lachte!

Niet omdat ik mijn zin had doorgedrukt. Je lachte om mijn domheid.

9

Ev ligt al een tijdje wakker in bed. Aprilregen tikt zachtjes tegen het raam. Ze houdt van de prille ochtenden waarop je nog niet mag geloven in de zon. Deze week gaat ze Mozart spelen, een uitzondering tussen zo veel romantische en moderne programma's. Ze verheugt zich op de jonge Italiaanse dame die deze productie gaat dirigeren. De lust om te musiceren neemt ondanks de ontslagdreiging niet af, maar haar onrust groeit wel. De dagen beginnen en eindigen in hetzelfde tempo, ze doet dezelfde handelingen en leeft meer dan ooit met de muziek. Ineens heeft ze schoon genoeg van de onzekerheid. Wat ze nodig heeft is een beslissing om in vrede met zichzelf verder te kunnen leven. En het vertrouwen dat alles alsnog goed komt. Maar er is ook nog de angst. Nooit meer in het orkest te mogen spelen sluit haar onafhankelijkheid uit. Sinds haar eerste salaris was ze altijd haar eigen baas. Maar nu twijfelt ze of dat echte vrijheid is.

Als kind leefde ze in een droomwereldje dat zich op zielsniveau afspeelde, een wereld waar woorden, taal en verhalen haar innerlijke vrijheid gaven. De taal als een ruimte waar ze zich kon opladen en waardoor het leven eenvoudiger leek. De letteren als een onzichtbare drijfveer die ze ook gebruikte om met muziek verder te gaan. Wanneer is ze de tinten van haar intiemste wereld kwijt geraakt? Ze heeft het nooit toegegeven, maar deze gedachten wegjagen voelde als verraad.

Ze hoort Floris ademen, draait haar hoofd naar hem toe en glimlacht. Ze schuift haar hoofd dicht bij het zijne, ze is hem dankbaar dat hij zijn zakenreis twee weken verschoven heeft. Maar morgen is het zover, hij gaat naar Bergamo. Een leeg bed en eenzame avonden, ze ziet ertegen op. Maar zoals de zon na een nacht weer opkomt, zo zal ook de dag dat alles anders wordt aanbreken.

Floris is bijna klaar, hij komt in de keuken bij haar staan en drinkt zoals altijd voor het ontbijt twee glazen water.

'Wat speel je deze week?' vraagt hij.

Ze fronst, ze kan zich de stukken van Mozart niet zomaar herinneren.

'Een ouverture... maar welke?' Ze denkt na. 'Ik moest aan een verhaal denken toen ik het gisteren op de dienstlijst zag staan.'

Floris vult nog een glas water en drinkt het in één teug leeg.

'O ja, *Out of Africa*. Robert Redford en Meryl Streep, ken je de film?

'Nee,' zegt Floris vluchtig.

'Ze zijn op safari in Afrika.' Ev verplaatst zich zonder moeite naar het verhaal. '*In the middle of nowhere* sjouwen ze met een oude koffergrammofoon. Ze hebben maar één plaat: Mozarts *Klarinetconcert*. Dat stuk gaan we deze week spelen.'

Ze hoort meteen het lieflijke adagio klinken en ziet de acteurs naar de horizon kijken.

'Wat wil je voor je vijftigste verjaardag? Over een maand is het al zover,' zegt hij onverwacht. Hij pakt zijn agenda en haalt haar uit haar dagdroom, terug naar de keuken.

Ev schiet in de lach. 'Hoe kun je daar nu aan denken?'

Floris antwoordt niet, binnen een paar minuten staat hij bij zijn auto. Ev blijft bij de voordeur staan. Hij zwaait voordat hij instapt. 'Maak er gezellige dagen van en ga niet zitten treuren, oké?'

Ze maakt een vuist en steekt vervolgens haar duim omhoog terwijl hij wegrijdt. De regen tikt harder op de stoep. Ze wil de tijd vasthouden zodat de goede dagen zich kunnen herhalen, zoals je een muziekstuk steeds weer opnieuw repeteert.

13

Vader, het is je ontgaan, maar de westerse wereld drong al in 1982 ons kleine Silezische wereldje binnen met de dood van de Duitse componist Carl Orff. Ineens stond *Carmina Burana* in de kranten, was het op tv te zien en dreunde het bijna iedere dag op de radio. Ik stond in de keuken terwijl *O Fortuna* alweer de ochtend met onheil kleurde. Een Romeinse tempel aan de Tiber, waar de geefster van alle geluk sinds eeuwen geëerd werd, drong zich aan mij op. In haar rechterhand een roer, aan haar voeten de wereldbol met een zonnerad en in de linkerhand de hoorn des overvloeds die me aan mijn eerste schooldag en de puntzak herinnerde. Stonden al die bonbons en chocolaatjes symbool voor overvloed?

Ik schoof mijn rechterhand in de mouw van mijn jas en keek naar het rode embleem van de Middelbare Muziekschool dat er door mijn moeder opgenaaid was. Jij dronk koffie aan de keukentafel.

'Als je je eindexamen haalt, krijg je van mij rijlessen en een kleine auto,' zei je. Je droeg een onderhemd. Je bovenlichaam was gespierd, maar je buik puilde uit je broek. 'Ben je niet blij?' voegde je eraan toe. Je gezichtsuitdrukking had iets uitdagends.

Ik was niet van plan het eindexamen 'te halen', ik was vastbesloten een diploma vol goede cijfers te bemachtigen dat voor mij de poort naar het conservatorium zou openen. Ik liet je vraag onbeantwoord en maakte me klaar om naar school te gaan.

'Wat zeg ik, dat gaat je sowieso niet lukken. Je wilt iets wat je niet kunt, maar daar kom je nog wel achter,' zei je en je slurpte luidruchtig van je koffie. 'Ik wist vanaf het begin dat de viool te moeilijk voor je was,' ging je door. 'Misschien gaat de makkelijkere weg met de altviool je nu wel een keertje lukken. Weet je, de ene heeft waar de ander zijn hele leven naar zoekt. En jij bent een type dat het nooit gaat vinden.'

Een flinke boer onderbrak je even. 'Ik meen het: een rijbewijs en een auto...'

Ik pakte snel de altviool en knalde de deur achter me dicht. Toch was ik te laat – jouw twijfels hadden me al in de klauwen. Iets knapte in me. In een paar minuten was het je weer gelukt mijn ambitie te laten wankelen. Waarom liet ik het steeds toe?

Vandaag weet ik dat juist beperkingen andere wegen mogelijk maken. Maar toen was ik nog niet zover. Ik studeerde als een bezetene. Nee, niet om de auto te krijgen, maar om te zorgen dat jij geen gelijk zou krijgen.

Iedere dag voordat ik naar school ging, opende ik de altvioolkist, nam de strijkstok in mijn handen, draaide aan de metalen spanschroef bij de slof en spande het haar op. Daarna maakte ik de riem los die de hals vasthoudt om te voorkomen dat het instrument in de kist gaat schuiven. Met een zakdoek uit het vakje linksonder veegde ik de snaren schoon. Als ik de altviool onder mijn kin legde voelde hij als de verlenging van mijn lichaam. Mijn handen behoefden geen gebruiksaanwijzing om de ronde klank te produceren. Het ging vanzelf. Ik stemde de snaren, eerst met de stemschroeven, daarna verfijnde ik ze met de metalen fijnstemmers op het zwarte staartstuk dicht bij mijn kin. De stemming van de vier snaren ligt een kwint lager dan die van de viool. De vijf tonen lager waren de bodem onder mijn voeten waardoor ik in mijn natuurlijke register mocht blijven. Na een kwartiertje toonladders en dubbelgrepen spelen, controleerde ik altijd nog de stapel. De stapel, een stokje dat vanbinnen het boven- en achterblad van elkaar houdt, zorgt voor de overdracht van de trillingen en wordt ook wel 'de ziel' genoemd.

In het kwartet zag ik parallellen met een ideaal gezin: iedereen had zijn eigen plek en kreeg soms een mooie solo, terwijl de anderen zwegen of begeleidden. De kleine studeerkamer waar ik urenlang zat te studeren werd een tempel voor mij. Ik verliet de school pas als het begon te schemeren. En toch, een dag zonder boeken was niet compleet. Aan de muziek gaf ik mijn ziel, met verhalen laadde ik me op. In die tijd zoog Joseph Conrads *Hart der duisternis* me op. Marlow en zijn reis naar het duistere Congo behoren tot mijn engste dromen. Nog steeds snijdt dit boek als een mes door de donkerste hoeken van mijn geest. Conrad liet me geloven dat alles mogelijk was. Zou het kunnen gebeuren dat ik zo ver bij je vandaan ging wonen dat ik je kwijt raakte?

Ik las de laatste pagina's van Conrads roman aan de keukentafel, maar in mijn gedachten was ik in Congo. Op de bladzijde verschenen vingers met zwarte nagelriemen en ik rook diesel. Maar dat was niet Marlows hand. Jij stond naast me. Jouw vingers kromden zich en met een ruk veegde je het boek van het tafelblad. Met een rood gezicht en nog rodere ogen begon je te schreeuwen.

'Het is half twee 's nachts, wat doe je in godsnaam? Die verdomde boeken van je! Ik ga ze allemaal verbranden!' De alcoholwalm uit je mond was zo sterk dat ik terugdeinsde. Verlamd keek ik hoe je de bladeren uit het boek scheurde.

'Niet doen!' Ik had liever dat je je agressie op mij zou uitleven.

'Woorden betekenen niets, hoor je? De grootste leugens zijn woorden!'

'Waarom...' begon ik.

'De communisten, Hitler, allemaal manipuleren ze mensen met hun woorden, wil je je leven verpesten?'

Je praatte zonder na te denken en verdoemde alles wat mijn innerlijke leven zo verrijkte.

'Muziek kan nooit een misverstand zijn, muziek kan niet liegen of bedriegen, onthoud het verdomme!' krijste je. 'Snap dat nou, goddomme!'

Ik stond al in de keukendeur om naar de slaapkamer te gaan.

'Constant zit je met je hoofd in die idiote boeken. Maar het hart, hier,' je bonkte met beide vuisten op je borstkas, 'hier is het centrum van het leven. Denken kunnen we allemaal, maar voelen niet.'

Nog geen tien minuten later lag ik in het bed dat ik met Nina deelde. Moeders regelmatige ademhaling twee meter van me vandaan gaf de nacht een ritme. Ik hoorde je in de woonkamer ijsberen. Mijn buik verkrampte. In mijn hoofd dreunde Martinu's concert voor altviool.

Op een gegeven moment hoorde ik je snurken, ik stond stilletjes op en liep op mijn tenen naar de keuken. Ik zakte door mijn knieën, de verscheurde bladzijden op de grond voelden als een verminkt lichaam. Voorzichtig schoof ik de gewonde kanten aan elkaar, las de zinnen die bij elkaar hoorden en streelde het papier.

10

De eerste ochtend zonder Floris voelt altijd vreemd. Ze kijkt naar zijn lege bed en denkt terug aan Iris, gistermiddag, in de stad. Ze hebben een vermogen uitgegeven. En toen trok ze Iris een boekhandel binnen. De geur van het papier en de nieuwe titels van bekende schrijvers wekten een verlangen op om er langer te blijven. Maar Iris was al gauw klaar, ze liepen door. Met de behoefte om in haar eentje naar die winkel terug te gaan, staat ze nu op.

In de woonkamer vindt ze een Italiaanse reisgids die Floris heeft achtergelaten. Zijn reis was te kort voor een toeristische toer. Ze bladert en leest over de trots van Bergamo: Gaetano Donizetti. Floris en zij zijn er ooit samen geweest en ze hebben Donizetti's graf bezocht. De Italiaan deed Ev sterk aan Mozart denken, met hetzelfde gemak componeerde hij zijn muziek in een mum van tijd. Hij schreef meer dan vijfenzestig opera's, bijna drie keer zo veel liederen, een enorme hoeveelheid kamermuziek en zestien symfonieën. En hij is slechts tweeënvijftig geworden, het getal twinkelt als een neonlicht in haar hoofd. Over drie weken is ze vijftig.

Fjodor sleept een grijsbruine mus door het luikje. Ze schrikt van het gepiep, de aanblik is erbarmelijk.

'Walgelijk, Fjodor! Foei, weg met je!' roept ze en ze probeert hem weer naar buiten te krijgen. Hij laat de vogel uit zijn bek vallen. Is die nog te redden? Ze pakt een boterhamzakje uit de la, stopt haar rechterhand erin en tilt de vogel op. Twee zwarte oogjes kijken haar aan. Ze legt de vogel voorzichtig op een afdakje en hoopt dat Fjodor daar niet komt. Misschien kan de vogel alsnog wegvliegen.

Binnen wast ze haar handen met zeep, ze houdt ze lang onder een straal warm water. Door het keukenraam ziet ze een jongen de straat uit fietsen. In weerwil van zichzelf moet ze lachen, ze denkt aan Bo. Toen hij drie dagen na hun gesprek in Rotterdam belde om te zeggen dat hij niet naar het concert was geweest, durfde ze niet door te vragen. Hij bleef voorlopig bij zijn moeder wonen. Bo was de laatste tijd aardig tegen haar, bijna amicaal. Waarom kost het haar zo veel moeite niet te oordelen? Omdat ze niet is wie hij denkt dat ze is. Is ze een musicus die stiekem meer om taal en woorden geeft dan om muziek en zich na vijfenveertig jaar beroepsmatig musiceren afvraagt of dat de juiste weg is geweest? Ze schrikt ervan. Heeft dat nu met haar baan of met haar vader te maken? Ze moet beslissen hoe ze verder wil leven en of ze de dochter wil blijven die niet om haar vader geeft.

Haar telefoon trilt. Een foto van Floris verschijnt op het scherm. Hij staat nu vast en zeker op een zonnig Piazza Vecchia. Zal ze hem vertellen wat ze zojuist ontdekt heeft? En dat ze hem mist? Maar ze staat bedremmeld naar het mobieltje te kijken, ze moet dit alleen doen, Floris is haar man en niet haar psycholoog. Het is bijna negen uur, ze schuift de telefoon in haar tas, trekt een jas aan, pakt de altviool en vertrekt naar de studio.

Hoe is het mogelijk dat ze te vroeg is? Er zijn nauwelijks mensen, ze loopt naar het infobord. De repetitie begint vandaag bij uitzondering pas om tien uur met de derde symfonie van Prokofjev, haar lievelingssymfonie die ooit als opera bedoeld was.

Ze opent haar koffer en pakt de altviool.

'Goedemorgen, Eveline.'

'Els.' Als ze zich omdraait kijkt ze in de violetblauwe ogen van de HR-medewerker. Els is jonger dan zijzelf, haar lange haar golft langs haar gezicht. Els verplaatst haar gewicht voortdurend van de ene op de andere voet. Ev kijkt naar haar roodfluwelen schoenen met zeer hoge hakken.

'Ev, gaat het goed met je?'

Het 'ja' komt niet, ze heeft het gevoel dat er wol in haar longen zit, en dat ze ieder moment kan stikken.

'Wil je het er even over hebben?' vraagt Els.

'Waarover?'

'Over je situatie en hoe het met je gaat.' Els legt een hand op Evs schouder.

'Nu?'

'Ja, waarom niet?' zegt Els.

Ev denkt aan Prokofjev, aan haar gedachten van vanochtend. Een knoop schiet los in haar maag. Voordat ze een woord kan zeggen, rollen er zomaar tranen over haar gezicht. Verdorie, dat is niet de bedoeling.

'Kom.' Els pakt nu zachtjes een arm van Ev. 'We gaan naar mijn kantoor, naar boven.'

Waarom laat ze zich als een lam wegvoeren? Ze legt de altviool terug in de kist, maar zodra ze een stap zet, is ze misselijk. Ze verlaten de studio, de handen van Els om haar schouders, ze duwt ze weg, alsof ze niet alleen kan lopen. Haar benen hebben ineens geen botten en er stijgt warmte in haar op. Nee, niet weer flauwvallen, bezweert ze haar lichaam. Els houdt haar opnieuw vast als ze een koelere ruimte betreden. Ze hoort de airconditioning zoemen. Els' rode schoenen dansen rond een hoge tafel waar de waterkoker op staat en ze krijgt een kopje thee. Els lijkt even de kikkervrouw te zijn, ze is net zo lief en zorgzaam, alleen veel jonger en mooier. Het dringt tot Ev door dat Els haar iets vraagt.

'Ev, je hebt hulp nodig, dit gaat zo niet.'

Wat bedoelt ze, Ev begrijpt haar niet, ze kan zichzelf prima redden.

'Ev?' Els' voorhoofd rimpelt zich omhoog. Na een korte pauze spreekt ze verder. 'Weet je dat het best mogelijk is dat je je baan houdt? Er moet nog een onderzoek van het UWV komen en je collega's zijn ook bereid om hun dienstverband om te zetten naar minder werkuren om alsnog een mogelijkheid voor jou te creëren.'

Waar heeft ze het over? Als ze het vertelt om haar te troosten, hoeft het van Ev niet.

'Ik sta toch op de ontslaglijst?' zegt Ev met een te harde stem.

'Dat klopt, dat kan ik niet ontkennen. Wat ik wel kan is je alternatieven bieden en je in je keuzes begeleiden.'

'Keuzes? Heb ik ineens keuzes?'

'Die zijn er altijd.'

Kletspraat, denkt Ev en ze zakt in haar stoel. Els begint over niet-waargemaakte dromen en andere wegen te vertellen. Dromen heeft iedereen, herhaalt ze keer op keer. Heeft zij die ook? Ev luistert onwillekeurig. Haar dromen zijn onderweg naar haar volwassen leven gesneuveld, verdwaald, in een afgrond tussen haar beroep en de foute keuzes gevallen. Ze sluit haar ogen. Een mislukte relatie in Polen, een verschrikkelijke vergissing in Duitsland. Ze heeft nooit tijd gemaakt om bij haar dromen stil te staan. Dat ze muziek tot haar droomwereld gemaakt heeft zegt meer over haar dan over de realiteit.

'Wat doe je graag in je vrije tijd?'

'Koken... studeren, voor Fjodor zorgen, lezen, maar ook boodschappen doen, het huis opruimen of soms tuinieren,' antwoordt Ev mechanisch.

'Dat bedoel ik niet.' Els dwingt haar beter na te denken. Ineens gaat de tijd achteruit als in een film die je terugspeelt. Jaren geleden vormden taal en literatuur haar kloppende hart en de muziek was een vertrouwd gevoel waarmee ze haar bestaansrecht veroverd had. Maar nu? Wat kan ze zeggen? De muziek is routine geworden, boeken leest ze alleen nog af en toe en talen gebruikt ze meer praktisch dan om verdieping in het leven te zoeken. Wat daagt haar nog uit? De wereld draait automatisch door; opstaan – eten – werken – eten – studeren – boodschappen doen of schoonmaken – koken – eten – lezen of tv-kijken of bioscoopbezoek of vriendenbezoek – slapen. Bo is een constante op de achtergrond. Af en toe een leuke avond met Iris of Helga, af en toe een uitje met Floris, vakanties met of zonder Bo. Klaar. Een patroon dat van iedereen zou kunnen zijn.

Els kijkt haar belangstellend aan. 'Waarom zeg je niets? Je moet het niet allemaal zelf dragen. Praat over wat je bezighoudt, vertel waar je over piekert.'

Heeft Franka of Wilma misschien gezegd dat ze niet goed functioneert? Wat moet ze doen? Zij is aan de beurt om iets te zeggen.

'Wat houdt het in?' vraag Ev.

'Begeleiding, hulp.' Els glimlacht voor het eerst, staat op en haalt een aantal brochures uit haar bureaulade. Ev bekijkt ze een voor een, dan leunt ze achterover en begint te vertellen.

Ev is pas laat thuis, ze voelt zich licht, bijna vrolijk. Zal ze iets koken? Geen zin. Ze gaat naar de badkamer en wast haar handen. De woorden van Els hebben iets losgemaakt. Fjodor komt naar haar toe, hij geeft kopjes, natuurlijk, hij heeft honger, ze is vergeten zijn bakje te vullen.

Het regent pijpenstelen. Haar mobieltje blijft stil. Zal ze

naar Helga gaan? De avond is nog jong, Ev pakt de paraplu.

Helga opent de deur en straalt, met een dramatisch gebaar gooit ze haar handen in de lucht. 'Kom binnen!'

'Alles goed?' Ev fronst haar voorhoofd en stapt naar binnen.

'Ik heb net met Alice geskypet, we hebben een goed gesprek gehad.'

Ev gelooft niets van wat Helga zegt. Ze kan nauwelijks op haar benen blijven staan.

'Fijn,' zegt ze zo luchtig mogelijk en ze glimlacht.

'Wit?'

'Heb je nachtdienst gehad?'

'Achtenveertig uur achter elkaar gewerkt, een noodgeval, wil je niet weten.'

Ev krijgt een vol glas witte wijn. Helga's overdadige krullen vallen vandaag bijzonder op. Wanneer is ze voor het laatst bij de kapper geweest? Haar gebaren zijn overdreven, haar lach blijft te lang op haar mond plakken. De woning is een warboel. 'Heb je het hier ook met Alice over gehad?' Ev tikt met haar wijsvinger tegen het wijnglas.

'Ondanks de regen wordt het eindelijk warmer buiten,' mompelt Helga en ze komt bij Ev zitten.

Waarom reageert ze niet op haar vraag?

'Toen ik vanochtend naar huis kwam,' zegt Helga, 'was ik zo moe dat ik op de bank waar je nu zit in slaap ben gevallen. Heb je over dat busongeluk gehoord? Allemaal kinderen van acht en negen jaar oud. Ik heb nog nooit zoiets meegemaakt.'

Helga's magere handen bewegen heen en weer. Op de dikke wallen onder haar ogen zitten strepen mascara.

'Gaat het goed met Alice? Redt ze het daar?' vraagt Ev. Ze wordt afgeleid door de groef tussen Helga's wenkbrauwen, is dat een litteken? Heeft ze iets gemist? Nee, het is gewoon een rimpel, die zat daar altijd al. Hij is alleen nog nooit zo diep geweest.

‘Achter alles zit altijd een verhaal, niets is wat het lijkt,’ mijmert Helga. Ev weet niet zeker of ze nu de kinderen uit de bus bedoelt of Alice.

‘Ach, weet je, ik kan ook niet bij elkaar fantaseren dat het goed gaat,’ zegt Helga wanhopig. ‘De benijdenswaardige wilskracht van Alice functioneert beter op haar werk dan privé. Maar ik merk dat ze... dat ze onverschillig blijft. Als ik haar over haar vader vertel, zegt ze niets. Ze luistert wel, maar haar mening houdt ze voor zichzelf. Terwijl ik weet dat het gewoon klote is wat Mark doet.’

Het glas van Ev staat nog onaangeroerd op tafel als Helga haar glas leegdrinkt en zichzelf opnieuw inschenkt.

‘En Bo?’

‘Dus je hebt geen steun aan Alice?’

‘Ja en nee, maar dat wist je al.’

Ev pakt eindelijk haar glas op. Waar zal ze op proosten? ‘Op het betere leven,’ zegt ze en ze vertelt over de verhuizing van Bo’s moeder. Als ze de boosheid van Floris beschrijft, beseft ze dat ze het over patronen heeft. Denkpatronen van beschermende ouders. Zo wordt het een verhaal dat erg dicht bij het hare ligt. Met het verschil dat ze het voor Bo opneemt. ‘Uiteindelijk vraag ik me af waarom Floris niet openstaat voor Bo.’

Helga luistert aandachtig en antwoordt pas na een poosje. ‘Floris heeft weinig invloed op die jongen. Legt hij zichzelf de druk op of komt dat door zijn ex?’

Ev weet niet wat ze moet zeggen. Hij is niet de vader die hij zou willen zijn, dat weet ze zeker. Het lijkt er wel op dat de maat voor Floris vol is en hij zijn stempel op Bo’s leven wil drukken.

13

Vader, waarom heb je me vroeger zo geplaagd? Hoe beter het met mij op school ging, hoe minder belangstelling je voor me had. Traditiegetrouw organiseerde de Middelbare Muziekschool in Katowice een concert voor de zes beste leerlingen die de opleiding afrondden. Toen ik van mijn altvioolдocent hoorde dat ik een van de zes gelukkigen was, wist ik niet zeker of ik blij moest zijn. Als ik in mijn eentje op het podium stond, was de magie van het samenspel weg. Soleren of aanvoeren vond jíj aantrekkelijk, niet ik.

Ik stelde me het concert voor, moest ik je mijn kunstjes laten zien alleen om je de mond te snoeren? Je noemde mijn drang naar kamermuziek, mijn remplaceren in een professioneel orkest en alles wat niet soleren was een 'communistisch trekje'.

Het was een vriendelijke meidag in 1983, ik liep van school in de 27 Januaristraat naar het centrum. De herenhuizen uit de tijd dat schoonheid nog gevierd werd, waren nu grijs geworden. De Silezische bruin- en steenkolenmijnen rondom de hoofdstad Katowice bliezen het kolenstof de lucht in zonder enig besef van milieuvervuiling. Op zonnige, windstille dagen zoals vandaag was de vuile lucht tastbaar: je kon hem ruiken, je handen waren algauw vies en je neusgaten kleurden na een half uur wandelen donkergrijs.

Ik stak over naar de zonnige kant van de straat en dacht aan jou. Maakte ik niet een fout om iets af te wijzen wat zich aandiende? Net zoals jij dat deed? Ik was wel trots dat ik tussen de zes beste instrumentalisten op de lijst stond. Zou ik wel gaan spelen? Als ik dat deed, zou je nooit meer kunnen zeggen dat ik het niet kon.

Plotseling was ik weer vier en voelde jouw hand om de mijne in de Filharmonie. Weet je het nog? De kikkervrouw, ze heeft me de hele muziekbasisschool als een goede moeder begeleid. Niemand die zo lief voor me was. Nooit vroeg ik je wie ze in jouw leven was.

‘Ik doe het niet,’ verkondigde ik mijn altvioolleraar bij de volgende les.

Hij ging zitten en keek me aan.

‘Waarom niet?’ vroeg hij.

‘Ik heb er nooit van gehouden. Solo spelen is niets voor mij.’

Mijn docent lachte. ‘Kijk, dat was vroeger, dat klopt, maar nu rond je na twaalf jaar je muziekopleiding af. Je bent negentien jaar geworden, misschien is die solo een prima gelegenheid om te onderzoeken of het nog steeds niets voor je is?’

‘Ik weet het niet,’ antwoordde ik eerlijk.

‘Musiceren is ook confrontaties opzoeken, je hoeft niet meer te vluchten, je hebt iets bereikt en bent een professioneel musicus geworden.’ Hij kwam met zijn gezicht dichterbij. ‘Je kunt het, Ev, dat weet ik zeker.’

Ik dacht weer aan jou, vader. Met neergeslagen blik friemelde ik met mijn vingers.

‘Ev? Het optreden is iets bijzonders, je bent een van de besten, waar ben je bang voor?’

De zon achter mij wierp lange schaduwen op de grond.

‘Maar als je het niet wilt is het ook geen probleem.’ Hij stond op, ging bij de lessenaar staan en zuchtte. ‘Wat heb je voor vandaag voorbereid?’

De les duurde bijna anderhalf uur. We namen de moeilijkste passages van de Beethovenkwartetten onder de loep. Ik knapte ervan op. Na afloop, doodmoe maar gelukkig, nog met de klankkast in mijn handen, draaide ik me in een opwelling naar hem toe.

'Ik... ik wil wel in de Filharmonie spelen,' zei ik.

'Goed zo, Ev,' zei hij lachend, '*carpe diem*!'

Met de altvioolkist op mijn rug slenterde ik door de stad. De avondzon belichtte de gevels van de huizen en benadrukte de afgeslagen hoeken en diepe barsten in de muren. Ik genoot van de wandeling. In mijn hoofd hoorde ik nog steeds de thema's van de kwartetten en probeerde ik alles wat ik vandaag geleerd had vast te houden. De feestelijke stemming en het gesprek met mijn docent gaven me de moed om je vanavond te verrassen met het nieuws over mijn concert in de Filharmonie. Toen ik thuiskwam was je er niet.

'O jee, het is toch niet de bedoeling dat we erbij zijn?' vroeg moeder meteen. 'Ik heb geen jurk die nog goed is. Overal reparaties en mijn beste blouse is al zo veel keer gewassen dat hij flets is geworden.'

'Ik ga sowieso niet,' riep Nina vanuit de woonkamer, 'sterrenssaai, zo'n concert.'

'En waarom doen ze het nu al? De diploma-uitreiking is toch veel later?' vroeg moeder. 'Voor hetzelfde geld hebben ze zich vergist en heb je het toch niet gehaald, stel je voor, wat een schande!'

Ik had nog niet eens de kans gekregen te vertellen wanneer het concert zou zijn. Ik had alle examens al achter de rug en ik was dik geslaagd, bijna allemaal tienen. Toch geloofde moeder net zoals jij liever in een vergissing dan in mij. Ik zei niets meer.

Nina vond boeken saai en klassieke muziek lawaaierig. De

enige passie die haar opwond was spijbelen. Ze was flamboyant en geliefd bij haar leeftijdgenoten. Ik niet.

Leven is een ander zijn, las ik kortgeleden in Fernando Pessoa's dagboeken, *je hebt een leven binnen en je hebt een ander leven buiten.* Hoe was Nina werkelijk? Ze hoefde zich niet tegen jou te verzetten, ze leefde buiten jouw wereld en hoewel ze een geweldige zangstem bezat, kwam het nooit in je op haar tot muziek te dwingen. Vaak was ik jaloers op het gemak waarmee Nina leefde. We waren twee totaal andere planeten in jouw universum.

'Of we gaan allemaal of helemaal niemand,' besloot mijn moeder.

Nina kwam de keuken in, zwaar opgemaakt.

'Ik heb mijn vrienden verteld dat je met je eindexamen bezig bent. Wat voor thema heb je eigenlijk voor je mondeling examen gekozen?' vroeg Nina terwijl ze haar nagels vijlde.

'Opera, de verbinding van woord en emotie in de muziek. Ik was zo enthousiast...'

'Jezus.' Nina barstte in lachen uit, ze wierp haar lange paardenstaart van links naar rechts en lachte nog harder. 'Je bent echt niet goed snik! Wie luistert er tegenwoordig naar opera? Hallo, wortelkop, het is 1983! Geen mens die nog naar de opera gaat. Radio Luxemburg, radio Hilversum – dat is de muziek waar mensen van houden!'

'Hou op.' Ik schaamde me voor mijn rode haar en dat wist ze. 'Wat weet jij ervan en wat bedoel je met: mensen, alles en iedereen? Ken je de hele wereld? Dat jouw vriendjes niet naar de opera gaan, lijkt me duidelijk...'

'Stil!' onderbrak moeder ons. 'Ik word helemaal gek van jullie twee!'

En zo ging het maar door.

Je kwam pas twee dagen later thuis. Sinds het nachtelijke incident in de keuken, toen ik Joseph Conrad las, was je nog minder thuis. Ik was zo gefocust op studeren voor het eindexamenconcert, dat ik me helemaal niet met je bezighield. Moeder zag er slecht uit en ik vond het ongepast te vragen of je iets wist van mijn concert. Ik liet het op zijn beloop.

De repetitieweek van mijn optreden was begonnen. Dinsdagochtend moest ik al om negen uur in de zaal van de Silezische Filharmonie aanwezig zijn. Vanaf de eerste minuut voelde ik me ongemakkelijk. Ik had moeite met het staan voor het orkest, met de aandacht van de musici en met de dirigent. Mijn docent verzekerde me dat ik goed speelde.

'Je moet je beter concentreren, dat is alles,' zei hij lachend.

'Maar hoe?' vroeg ik.

'Het is volkomen normaal dat je je niet op je gemak voelt, dit is de eerste keer dat je met het orkest als soliste samen speelt. Maak je geen zorgen,' bagatelliseerde hij mijn bezwaren.

Onrustig ging ik naar huis. De sfeer was om te snijden. Jij zat met moeder aan tafel, maar jullie keken elkaar niet aan. Moeder frommelde met een natte zakdoek. Nina ging een week bij haar vriendin logeren omdat haar ouders in het buitenland waren.

'Ik kom misschien toch naar je luisteren, Jola vindt het gaaf dat je in de Filharmonie optreedt,' zei Nina vrolijk toen ze met de gepakte tas de keuken in kwam. Blijkbaar was het ons familiekenmerk dat we in eerste instantie dingen deden die anderen goedkeurden. Ik lachte.

'En jij, pa?' vroeg ik meteen aan je. Mijn hart bonkte zo hard in mijn oren dat ik bang was jouw antwoord te missen.

'Ja, we komen,' zei moeder. Een traan rolde uit haar ooghoek langs haar wang en viel op tafel.

'Hoe laat begint het concert en de hoeveelste ben je?' Je stem was kalm en je draaide je naar mij toe.

'Kom je echt?' vroeg ik alsof één keer horen niet voldoende voor me was.

Je knikte een duidelijk 'ja' met je hoofd. Moeder stak haar hand uit, helemaal over tafel, en raakte je aan. Ze glimlachte.

Achter het podium was een gat in het gordijn waardoor ik de zaal goed kon zien. Nina, haar vriendin en moeder vielen me meteen op. Maar jij was er niet. Ik bleef je zoeken. De stoelen waren bijna allemaal al bezet. Nog vijf minuten en het concert zou beginnen. De suppoosten sloten de deuren, maar de stoel naast moeder bleef leeg. Een knellend gevoel in mijn keel joeg de tranen naar mijn ogen, ik probeerde te slikken en keek voor de laatste keer de zaal in. Je was er! Waarom zat je drie rijen achter moeder? Pas toen zag ik een vrouw naast je. Met een grote bril en een rode mond viel ze erg op in haar groene jurk. De kikkervrouw. Ze was ouder, het haar droeg ze wat korter, maar ze trok veel aandacht met haar uiterlijk. Ik keek naar haar hand op jouw wang, ze kuste je.

Twintig minuten later stond ik op het podium. De hoboïst speelde een a en het orkest begon te stemmen. Ik zag mijn docent en keek vlug naar moeder. Ze lachte me toe, de lege stoel naast haar brandde op mijn netvlies. Nina was met haar vriendin aan het kletsen. Ik durfde jouw kant niet op te kijken.

Dittersdorfs concert voor altviool was mijn keuze, ik was goed voorbereid en daardoor kreeg ik veel ruimte in mijn hoofd voor andere gedachten. Te veel. Concentratie, vermande ik me, strijkstokindeling, klank, ritme, herhaalde ik opnieuw terwijl het orkest al de intro speelde. Het zweet gleed langs mijn nek de jurk in. Het kriebelde achter mijn oren maar ik bleef iedere maat tellen en negeerde de neiging om het weg te vegen. Snel, langzaam, zestienden loopjes in F-groot, sprong, letten op de dirigent hier, ademen – het kolkte in mijn hoofd. Op een gegeven moment stond ik met mijn gezicht naar het orkest toe alsof ik het samenspel opzocht. Tevergeefs, ik moest soleren, herinnerde ik me, terug naar het publiek. Jij lachte breed en venijnig in mijn hoofd, maar ik gaf niet op. Toen ik de laatste noot met een royaal gebaar naar boven afstreek, wist ik: dat was eens maar nooit weer, dat deed ik één keer, voor jou! Het was voorbij, ik straalde. Ik wilde schreeuwen: zie je dat ik het kan?

Het applaus was enorm, ik boog me gracieus naar voren en voordat ik de bloemen in ontvangst nam keek ik in jouw richting. De kikkervrouw gaf me een staande ovatie, maar de stoel naast haar was leeg.

11

Als ze het studiogebouw binnen loopt, ziet ze haar gehele groep zitten praten aan de koffietafel. Ze pakt de trap, bij iedere stap vallen er druppels water van haar altvioolkoffer op de grond. Haar trui is doorweekt onder haar jas. Een koude rilling loopt langs haar rug, ze laat de kist in de studio staan en zoekt het toilet op. Met haar handen onder een warme straal water kijkt ze in de spiegel en vraagt zich weer af of haar collega's soms over haar spraken.

Terug in de studio schuift ze achter de lessenaar en bladert in Puccini's *Madama Butterfly*. Deze muziek is het vuur zelf, ze zal het gauw warm krijgen.

Puccini is niet echt haar favoriete componist. Ze vindt hem luidruchtig en excessief. Hij leefde of in ondraaglijke armoe of in hemelse welstand, zijn vrienden waren of daklozen of prinsen. De ene dag leefde hij op water en brood, maar de volgende dag was kaviaar met champagne nog niet goed genoeg voor hem. Onverdraaglijk en fantastisch tegelijkertijd. Dat geldt ook voor zijn muziek: de aria's snijden door je ziel of je vindt ze hysterische zeepbellen. Hij was niet in balans geïnteresseerd en hij haatte de middelmatigheid. Toch mist Ev de subtiliteit, de nuancen in zijn muziek, zijn zwart-witte muzikale kleurenspel overtuigt haar niet. Hoe liefelijk Cio-Cio-San in de eerste akte ook *Quanto cielo! Quanto mar!* zingt, Ev gelooft Puccini nog steeds niet.

De altvioolpartij telt 69 pagina's, de bladzijden staan vol opmerkingen en correcties die er met zwart potlood bijgeschreven zijn. De originele bladmuziek eronder is bijna niet te zien, de muzieknoten zijn niet makkelijk te lezen. Smerig. Lastig. Het wordt een gumweek als de dirigent interpretatiewijzigingen doorgeeft.

De collega's lopen het podium op. Ev oefent de lastige snelle loopjes terwijl ze haar passeren. Haar vingers worden warmer. Franka gaat op de eerste stoel zitten.

'Goedemorgen Ev,' zegt ze zachter dan gewoonlijk, 'ik heb het gisteren met Kees over je gehad.'

Ondanks de rillingen voelt Ev haar wangen branden.

'Je hoeft je niet groot te houden, we staan allemaal achter je. Echt waar!'

Ev weet niet zeker of ze haar dankbaar moet zijn. Franka glimlacht naar haar alsof ze wil zeggen: het komt goed. Daarna draait ze zich om en Ev ziet haar lange, rode krullen op haar rug vallen.

'We laten je niet zomaar gaan,' zegt Arthur ineens naast haar.

Ev weet niet wat ze met deze woorden moet. Ze kijkt naar haar collega's. Ze hebben het er allemaal moeilijk mee, ze knikken en proberen naar haar te glimlachen. Spelen, doorgaan, denkt Ev en ze zet haar vingers op de toets. Ze klemt de altviool zo stevig onder haar kin dat haar kaken pijn doen.

'*Buongiorno professori*,' roept de Italiaanse dirigent vrolijk en hij zoekt bekende gezichten in het orkest op, die hij met een knipoog begroet. Het is duidelijk dat hij niet voor de eerste keer voor het orkest staat, maar ze kan zich hem niet herinneren. De vrolijkheid in het orkest botst met het besef dat iedereen in haar groep nu weet dat ze wordt ontslagen. De dirigentenstok zwaait en de ouverture begint. Ze zet in met een flink vibrato.

Weer met haar gedachten bij Puccini stelt ze zich het Japanse meisje voor. Hoe oud zou ze zijn? Zestien? Achttien? Ev weet het niet meer. De Amerikaanse luitenant Pinkerton verschijnt en Cio-Cio-San valt als een blok voor hem. Eigenlijk een heel modern verhaal. Niets telt meer, het meisje geeft haar geloof en zichzelf op om met de Amerikaan te kunnen trouwen. Dan gaat alles mis. Pinkerton verdwijnt en ze blijft zwanger achter. Antonio, de dirigent, legt zijn handen neer, het orkest stopt met spelen.

'Je moet het als musicus begrijpen,' zegt hij, 'of voelen, nog beter! Liefde en illusie, het noodlot, de vloek en de dood,' Antonio legt zijn vingertoppen tegen elkaar, 'dat zijn de vijf motieven van Cio-Cio-Sans tragedie. Deze leitmotiven keren regelmatig terug, ze vertellen het verhaal. De uitdaging is ze herkenbaar te maken, de luisteraar moet de verbanden tussen de scènes leggen. *Prego*, niet altijd op dezelfde manier spelen, meer nuanceren. Waar we nu gestopt zijn, zit het doodsmotief, *la morte*, dat horen we straks ook in de slotscène. Bassi en celli, ik zou hier meer sinister inzetten, altviolen geen mezzoforte maar begin pianissimo. Het crescendo is pas in de vierde maat. En over de hele lijn meer dan intensief vibrato, *molto vibrato, con amore, professori...*'

'Hij praat te veel,' fluistert Arthur en hij gumt de oude beschrijvingen uit, 'wat een smerige partij, is die van hem?'

Ev keert in het verhaal terug zodra Antonio weer de maat aangeeft. Het bekende gevoel bekruipt haar al snel. Iedere keer als ze Puccini speelt raakt ze geïrriteerd. Kitsch, dreunt een oordeel in haar hoofd, emotiecircus. En dan hoort ze haar vaders stem: *Je bent een kruimeltje van God, meer niet. Haal niet in je hoofd dat je ooit meer gaat worden.* Wat bezielt haar de grote Italiaanse componist te beoordelen? Ze kan niet eens haar baan behouden.

Ze voelt zich opgebrand. Puccini durfde wel meer dan *Gods kruimeltje* te zijn. Ze is jaloers. Jaloers en woedend omdat ze niets durft. Ze heeft geen lef. Het ontbreekt haar aan verbeelding als ze aan de toekomst denkt. Leven volgens je eigen wil, ongeacht de mening van anderen – hoe doe je dat? De weg vinden waar ze jaren geleden aan voorbijgegaan is.

Als ze thuiskomt, vindt ze Bo in de keuken, ze is blij hem te zien. Hij smeert een boterham, gooit er haastig een plak kaas op en begroet haar met een kus op haar wang.

'Ik ga zo weer weg, hopelijk is het oké dat ik eten gepakt heb.'

'Tuurlijk!' Ev moet meteen aan het laatste gesprek met Helga denken.

'Mijn docent heeft een jamsessie georganiseerd vandaag.'

'Jazz? Hardrock? Blues?' Ev lacht.

'Jazz natuurlijk, er komen een paar collega's van zijn werk. Ik ben superzenuwachtig,' zegt hij. Zijn wangen gloeien, Ev heeft hem zelden zo vrolijk gezien.

'Dus het gaat goed?'

'Gewoon, normaal...'

Gewoon, het woord dat hij zo spontaan zegt, doet haar huiveren. Het woord heeft een andere betekenis voor haar gekregen. Wat is nog gewoon voor haar? Ze werkt nog gewoon in het orkest, Floris is gewoon op reis, Iris belt haar ook al gewoon iedere dag op, dat deed ze daarvoor nooit. Helga ligt gewoon in scheiding. Gesprekken met Els na afloop van de repetities lijken nu ook al gewoon. Maar als Bo het zegt, klinkt het positief. Ze is bijna vergeten dat gewoon ook fijn kan voelen.

'Over een half uur moet ik er zijn.'

'Als het in Hilversum is, dan ben je daar zo.'

Maar Bo luistert niet. Hij rent naar boven om zijn elektrische viool te pakken. Als hij naar beneden komt zit de lange koffer op zijn rug en de kleine versterker houdt hij in een Albert Heijn-tas vast.

'Hoe is het om in Rotterdam te wonen?'

Ineens wordt hij serieus. 'Kunnen we het daar een andere keer over hebben? Ik moet nu echt weg.'

'Is goed, geen zorgen, ik heb ook met je vader al...'

'Hij wil niet met me praten.'

'Dat is niet waar, Bo, hij werkt hard en...'

'Ik moet nu weg, sorry, ik wil op tijd komen...'

De deur valt achter hem in het slot. Ev zucht en loopt naar de keuken. De boterham ligt nog steeds op het aanrecht. Ze pakt hem en rent naar buiten. Bo fietst net de straat op. Ze haalt hem op het laatste moment in.

'Bo! Je boterham!'

Hij draait terug en komt bij haar staan. 'Dank je.'

'Bo, ik wil je nog...' begint ze, maar komt niet verder. Wat wil ze eigenlijk zeggen? Hem aanmoedigen? Voelt ze zich schuldig omdat ze niet genoeg aandacht aan Bo en zijn situatie besteedt in de gesprekken met Floris? Ze kijkt even in zijn ogen. Geen rode vlekken in zijn gezicht, geen trekkende mond, zelfs de puistjes zijn minder geworden. Hij glimlacht naar haar, trapt ongeduldig op de pedalen en fietst weg.

13

Vader, in Polen ben je altijd een Duitser geweest. Maar in je Poolse paspoort stond de naam Jan in plaats van Ernst of – zo noemde je jezelf graag – Hans. Deze drie namen stonden voor de drie verschillende mannen die je afhankelijk van de omstandigheden speelde: Hans was de elegante *bon vivant* en *womanizer*, Ernst was de oprechte Duitser, een communistenhater die zich door het regime onderdrukt voelde en zijn *Heimat* miste en Jan was het gezicht naar buiten, de vrolijke Pool en Silezïër die deed wat-ie kon, niet altijd volgens de regels, om te overleven. Soms wist je zelf niet meer wie van de drie je was.

Ik heb het opgezocht, in je geboorteakte staat Ernst. Je bent geboren in Ruda Śląska. Roeda betekent erts en Sjlonska is Silezië. Deze grote stad ligt niet ver van Katowice vandaan en was langer in handen van Duitsers dan van Polen. Ik kon Habsburgers en Pruisen vinden maar geen Pools geslacht dat hier zo lang heerste. Geen wonder dat je daar een Germaanse sfeer proefde. Jaren na de Eerste Wereldoorlog was de bevolking in je stad nog steeds verdeeld: zijn we nu Polen of Duitsland? Meer mensen spraken zich uit voor aansluiting bij Polen. Jouw ouders hoorden bij de minderheid.

Jouw Duitse hart twistte met de Slavische ziel, zoals het westerse Duitsland met het communistische Polen. Tonen wat je niet hebt en zijn wie je niet bent is jouw kenmerk geworden.

De leugens waren jouw charme en levensstijl, niemand die je niet geloofde. De saaie communistische realiteit, waar het antwoord op iedere vraag een 'nee' was, wist je voor iedereen kleuriger te maken met een 'ja'. Voor iedereen behalve je eigen gezin. Je was de enige chauffeur in heel Silezië die een eigen – ik bedoel geprivatiseerd – bedrijf had. Dat bestond toen in Polen niet. Terwijl je collega's in loondienst werkten bij socialistische bedrijven, pronkte jij in een oranjerode Bedford-truck met op de deur het opschrift: MEUBEL TRANSPORT MÜLLER. Dat viel op, zeker als je bedenkt dat grijs de meest voorkomende kleur in de stad was.

Alles in de vrachtwagen functioneerde volgens de Britse normen, het monolithische communisme maakte het onmogelijk aan de kleinste schroef te komen, maar dat verzweeg je. Een tijdlang probeerde je dat zelf op te lossen. Verwonderlijk hoe creatief je was om handwerkers over te halen om voor jou onderdelen te smeden. Ze maakten voor jou de schroeven in inches, kregen de motor met Poolse verzinsels aan de praat en verbogen ijzeren platen om je carrosserie op te krikken. De beperkingen van het systeem tegenwerken verbond mensen.

De drie namen die je afwisselend gebruikte, boden je een uitweg uit elke situatie. Natuurlijk heb ik er als kind helemaal niet bij stilgestaan dat de weg naar de beste specialisten altijd via hun vrouwen liep. Elegante vrouwen, echtgenotes, dames van plezier die je met anderen gedeeld hebt. Daarom ging je het liefst overal alleen naartoe, zonder moeder.

'Iemand moet toch bij je blijven,' zei je een keer toen je voor de spiegel een hemelsblauwe das van pure zijde onder de sneeuwwitte kraag van je overhemd knoopte.

'Voor mij hoeft mama niet thuis te blijven,' zei ik, 'ik ben bijna achttien!'

Je keek op alsof je me voor het eerst zag. 'Alsof leeftijd bij jou iets uitmaakt, je bent nog een kind!'

Ik volgde je bewegingen in de spiegel. Jij was voor mij de grote, onbekende wereld. Toch bleef je vreemd, een man die ik vader noemde. Zoals de mannen met wie ik later een relatie kreeg. Lang zocht ik onbewust jouw evenbeeld in mijn partners, wat mijn relaties stuk voor stuk kapot maakte. Totdat ik veel later, pas in mijn volwassen leven, Floris ontmoette. Hij was het die me de fragiele grens tussen wrok en genegenheid duidelijk maakte. Toen pas begreep ik hoe aanwezig je in al mijn eerdere relaties was geweest.

Als kind heb ik vaak gefantaseerd dat je niet bestond en in plaats van jou verzon ik iemand anders: een goede fee, een beste vriendin en later een sterke man, een begripvolle minnaar. Maar toen je voor de spiegel stond en je das in een windsor knoopte zei je iets. Een zin die ik nooit meer zou vergeten.

'Als je iets in je leven bereiken wilt, krijg dan geen kinderen. Ze zijn een grote hinder... net zoals jij.'

Even later vertelde je me dat ik een ongelukje en geen gewild kind was. Dat snapte ik niet meteen.

Een paar dagen later was het mijn verjaardag. Ik vroeg je nog een keer wat je bedoelde.

'Ik had liever een zoon gehad. Nou ja, je kunt niet alles hebben. Vandaag ben je alweer achttien, wat gaat de tijd snel voorbij.'

Ongeluk en teleurstelling zijn twee woorden die je met mijn bestaan associeerde. Sindsdien heb ik je niet geloofd bij alles wat je zei bovenal.

Na mijn achttiende begreep ik al snel dat alles beter was dan thuis te blijven wonen, waar ik iedere dag opnieuw een portie liefde moest verdienen. Welbewust koos ik voor het Conservatorium in Krakau. De zeventig kilometer afstand betekenden voor mij een ware bevrijding.

Het was zondag 1 oktober 1983, mijn nieuwe leven zou vandaag beginnen. Ik zat in de trein, mijn verhuiskoffer onder mijn voeten en de altviool op schoot. Een man tegenover mij las de Poolse *Gazeta Robotnicza*, een van de oudste Silezische kranten. Ronald Reagan prijkte op de voorpagina, zijn mond stond breed open, de titel van het artikel kon ik net niet zien. In een hoekje eronder stond dat Joanna Andrzejewska, de zus van ene Leszek, naast een gevangenisstraf ook nog een boete van 16.000 zloty kreeg voor 'actieve aanwezigheid tijdens een illegale samenkomst van studenten in Siedlce'. Ik wist niet wie ze waren, maar ik wist wel dat 16.000 zloty ongeveer een gemiddeld maandsalaris was. Een equivalent van 20 dollar. Een som die voor mij onbereikbaar leek. De man vouwde de krant samen, schoof hem in zijn zakenkoffertje, leunde naar achter en sloot zijn ogen.

De wagen schokte, buiten deed de zon zijn best om de betonnen flatgebouwen en het opschietende onkruid langs de muren op te vrolijken. Ik was nu ook een student geworden, maar mocht ik daar trots op zijn? Alles wat met onaangepast gedrag te maken had werd in de kranten altijd met studenten geassocieerd. Volgens het motto: kennis leidt tot verval.

Het voelde alsof ik ineens fout bezig was. Na het opleggen van de Staat van Beleg, die pas in juli 1983 was geëindigd, was er een vijandige propaganda tegen universiteiten en het hoger onderwijs. Was een mijnwerker een betere burger dan ik? Met mijn opleiding koos ik een weg die geen draagvlak in de maatschappij had, dat stond vast. Voor het eerst besefte ik dat zelfstandig denken en de drang te willen weten primaire levensbehoeften voor mij waren geworden. Dankzij jouw leugentjes over je afkomst en het gedoe met de Poolse wet ontdekte ik dat kennis wel degelijk invloed op beslissingen heeft.

De trein reed nu sneller, de betonnen gebouwen maakten plaats voor groene bossen en brede weilanden. De zon verdween. En toch had ik de indruk dat de wereld opgewekter werd. Inmiddels hadden we Silezië verlaten. Ik kon niet wachten om Krakau te ontdekken. Nieuwsgierig vroeg ik me af hoe de kamer in het studentenhuis eruitzag, met wie ik de kamer zou delen, en het belangrijkste: kon ik ook zonder jou in mijn leven van muziek houden?

Krakau, ooit de hoofdstad van Polen, was altijd al het intellectuele centrum van het land. Hier heb je één identiteit: de Poolse. Hier was ik gewoon Pools, het Silezische dialect had ik niet meer nodig. Deze eenheid van taal en gedachten, het gevoel dat niemand vooroordelen jegens mij koesterde, dat niemand op dit moment beter wist hoe ik moest leven, bevrijdde een enorme hoeveelheid geluk in mij.

De eerste maanden bedacht ik dat ik het woord 'teleurstelling' uit mijn leven weg moest werken en daarna de angst dat ik niet goed genoeg zou zijn onder ogen moest zien. Om dat te bereiken studeerde ik iedere dag urenlang. Mijn hoofddocent kwam een keer per twee maanden uit Parijs en gaf ons lessen die een halve dag duurden. Een aangename, intensieve tijd van spelen en muziek in het bloed krijgen. De rest werkte ik met zijn assistente uit. Het ging goed, al snel behoorde ik tot de top van de studerende musici en werkte ik me omhoog in de kamermuziekwereld. Toch overviel me regelmatig moedeloosheid, er bleef een lege plek in mij, een plek die pijn deed bij iedere gedachte aan thuis, aan jou. Om deze pijn te stillen las ik. Pas in de stilte van de bibliotheek, met een boek over een wereld die ver van de mijne stond, werd de pijn verzacht. In de stilte, niet in de muziek. Alsof de muzieknoten slechts verdovingsmiddelen waren en de letters het echte medicijn. Was ik de zin achter de muziek ineens kwijtgeraakt?

Mijn eerste volwassen stappen begonnen me parten te spelen. Over mijn afkomst en het verleden praatte ik zo min mogelijk. Ik identificeerde me veel meer met mijn successen, klampte me aan de altviool vast en timmerde uit de muziek de grond onder mijn voeten en de hemel boven mijn hoofd. Voordat ik het in de gaten had, was ik ook afwisselend Ernst, Hans of Jan – maar dan op mijn eigen manier. Ineens werd ik gezien, gerespecteerd en bewonderd.

Het was december 1983, kort voor kerst. Na afloop van een concert in de Filharmonia Krakowska waar ik drie van de zeven kwartetten van Grazyna Bacewicz had gespeeld, gingen we, alle vier de musici van het kwartet, nog even naar de kroeg. Binnen was de verlichting spaarzaam, op de tafels lagen donkergroene tafelkleden met witte doeken in het midden waarop kunstanjers in plastic vaasjes pronkten. Kunstanjers, geen kerstversiering. We bestelden een fles zoete vermouth en gingen zitten. Met smeltende sneeuwvlokken in het haar praatten we over het concert. Toen de fles leeg was, gingen de eerste en de tweede violiste naar huis. Ik bleef met de cellist aan tafel zitten.

'Ken je de schilderijen van Kantor?'

'Van wie?'

'Van Tadeusz Kantor, een bijna verboden kunstenaar die in het buitenland succes heeft.'

'In het buitenland?' vroeg ik. 'Waarom niet hier? En waarom zou ik hem moeten kennen?'

De cellist zuchtte, zette beide ellebogen op het tafelblad en wreef in zijn handen.

'Je speelt goed, beter dan de anderen hier, maar toch blijf je buiten de muziek staan.'

Ik viel stil.

'Dat is jammer,' praatte hij verder. 'Muziek is meer dan klank en opgeschreven noten. Om van muziek je leven te maken heb je meer nodig. Schilderijen, literatuur, toneel, maar vooral je eigen leven. Alles wat je hier ziet en hoort is door iemand anders bepaald. Je hebt dat niet eens door. Kantor is in Polen verboden omdat hij de grenzen overschrijdt. Het gaat me niet om schoonheid, het gaat erom met jezelf verbonden te zijn. Kantors taal is niet een tekening of schilderij, maar de associatie die het bij anderen oproept. Snap je wat ik bedoel?'

Wartaal, dacht ik. 'Wat moet ik dan doen?'

'Er zijn, Ev! Er zijn in plaats van slechts iets te proberen, of enkel uit te voeren. Ook – of in het bijzonder – als je speelt! Wie ben je? Waarom jij? En wat wil je in godsnaam met de altviool in je leven?'

12

De studio zit vol. De lunchconcerten worden altijd goed bezocht. Maar vandaag is ze te moe om met plezier te spelen, de gesprekken met Els putten haar uit, ze heeft rust nodig. Op het podium onderdrukt ze een geeuw. Het liefst zou ze nu opstaan en weggaan, maar de dirigent springt al op het podium. Ze legt haar strijkstok op de snaar. Laat de muziek beginnen, misschien helpt dat. Zesde symfonie van Tsjaikovsky, een werk dat haar diep raakt. Maar niet vandaag. De vingers doen hun werk wel, het probleem zit in haar hoofd. Om bij haar positieven te blijven zoekt ze naar het verhaal achter de *Pathétique*. Vandaag lukt het haar niet de kracht van de wisselende emoties in de klagende melodielijnen te vertalen. Negen dagen na de première was Tsjaikovsky dood. Vergiftigd, zegt de geschiedenis.

Het gif in haar lichaam is vandaag de vermoeidheid. Het spelen voelt als tegen de stroom in zwemmen. Het gaat, maar het is niet echt musiceren. Het eerste deel is voorbij. Het tweede deel wil een wals zijn maar dan in een ongebruikelijke vijfkwartsmaat, ze moet haar hoofd erbij houden. Nu begint deel drie met zijn marssfeer. Als de uitbarsting van koper en pauken zijn climax bereikt, eindigt dit deel. Applaus, de zaal denkt dat het voorbij is. Maar nu meteen, *attacca*, begint de sombere finale. Alsof Tsjaikovsky hier zijn eind voelt naderen.

Ze heeft nu zes maten pauze te tellen. Het is bijna voorbij, ze zucht zachtjes en laat haar armen zakken. De pauk die zijn hartslag imiteert kruipt onder haar huid. Ze telt, maar de vermoeidheid is te groot, ze is bang om de concentratie te verliezen. Met haar ogen glijdt ze langs het publiek. Een lachend gezicht springt eruit. Het is nog een jongen, de mensen links en rechts van hem hebben allemaal grijs haar. De een luistert met gesloten ogen, de ander met een geconcentreerde blik op het orkest. Ze kijkt terug naar de jongen. Hij lijkt op Bo. Het duurt even tot ze begrijpt dat hij het inderdaad is. De maten rust zijn voorbij, ze speelt weer, toch schiet haar adrenaline omhoog, wat doet hij hier? Moet hij niet op school zijn? De muziek gaat door, eindelijk applaus. De dirigent wordt nog een paar keer teruggeroepen om te buigen en de orkestmanager overhandigt hem, zoals altijd tijdens de lunchconcerten, een flesje wijn in plaats van bloemen. Als alles afgelopen is, ziet Ev Bo naar haar zwaaien. De grijns zit nog steeds op zijn gezicht.

'Jeetje, wat een hoop herrie,' zegt hij als hij bij haar staat. Ev klemt de altviool onder haar arm, haar collega's gaan links- en rechtsom van het podium af.

'Bo, wat doe je hier?'

'Ze willen me!' Hij kijkt naar haar alsof hij een miljoen heeft gewonnen.

'Wie? Wat bedoel je?'

'Jazzviool, conservatorium, weet je nog?' Zijn grijns wordt nog breder.

'Dat zeg je nu pas? Hé, wat goed zeg! In Amsterdam?'

'Ja, ik heb het net gehoord,' zegt hij grijnzend, 'ik kom in aanmerking voor een vooropleiding. Voor de echte auditie moet ik eerst mijn havodiploma halen. '

'Ik ben echt trots op je, heb je even tijd?' De gedachte aan haar middagdutje is in een klap weggewist. 'We kunnen naar De Jonge Haan lopen, dat is vlakbij, ik wil alles horen.'

De bruine tafel plakt, de zonnestraal die op de twee koffiemokken valt trekt een scherpe lijn tussen ons. De slagroom op haar appelgebak, dat ze niet zo snel naar binnen kan werken, loopt uit en druppelt van het bord op de tafel.

'Het is wel veel wat nu ineens allemaal gebeurt, niet?'

'Je bent de eerste die het hoort.' Bo's glimlach zit nog steeds als vastgelijmd op zijn lippen.

'Heb je het je moeder nog niet verteld?'

'Nee, die snapt er niets van. '

Ev prikt opnieuw een stuk taart op haar vork. 'Zou ik ook niet snappen in haar plaats.'

'Waarom zeg je dat nou?' Bo's stem klinkt ineens knorrig, '... je weet toch hoe het zit? Ik wil daar niet blijven. Zeker niet met die vriend van haar.'

'O, ik dacht dat je juist blij was om weer bij je moeder te wonen.' De appeltaart smaakt haar niet, maar ze eet door. Als de groep jonge mannen naast hen weggaat is het een stuk rustiger om hen heen. 'Trouwens, Rotterdam is een boeiende stad, hoor.'

Bo gooit zijn lange benen onder de tafel naar voren, zijn bordje is leeg en hij leunt achterover.

'We zitten hier mijn nieuwe carrière te vieren, ik dacht dat je blij voor me zou zijn.'

Ev lacht. 'Vertel, hoe ging het allemaal?'

Het duurt even totdat hij zich herpakt, maar zodra hij het weer over muziek heeft, is zijn opgewektheid helemaal terug. Al zijn twijfels zijn in een klap weggeblazen. Nog maar een paar weken geleden leek hij bijna een andere jongen. Ze luistert en lacht. Maar klinkt dat niet te soepel? Te mooi? Ev drukt haar achterdocht de kop in.

'Het blijkt dat ik met theorie minder problemen heb dan de anderen. Alleen de praktijk, daar moet ik aan werken.'

'Zo te horen zul je er heel hard aan moeten trekken.'

'Daarom ben ik ook vandaag naar je toe gekomen.' Hij wacht even met de volgende zin. 'Met mijn moeder kan ik het er niet over hebben,' zegt hij voorzichtig, 'zou het mogelijk zijn dat ik toch weer bij jullie kom wonen?'

'Dat ligt voor de hand, lijkt mij, met een school in Hilversum en straks in Amsterdam, maar je snapt wel dat ik dat niet in mijn eentje kan beslissen.'

'Ik wil dit echt.'

'Dat hoef je mij niet te vertellen.'

'Aan zowel de auditie als de opleiding zijn kosten verbonden. Mijn leraar heeft het voorgeschoten, maar ik moet het natuurlijk terugbetalen.'

Ineens ziet Ev hoezeer Bo schrikt van zijn eigen woorden. 'Denk je dat ik dat aan pa kan vragen?'

13

Vader, het feit dat je in alles wat ik deed mijn kader was, besefte ik pas in Krakau. De nacht na het gesprek met de cellist kon ik niet slapen. Ik had je tot mijn grenslijn gemaakt en verkleinde daarmee mijn bevattingsvermogen. De volgende dag studeerde ik nog langer. De dag erna ook. De grijs wordende sneeuw op de stoep van het conservatorium was de enige associatie met de kersttijd. Geen enkele versierde boom, geen lichtjes achter de ramen. Kerst vierde je toen thuis, niet op straat. De winkels hadden niets te bieden, boodschappen kreeg je op de bon. Twee ons vlees per maand. Ik leefde van zoete broodjes, aardappelen en af en toe tien centimeter worst. De traditionele hennepsoep of karper, daar moest ik nu niet aan denken, jouw tradities verwijderde ik uit mijn systeem. De bibliotheek was mijn nieuwe domicilie. Ik ging op zoek naar de muziek, naar de betekenis van de woorden die ik van de cellist gehoord had.

In de verstilde tijd tussen kerst en oud en nieuw gunde ik mezelf langere bezoeken aan de bibliotheek van Krakau, waar ik me onderdompelde in de brieven van Gustave Flaubert en het Parijs van de jaren 1857 en 1863.

'(...) Lees Montaigne, lees hem langzaam, en rustig!' schreef Flaubert aan zijn vriendin, de schrijfster Leroyer de Chantepie, '(...) Maar lees hem niet zoals kinderen lezen, om u te amuseren, en niet zoals ambitieuze lieden lezen, om u te ontwikkelen. Nee, lees om te leven. Schep voor uw geest een intellectuele atmosfeer die uit de emanatie van alle grote geesten zal bestaan. (...) En wanneer u iets verveelt, moet u zich erin vastbijten.'

Hij correspondeerde negentien jaar lang met deze vrouw. Waren ze een koppel? Deze woorden raakten doel. Ik las ze telkens weer. Van de laatste zin maakte ik: en als u iets niet begrijpt, moet u zich erin vastbijten.

Vervolgens rende ik naar de balie om Montaigne te lenen.

'Die hebben we slechts in het Frans,' zei de vrouw glimlachend.

'Maakt niet uit,' zei ik. Ook al zou ik er niets van begrijpen, dan kon ik met mijn vingertoppen langs de zinnen gaan, zijn gedachten aanraken.

'Het boek mag je niet meenemen.' De glimlach van de vrouw kwam nu triomfantelijk over.

'Maar ik kan het toch hier lezen?'

'Lees je dan Frans?' De vrouw trok nu haar wenkbrauwen omhoog en onderzocht me van top tot teen. 'Hoe heet je?'

'Eveline Müller.'

'Müller?' Ze hapte nadrukkelijk naar adem. 'Müller, Duits dus?'

'Nee, Pools,' zei ik zacht, ik wist zelf niet of ik nu gelogen had of niet.

'Dat kan niet, niemand in Polen heet Müller met u – umlaut. Ze pakte nu een groot formulier en begon te schrijven. 'Geboortedatum, de namen van je ouders en adres.'

Met stomheid geslagen stond ik haar bewegingsloos aan te staren.

'Waarom?' Eindelijk had ik mijn stem weer terug. 'Om hier een boek te lezen? En u hebt trouwens mijn studentenlegitimatie, is dat niet voldoende?'

'Het is nog steeds aan mij om te zeggen of dat voldoende is, jongedame, als je met me in discussie gaat bel ik de politie.'

Politie, dacht ik, alsof ik iets gestolen heb. Ik besloot niets meer te vragen. Ik gaf haar wat ze vroeg. Toen ze na een paar minuten klaar was, stuurde ze me naar de leestafel.

'En het boek?' vroeg ik.

'Welk boek?'

'De Franse essays.'

'Zoals gezegd heb ik alleen één exemplaar en dat is in het Frans. Als je in het genre geïnteresseerd bent, heb ik ook prachtige essays van Lenin en Marx en Engels.'

'Montaigne,' onderbrak ik haar, 'ik wil graag het boek zien.'

'Wat heeft het voor nut als je de taal niet kent?'

Ik wou schreeuwen dat het haar niets aanging maar ik zei slechts: 'Alstublieft.'

'Ga maar zitten, ik kom zo bij je.'

Ze maakte nog meer notities, stond op en verliet de zaal. Die komt nooit meer terug, was mijn eerste gedachte toen ik haar achter de hoge deur zag verdwijnen, ik word voor straf opgesloten. De leeszaal was helemaal leeg. In afwachting van het boek en ook een beetje om het ongemak te verdrijven, las ik verder in Flauberts brieven. Ik was ongeveer tien pagina's verder toen dezelfde deur openging en twee mannen in grijze winterjassen naar me toe liepen. De vrouw bleef bij de deur staan.

'Eveline Müller?' hoorde ik een mannenstem.

Ik knikte.

'Kom maar even met ons mee,' zei de man links van me. Hij droeg een klein hoedje dat zijn ogen bijna bedekte. Van de rand druppelde gesmolten sneeuw.

Nu kwam de vrouw op hen toe.

'Het kan hier, er is niemand, de andere ruimtes zijn gesloten.'

We gingen aan een andere tafel zitten. De mannen wilden weten waarom ik in buitenlandse literatuur geïnteresseerd was en wat ik met Frankrijk had. Ik vertelde over Flaubert en mijn altviool. Ze zagen geen verband tussen mij en de Franse taal.

'Je liegt,' constateerde dezelfde man. Ze besloten me naar het politiebureau mee te nemen.

'Waarom?' vroeg ik angstig.

'Omdat je de medewerkster beledigd hebt en weigert de werken van Lenin te lezen.'

Ik bleef zitten en kon niets meer zeggen. Kafka, dacht ik, dit is een kafkaëske situatie. Ineens stonden de mannen links en rechts van me en voelde ik hun handen op mijn armen. Ik werd afgevoerd als een crimineel, buiten sneeuwde het zo heftig dat ze de auto moesten zoeken. Ze duwden me voor zich uit. Ik liep zo snel dat ik de wolkjes die uit mijn mond kwamen weer inademde, samen met de sneeuw.

In plaats van Montaigne kreeg ik een strafblad. En een verbod om in de toekomst uit deze bibliotheek boeken te lenen.

Na de kerstvakantie besloot ik een extra vak te nemen: Frans. De rijkdom aan nieuwe klanken en woorden maakte me hongerig. Hongerig naar een land waar het – volgens Flaubert – rook naar lavendel, het eten heerlijk en de wijn een belevenis was. Maar vooral naar een land dat vrijheid ademde. Waar je – volgens mij – niet zomaar voor wat je zegt een strafblad kreeg.

Het studeren op de altviool nam af, ik bleef nachtenlang op om me het Frans eigen te maken. De nacht was mijn dag en de dag was mijn nacht geworden. Maar er gebeurde nog iets. De levensverhalen en de meningen van ene Barbara, Ella en Marek raakten me. Ze vonden me leuk, hun oprechte belangstelling was nieuw voor mij. Barbara nodigde me voor een familiefeest uit, Ella wachtte me iedere dag op en we liepen samen naar het conservatorium. En met Marek kon ik eindeloos over boeken praten. Ze schaamden zich niet voor me, ze ruimden al mijn twijfels op.

Maar mijn groeiende zelfvertrouwen kreeg nog een andere kant. Blanco liep ik in de gevaarlijke armen van de overmoed en vergat de bagage die ik van huis meegekregen had: bescheidenheid.

Er was een docent, Gustav, die me niet alleen veel aandacht gaf maar me ook regelmatig liet voelen dat ik bijzonder voor hem was. Voor het eerst in mijn leven zag iemand meer plussen dan minnen in mij.

Gustavs vrouw was een maand geleden van een jongetje bevallen.

'Alsnog gefeliciteerd,' zei ik toen ik het hoorde. De kamermuziekles was afgelopen, ik stond op en legde mijn instrument in de kist. Hij liep naar mij toe.

'Dank je, maar ik weet niet of ik er blij mee ben.' Hij zei het zonder glimlach.

'Tja kinderen, je moet ervan houden,' herhaalde ik een zin die ik vaak van mijn moeder hoorde. Mijn keel was droog, verdwaasd staarde ik naar de snaren. 'Ik wist niet eens dat u... '

'Jij, zeg gewoon Gustav tegen mij.' Hij stond nu heel dichtbij en pakte mijn hand. 'Voor jou ben ik Gustav, ik ben niet zo veel ouder dan jij.'

Elf jaar ouder, ik was er al achter gekomen dat hij elf jaar ouder was. Met enige vertraging besefte ik dat ik aan de beurt was om iets te zeggen.

13

Het is bijna één uur 's nachts, maar Ev ligt nog klaarwakker. Floris had nog een dag langer in Bergamo moeten blijven. Het stormde zo erg dat alle vluchten waren geannuleerd. Het volgende toestel naar Amsterdam zou pas 's ochtends vroeg vertrekken, hij wist nog niet hoe laat. Zijn helft in het bed is leeg, ze legt haar hand op zijn kussen, ze is nog niet moe. Ze denkt aan wat Els haar gezegd heeft: waarom probeer je niet iets op te schrijven? Alleen al om orde in je hoofd te krijgen. 'Wat vind je ervan?' fluistert ze in het donker, alsof hij naast haar ligt. Ze weet zelfs wat hij zou kunnen antwoorden. 'Alles komt goed', is Floris' remedie als hij geen ander antwoord weet te geven. Maar dat zou vandaag niet voldoende zijn, ze wacht niet meer op zijn bevestiging.

'Wanneer heb je voor het laatst echt naar iets verlangd?' vroeg Els haar laatst. Kleding? Nee. Honger naar modieuze tassen of merkschoenen heeft ze allang niet meer. Het huis waar ze nu woont is mooier en groter dan noodzakelijk, ze rijdt een Mini en heeft van alles meer dan genoeg. Maar tevreden zijn betekent nog niet dat ze echt leeft.

Ineens bedenkt ze dat haar hele leven op één bladzijde past. De hoogtepunten in één zin. Over een paar weken wordt ze vijftig, dat is een halve eeuw.

'Je moet nadenken hoe je verder je dagen wilt doorbrengen,'

hoort ze weer de woorden van Els. 'Je hebt een kans gekregen Ev, een kans om na te denken: past mijn leven nog bij mij?'

Fjodor krabt aan de deur. Ze staat op en laat hem binnen. Hij springt meteen op bed. Zodra ze er weer in ligt, drukt hij zich tegen haar buik. Dankbaar legt ze haar hand op zijn vacht en voelt zijn hartje kloppen. Met de andere hand pakt ze haar mobiele telefoon. Het laatste bericht van Floris was kwart over elf gisteravond. Ze schuift het scherm van links naar rechts op zoek naar de Radio 4-app. Als ze erop drukt, zwiert de klank van een viool zachtjes de nacht in. De lage strijkers beginnen daarna met hun verhaal. Een prachtige hoornsolo ontsluit een nieuw kapittel, andere blazers proberen met elkaar in dialoog te komen, maar het lukt niet helemaal, totdat ze, eindelijk verenigd, samen een fanfaresignaal spelen. Hierna neemt een sopraan a capella de muziek in woorden over. In het Engels. Ev probeert de muziek te plaatsen. Wie zou het gecomponeerd kunnen hebben? Kleur en structuur zijn lieflijk, de versnellingen van de ritmes blijven ondanks de intensiteit delicaat. Er zit een expressie en spanning in die toneelachtige beelden oproept. De contrasterende manier van spelen heeft iets spannends, de sopraan bedekt opnieuw de wisselende dissonanten tussen strijkers en blazers. Luistert Fjodor ook naar muziek? Na afloop vertelt een mannelijke stem dat ze naar een compositie van Sofia Gubaidulina geluisterd heeft: *Hommage à T.S. Eliot.*

Ooit was ze gek op Eliot. Ze ziet de foto uit haar bundel nog voor zich, hoe hij met zijn dubbele hernia en een pijp in zijn hand op een stoel zat. Hij bezielde haar, door zijn taalgebruik verlangde ze ernaar schrijfster te worden. Maar wat is het metabolisme van de creatie? Wat gebeurt er in een kunstenaar wanneer hij of zij gedachten in creatie omzet? Wanneer wordt een belevenis tot een expressie getransformeerd? Taal was een manier om de werkelijkheid dragelijk te maken. Daar zat volgens haar de kern van het echte leven, een leven dat de moeite waard is. Als tiener schreef ze slechte gedichten, romantische verzinsels en schoolverhalen met soms dubieuze puberale scènes. Ze kan zich nog een toestand van inkapseling herinneren toen ze zelf probeerde te schrijven. Hoe meer ze las, hoe intenser ze schreef. Het voelde als vliegen met haar ziel en dansen op de muziek die ze speelde. Maar toen haar ouders haar schriften ontdekten, was alles voorbij. Iedere dag controleerde haar moeder haar schooltas en haar vader verbood haar te lezen en te schrijven.

'... de focus van Eliot op de klank die hijzelf een *auditory imagination* noemde. Gubaidulina raakte geïnspireerd door de beweging van tijd en de zoektocht naar de creatie in zijn gedichten,' vertelt de man op de radio.

Ineens bedenkt ze zich dat haar Eliot-bundel nog in de kast moet staan. Ze zwaait haar benen over de bedrand en staat op. Fjodor draait zich op zijn rug en springt uit bed. Op de trap voelt ze zich licht in haar hoofd.

Beneden hoort ze lawaai op straat, ruziënde stemmen. Snel kijkt ze op de klok, tien voor twee. Ze draait het licht uit en gaat bij het raam staan. Iets of iemand ligt op straat. Een jongen, met de rug naar haar toe. Een paar meter verder ziet ze een fietswiel in de lucht draaien. Links en rechts lijkt de straat leeg. De jongen probeert overeind te komen maar zakt weer op de grond.

'Bo.' Ev schrikt zich lam als ze zijn profiel ziet. 'O mijn god.'

In één stap staat ze bij de voordeur en in een paar seconden is ze bij hem.

'Bo, wat is er gebeurd?' roept ze.

'Wat?' mompelt hij.

Bo rolt heen en weer op het asfalt.

Shock, denkt Ev, hij is in shock.

'Kom, kun je opstaan? Doe voorzichtig.'

'Mijn fiets,' zegt hij plotseling.

'Die pak ik zo meteen,' zegt ze.

'Goddomme mijn been, dat doet zeer.' Hij zegt het met dichtgeknepen keel. 'Ben je alleen? Waar is pa?'

'Hij is er niet, ' zegt Ev.

Bo kantelt opzij en probeert zichzelf op handen en voeten te krijgen. Het lukt, langzaam komt hij overeind. Hij wankelt, grijpt haar hand en samen lopen ze naar de stoep. Als ze het huis in gaan vergeet ze de fiets, die nog steeds op straat ligt.

Binnen doet ze het licht aan.

'Jezus, niet doen,' roept Bo met een grimas, en hij draait zich snel van de lichtbron af.

'Ik bel een ambulance.'

'Nee, alsjeblieft...' Zijn stem schiet omhoog en hij pakt opnieuw haar hand.

'En als je een inwendige bloeding hebt?'

'Echt niet, ik ben van mijn fiets gevallen,' zegt Bo en hij laat haar los, 'gewoon...'

'Bo, je liegt, ik heb je duidelijk met iemand horen ruziën.'

'Ik... ik...'

'Weet je moeder dat je hier bent?' Straks staat zijn moeder hier op de stoep.

Bo aarzelt, maar dan knikt hij. 'Ja, ik had vanavond een optreden in Hilversum, ze verwacht me niet terug.'

'Waarom heb je ons niets verteld?' Ze mist duidelijk de laatste ontwikkelingen.

Waarom schudt hij zo raar met zijn armen? Zijn lichaam lijkt uit onafhankelijke delen te bestaan. De enorme pupillen vallen haar ook op. Heeft hij gedronken? Ze ruikt geen alcohol.

'Maar waar is pa?'

'Dat heb je al gevraagd. In Italië, weet je het niet meer? Waar heb je gespeeld?'

'Typisch Floris, is weer niet thuis,' mompelt hij. 'Mag ik een glas water?'

Ev haalt diep adem en gaat naar de keuken. Terug in de woonkamer, ziet ze hem nerveus in zijn broekzak woelen.

'Hier,' zegt ze. Het duurt een paar seconden voordat het tot Bo doordringt dat ze naast hem staat.

'Jezus... wat een sukkel... *haloef* die hij is,' zegt hij en hij drinkt het water in één teug op.

'Wie? Wat is haloef? Wat betekent dat?'

Bo speelt nog even met het lege glas in zijn handen en zet het vervolgens terug op de tafel. 'Mag ik hier slapen?'

'Dat hoef je toch niet te vragen,' zegt ze, maar zo vanzelfsprekend voelt het niet.

Bo haalt zijn handen door zijn haren, die meteen weer rechtop staan. 'Ik heb... we hebben ruzie gekregen.'

'Jij en Floris?'

'Yep.'

Bo begint te lachen. 'Weet je wat hij zei? Over mijn lijk!'

Ev voelt zich machteloos. Zo kent ze Floris niet, tenminste, als Bo hem bedoelt. Bo's reacties komen vreemd over. Ev verzucht geërgerd: 'Waar zijn je viool en alle andere spullen?'

Maar Bo roept steeds opnieuw: 'Wat?' Zijn onsamenhangende en warrige verhaal zit vol scheldwoorden. Ev probeert te begrijpen wat ze hoort. Bo had een opdracht om met een paar andere muzikanten een avond bij Teije te spelen. Maar wie Teije is en waar hij optrad, kan hij niet uitleggen.

'Dat deed je niet voor de eerste keer, hè?' Ev heeft een vermoeden wat er met hem aan de hand is.

'Iemand had een joint bij zich, ik rook nooit maar ik dacht...

alleen... het duurde even voordat ik mijn fiets kon vinden.'

Bo is bedwelmd en warrig. Zijn woorden vallen steeds weg.

'Mijn pa had een idee,' Bo lacht en wrijft met zijn handen over zijn gezicht, 'hij zei dat ik natuurlijk mag violen, zoals hij dat noemde, als ik maar eerst een fatsoenlijk beroep leer. Dan betaalt hij alles voor me en...'

Ineens stopt hij met vertellen, zijn hoofd zakt op zijn borst. Ev raakt in paniek en legt voorzichtig haar hand op zijn voorhoofd.

'Het was gewoon voor de lol, niets aan de hand, ik kon meekomen, zonder problemen, weet je? Lekker jammen...' praat hij verder.

Ev wordt boos. Het is niet alleen Bo, maar ook Floris die haar niets heeft verteld van het gesprek. Wil hij haar sparen vanwege de spanningen op haar werk?

'Wanneer heb je dit gesprek gehad?'

'En toen ging het mis.' Bo krijgt de hik, zijn hele lichaam schokt om de paar woorden. 'Er kwam plots een auto op me af en ik viel. Sukkel, hij was dronken, dat weet ik gewoon.'

'Heb je nog meer dan een joint gehad?'

'Klein beetje maar.'

13

Vader, eigenlijk hoef ik je het niet te zeggen, maar Gustav was precies het tegenovergestelde van jou. En ja, ik had beter moeten weten, maar ik was stapelgek op hem. Zijn aanwezigheid veranderde alles in mij. Hij was de eerste mens die mijn leven mooier maakte. Samen muziek maken was een zinnelijke belevenis. Zelfs de communistische *tristesse* wist hij met humor te omzeilen.

'Je leven moet zo vlak zijn als een schrijftafel, pas dan kun je diepte geven aan wat je schept,' parafraseerde hij mijn geliefde Flaubert. Met hem was mijn leven overzichtelijk en intens gelukkig. Het geluk heeft vier maanden geduurd. Zonder het te beseffen gleden we eerst langzaam, toen steeds sneller in een fatale spiraal naar beneden. We konden niet meer zonder elkaar leven, de uren samen voelden zo oprecht dat ik me geen moment in overtreding voelde. Toch noemde mijn vriendin Barbara onze relatie een schandaal. Ik had geen sjoege van de ongeschreven wetten en codes die de samenleving hier bepaalden.

'Ons' schandaal kreeg een eigen dynamiek. Ik kreeg een brief met de mededeling dat ik het conservatorium binnen twee maanden moest verlaten. Eronder stond een woord zonder handtekening: decanaat. Er werd geen reden voor mijn ontslag genoemd. Ik voelde hoe de warmte in mijn gezicht opsteeg, zo snel ik kon greep ik mijn jas en beende naar het conservatorium. Twintig minuten later stond ik in de kamer van het decanaat. In de hoek zat een secretaresse achter een houten tafel met een zwarte leeslamp. Toen ik bij haar kwam, raakte ze haar hoornen bril aan, waarvan de hoeken spits naar boven wezen. Toen ze met de ogen begon te knipperen moest ik aan een vlinder denken.

'Wat kom je doen?' vroeg ze.

'Wat is dit?' zei ik. Ik legde de brief voor haar neus en sloeg met open hand op de tafel. 'Vorige week won ik nog de eerste prijs in het Nationale Altviool Concours voor dit conservatorium. Is dit mijn dank?'

'Gustav mag hier ook niet meer blijven,' zei ze.

'Wat heeft Gustav hiermee te maken?' hield ik me van de domme.

'Slet,' siste de secretaresse.

'Dit had ons in het Westen nooit kunnen gebeuren,' zei Gustav toen we op de avond daarop – uiteraard stiekem – hadden afgesproken.

Het woord Westen was voor ons synoniem voor geluk, voor belofte en paradijs, daar kon alles alleen maar goed gaan. Een eerlijk inzicht in het leven achter het IJzeren Gordijn bestond in Polen niet. Maar juist omdat de communistische regering het Westen in het allerkwaadste daglicht stelde, geloofden we heilig in een beter leven daar.

'Laten we weggaan,' zei ik vrolijk. Sinds ik hem kende, flirtte ik graag met de zelfkant, met de naïeve confidentie van het bestaan, met de voorstelling dat ergens toch alles mogelijk is. Ik wilde nog zo veel zeggen, vragen, maar zijn zwijgen maakte me onzeker. Waarom praatte hij niet? Waarom raakte hij me niet aan? Ineens werd ik bang dat wij niet hetzelfde wilden. Tegenover mijn pogingen om zijn hand te pakken bleef hij onverschillig, hij draaide zich zelfs van me weg.

'Je bent gespecialiseerd in de hel,' zei hij. Met gesloten ogen luisterde ik naar zijn beschuldigingen. Dacht hij nog aan ons met dezelfde overgave als ik? En toen hoorde ik zijn voetstappen. Ze klonken hard en gingen steeds sneller. Alsjeblieft, niet nu, ga niet weg, huilde ik zwijgend. Ik opende mijn ogen pas toen het helemaal stil werd.

Mijn altviool werd opnieuw mijn houvast. Ik huurde een kleine kamer die op een cel leek, niet ver van het conservatorium. Een maand lang speelde ik van 's ochtends vroeg tot 's avonds laat zonder dat ik een doel had. Ik snapte de wereld niet, ik had voor alle vakken een tien, ik was de beste van mijn jaar, maar dat betekende helemaal niets. Integendeel. De laatste tijd had ik al gemerkt dat mijn vrienden me ontweken, ik werd nergens bij betrokken en in de kantine stonden ze op voordat ik aan tafel ging zitten.

Waarom had ik het niet gezien?

Aan de andere kant: wat ging mijn privéleven de rest aan?

Er waren genoeg echtparen die op het conservatorium samenwerkten. Ik stelde me vaak voor hoe we er samen naartoe gingen, hij voor zijn studenten en ik voor de mijne. Van dat ideale plaatje is nooit wat terecht gekomen.

Hij wilde me plotsklaps niet meer zien.

Zomaar. Of juist niet zomaar, hij was terug naar zijn vrouw gegaan.

Ik werkte nog harder. Ik deed de ene auditie na de andere om definitief uit Krakau weg te komen. Toch had ik geen belangstelling voor wat er zou komen als ik toegelaten werd. Het was kunst voor de kunst. De altviool werkte als een verdovingsmiddel, tegelijkertijd wilde ik bewijzen dat ik voor iets deugde.

Iedere dag vroeg ik bij het verlaten of naar binnenkomen van het studentenhuis of er post voor mij lag. Vandaag lag er een grote witte envelop met mijn naam. Met verbazing las ik dat ik toegelaten was tot het Internationaal ARD concours in München. In München, in het heilige Westen. Mijn gedachten gingen automatisch naar Gustav. Ik zou het zo graag aan hem willen vertellen. En toen moest ik denken aan wat Gustav tegen me had gezegd, 'dit zou ons in het Westen nooit kunnen gebeuren'. Maar nu twijfelde ik, 'dit zou ons in het Westen nooit kunnen gebeuren' omdat het niet kon of 'dit zou ons in het Westen nooit kunnen gebeuren' omdat onze liefde kapot gemaakt werd?

Toen ik met de brief in mijn hand stond, begreep ik dat ik nog steeds op hem wachtte. Ik geloofde meer dat hij zich zou bezinnen en bij mij zou terugkomen dan dat mijn toekomst in het Westen lag. Ik besloot niet naar München te gaan. Waarom zou ik? Succes telde sowieso niet in het leven, dat had ik net in Krakau ervaren.

Opwelling, hartstocht en bezieling die haaks op woede en toorn stonden, bespeelden mij toen ik de eerste keer nadacht over een terugkeer naar Katowice, naar huis. Ik overwoog daar een toelatingsexamen aan het conservatorium op te vragen voor het tweede studiejaar. Ondanks alles voelde ik me sterk. Door de mislukte relatie met Gustav, de schaamte, maar ook mijn innerlijke wedstrijd met jou, vader, liet ik niet toe dat mijn studie sneuvelde. Als ik toen nog in iets geloofde, was het de muziek. Ik was vastbesloten om een winnaar en geen verliezer te zijn.

Maar deze beslissing had ook nog een andere kant: ik werd me ervan bewust hoe afhankelijk ik van dit moment was. Niks vrijheid. Kwetsbaar wilde ik terug naar de vertrouwde plek achter de lessenaar, naar de altviool waar ik me als een leerling in de handen van een leider kon geven. De docent als vaderfiguur.

Ik kreeg een uitnodiging. Deze woensdag was warm en zonnig. Zo'n dag waarop alles mogelijk is. Het centraal station van Katowice was precies hetzelfde als toen ik nog een kind was. Verbaasd keek ik om me heen: de stad, de mensen, de geur en de grijze armoe, die in Krakau veel minder aanwezig waren, voelden zo vertrouwd dat het leek alsof ik nooit weggeweest was.

Hadden we toen thuis een telefoon gehad, dan zou ik bellen dat ik er was. Maar het communisme floreerde, er was niet eens voedsel in de winkels. Meterslange rijen witte azijnflessen en troebele koolzaadolie waren in de supermarkten de enige levensmiddelen. Per maand kreeg iedereen een voedselbon, maar de honderd gram chocolade of een kilo vleeswaren waarop je recht had, kreeg je sowieso niet. De winkels waren leeg. Je bofte als je een mijnwerker in de familie had, omdat die alles dubbel kregen. Daarachter zat propaganda: als je hard werkte, dan mocht je goed eten. In het geval van alle beroepen zonder fysieke inspanning was je in principe een parasiet. Telefoon was een onbereikbare luxe, behalve als je in de politiek of bij de *milicja*, de politie, werkzaam was.

Ik verbleef dus in de stad zonder dat jij of moeder het wist. Ik had nog vier uur de tijd tot het examen. Na een uur door de straten gedwaald te hebben, had ik zin om iets te eten. Ik koos Krysztalowa, een van de betere cafés in de stad. Toen de ober een hoge glazen beker met *kisiel*, een rood-roze koude gelei van gekleurde suiker, aardappelmeel en water voor mijn neus zette, zag ik je in een nis schuin tegenover me. Je zat aan de andere kant van de eetzaal, voor je stond een kristallen coupe met veel te veel ijs erin. Je naam was vandaag Hans. De vrouw van wie je de hand kuste zat met de rug naar me toe. De hoge leuning bedekte driekwart van haar silhouet. Ik doopte de lange lepel in de gestolde substantie, maar ik at niet. Geobsedeerd keek ik naar je pezige handen die de vrouw streelden, liefkoosden en langs haar rug achter de leuning verdwenen. Ze boog zich helemaal naar je toe. Toen je dichter bij haar kwam, bemerkte ik dat je naar achteren gekamde haren grijzer waren geworden. Ik zag hoe je een sigaret pakte en een vlam je gezicht verlichtte. De gloeiende sigaret stak je in haar mond. Na een paar trekjes schoof ze de sigaret tussen haar wijs- en middelvinger en stak hem terug tussen jouw lippen. Het smeltende ijs liep langs het kristal en druppelde op het tafelblad. Het *tableau vivant* van jullie twee bleef op mijn netvlies branden.

Ik kreeg het warm. Ik mocht hier niet zijn, ik zou hier niet moeten zitten. Waarom was ik hier in hemelsnaam gekomen? Wat bezielde me om juist dit café te kiezen? Ik keek hoe jouw lippen de hare raakten en dacht aan mijn docent. Ik had hem ook van zijn vrouw afgepakt. Alleen liep het bij mij al snel mis. Ik stond op, het voelde alsof er een wond in mij openging. Langzaam liep ik naar je toe. Je merkte me pas op het laatste moment op, nietwaar?

'Ev!' riep de vrouw. Ja, ze was het. Ouder en des te mooier.

Snel verplaatste ik mijn ogen naar jou. Je lachte naar me. Ik greep naar de sigaret tussen je lippen, gooide hem op de grond en trapte hem plat. Mijn hand ging omhoog en landde met een harde klap op je wang. Toen ik het gebaar wilde herhalen greep je mijn pols vast.

'*Verschwinde aus meinem Leben,*' siste je. Een paar spetters van je speeksel vielen op mijn hand. Dat was mijn tekst, niet de jouwe, dacht ik toen de kikkervrouw tussen ons in kwam staan.

'Laat me los,' blies ik terug, 'laat me verdomme los!'

14

Ev zit met nog zeven mensen en een gespreksleidster naast zich in een witgeschilderde ruimte. Door de hoge ramen met lichtdoorlatende rolgordijnen kan ze de straat niet zien. Als ze de ovale tafel aanraakt, ziet ze de zweetvlekken die haar vingers erop achterlaten. Meteen kijkt ze naar de handen van de anderen, die met een pen spelen, of een agenda vasthouden, sommige handen liggen ontspannen op een buik. Natuurlijk, iedereen kan hier foutloos Nederlands spreken, behalve ik, denkt ze, ze zullen me straks uitlachen.

De coach, een vrouw van rond de vijftig met een wilde haardos, glimlacht en er verschijnen diepe kuiltjes in haar wangen. Ze kijkt iedereen aandachtig aan voordat ze begint te spreken.

'Ik heet Henriëtta Lemmens en ik help sinds tien jaar musici en acteurs van baan te veranderen. Soms doe je iets waar je niet achter staat, iets wat meer gewoonte dan behoefte is. Als je je dat realiseert, neemt je leven vaak een onverwachte wending.'

Haar bleke lippen bewegen, maar de stem dringt niet tot Ev door. Hoezeer ze zich ook inspant, ze kan de vrouw niet horen. Ze sluit haar ogen, nog drie maanden te gaan. En dan? Geen muziek, geen orkest, wat blijft er van haar over?

Daarom is ze hier vanmiddag naartoe gekomen. Het is nu oorlog met zowel haar oude gewoontes als haar vastgelopen levensgevoel. Wat wil ze echt? Niets heeft betekenis, zelfs toen Floris gisteren uit Bergamo thuiskwam, voelde ze zich mat en opgebrand.

Pal tegenover Ev, tussen twee ramen, hangt een zwart-wit-foto van Utrecht. De sfeer van de oude grijze huizen spreekt haar aan. Als ze de details bekijkt, hoort ze haar naam.

'Eveline Müller.'

'Ja?'

'Vertel maar,' zegt de gespreksleidster, 'waarom ben je hier vandaag... je bent zo bleek, gaat het goed met je?'

Ev wil iets zeggen, maar haar stem is weg, er komt alleen lucht uit haar keel.

'Wil je je even aan ons voorstellen? Waarom ben je hier? Wie ben je?' Henriëtta gaat door. Het is stil in de ruimte, de aanwezigen kijken allemaal naar haar. De lucht van schoonmaakmiddel en koffie in de kamer maken haar misselijk.

'*Ich*...' Waarom begint ze Duits te praten? Ev husselt alles door elkaar, er komen alleen nog maar Duitse woorden in haar op. Ze zet kracht op haar stem, haar adem stokt en dan begint ze te hoesten, te blaffen bijna. Het houdt niet op, ze rent de kamer uit. Buiten de deur perst ze haar rug tegen de muur en glijdt naar beneden. Waarom is ze hier überhaupt naartoe gekomen? Dingen die moeten, lukken niet meer. Inademen, uitademen, rustig, maar de druk op haar borst benauwt haar.

'Kan ik je helpen?' Henriëtta knielt bij haar neer. Ev kijkt omhoog, ze heeft haar niet zien aankomen.

'... dank je, het gaat wel,' fluistert ze en ze kijkt weg.

'Daar is een damestoilet.' Henriëtta schuift haar handen onder Evs armen en helpt haar omhoog. 'Rustig, goed zo.'

'Als je zover bent kom je gewoon weer terug, we hebben nu even pauze,' zegt ze tegen Ev. Zodra ze binnen is, laat Henriëtta haar alleen. Ev kijkt in de spiegel. De mascara zit onder haar ogen. Als ze er met haar vingers overheen wrijft, smeert ze alles nog meer uit. Ze wast haar gezicht met zeep. Alles weg, de make-up, de tranen, de zwarte strepen. De papieren doekjes waarmee ze zich afdroogt schuren op haar wangen.

'Zuiver, zonder opsmuk en puur,' zegt ze hardop.

Waarom is het zo moeilijk de muziek los te laten?

Ze kijkt opnieuw in de spiegel. Durft ze zich zo te laten zien?

'De kans dat ik mijn baan verlies,' zegt Ev als ze weer tegenover Henriëtta aan de tafel zit, 'is net zo groot als de mogelijkheid dat ik blijf.' Opeens dringt het tot haar door dat wat ze zegt de harde waarheid is. Ze wil wel toevoegen dat een leven buiten het orkest haar onmogelijk lijkt, maar Henriëtta praat alweer verder.

'Maar je schreef in je kennismakingsbrief dat je iets met taal hebt. Bedoel je de taal van muziek? Kun je er iets over vertellen?'

De taal roept meteen herinneringen op aan haar jeugd, en aan hoe bezeten ze was van verhalen. Met een rustige stem vertelt ze hoe ieder muziekstuk dat ze speelt begint met het zoeken naar het verhaal erachter. Op het eind zegt ze: 'Ik heb mezelf leren lezen en schrijven toen ik drie jaar oud was.'

'Maar dat is ongewoon,' reageert een man schuin tegenover haar, 'mijn zoontje is nu drie, maar hij kan niet eens een pen vasthouden.'

'Hoe ben je daarmee omgegaan? Heb je zelf geschreven? Of veel gelezen? Hoe komt het dat je zo veel talen spreekt?' vraagt Henriëtta.

Ev lacht verlegen, als ze haar handen op tafel legt ziet ze kleine zweetvlekken onder haar vingertoppen. De bekende drang om te vluchten onderdrukt ze en ze concentreert zich op haar woordkeus om verder te vertellen.

'... mijn vader wilde dat ik viool speelde, dus begon ik op mijn zesde met vioolles. De rest is een gevolg van deze beslissing.' Nu zegt ze het zelf: ze is een gevolg van vaders verwachting en van zijn wil, niet de hare.

'Hoe voelde het voor je om de letters te ontdekken?'

Ev sluit haar ogen. Binnen een paar seconden ziet ze het *Krasnal Gapcio*-boek voor zich, ze grijnst om de grote zwarte letters die op insecten lijken in de sprookjes van Andersen en voelt weer de opwinding als ze de eerste zin opschrijft: *Ev is letter.*

De jaren voordat muziek grip op haar fantasie kreeg, voelen nog steeds onbevangen en gelukkig. Alleen al de herinnering aan alle tweeëndertig letters van het Poolse alfabet, hoe ze die opzocht en opschreef, tovert een glimlach op haar lippen.

'Ik... weet het niet.' Een schaamtegevoel dat Nederlandse woorden tekortschieten om het te beschrijven, overmant haar.

'Ik denk dat je heel goed weet wat het met je deed – en nog doet, probeer het te benoemen.' Henriëtta's stem klinkt zacht maar dwingend.

Ev sluit weer haar ogen. De 'r' en de 's' waren haar lievelingsletters. Ze maakten alles kleurrijk en levendig, de elegante 'x' ontdekte ze pas veel later, in de Poolse woordspelling bestaat die niet. Iedere letter had een ander karakter, in de Poolse taal vormen twee letters naast elkaar een echtpaar zoals 'rz' of 'cz' of hebben ze juist ruzie en dan lees je ze apart. Ze bedacht haar eigen puzzeltjes met letters en loste ze op.

'Die drie jaar voordat ik met viool begon... het was een andere, gelukkige wereld, maar ik was natuurlijk een kind.'

'Zou je dat nu kunnen terughalen? Of beter gezegd, het gevoel van toen weer kunnen oproepen?'

Ev kijkt rond en voelt hoe ze begint te blozen.

'Hoe... wat moet ik met Pools in Nederland? En waarvoor? Ik heb niets meer met deze taal.'

'Dat hoeft ook niet, je praat nu ook Nederlands,' zegt Henriëtta.

'Als de Poolse taal het verleden voor je is,' zegt een vrouw uit de groep, 'en je zo makkelijk Nederlands spreekt, zou je daar dan niet iets mee moeten doen?'

Als Ev het pand verlaat ruikt ze regen, maar het is alweer droog. Ze moet door het centrum van Utrecht naar het station. Aan haar linkerhand passeert ze een boekhandel. Ze blijft staan en kijkt automatisch naar de titels. Ze weet niet eens hoeveel letters het Nederlandse alfabet heeft. Nederlands is een flexibele taal, die sneller verandert dan andere talen in Europa. Ooit wilde ze naar Frankrijk. Niet zozeer vanwege het land, maar omdat ze op de Franse taal verliefd was. Zou ze van de Nederlandse taal kunnen houden? Haar telefoon gaat af in haar tas. Ze neemt op.

'En? Ben je al onderweg?' Ze hoort Floris' stem. 'Zal ik je in Utrecht ophalen?'

'Dat hoeft niet, ik ben over een half uur thuis,' zegt ze. Ze wil nog even alleen zijn met de woorden van Henriëtta.

13

Vader, ik vervulde jouw wens en ben meer dan tien jaar uit je leven weggebleven.

De wereld lachte me toe, maar inmiddels was ik getrouwd en weer ongelukkig. Naar buiten toe had ik aanzien en een goed inkomen. Vanbinnen kromp ik in elkaar na ieder succes. De muziek voelde nog steeds als van jou. De wortels die je vergeten was uit me weg te trekken, begonnen opnieuw scheuten te krijgen en ze vraten al mijn energie. Ik dacht dat als ik ontkende Silezisch te zijn, als ik het contact met jou verbrak en als ik emigreerde, dat ik dan eindelijk ongestoord mijn weg zou vinden.

Toen ik in 1988 naar München verhuisde met mijn nieuwe man Ulrich, ontdekte ik de Duitse taal voor de tweede keer. Het Poolse, passieve verleden probeerde ik af te schudden. Ik vond een baan bij een kwartet, en ik begon meteen Duits te studeren. De verbinding met een taal die ik wel kende maar waar ik nooit bij stil had gestaan, gaf me algauw het gevoel voor de tweede keer geboren te zijn.

Het was kerstavond 1989, de sneeuwvlokken zorgden voor een sfeervolle verstilling in de Beierse hoofdstad. Ik belde moeder om haar een goede kerst te wensen toen ze begon te huilen. Jij lag in een ziekenhuis in Essen na een galsteenoperatie. Het ging niet goed met je.

'In Essen? Wat doet hij in Essen, moeder?'

Ze zweeg te lang.

'Hallo, ben je daar nog?'

'Hij ligt daar in het ziekenhuis.'

'Dat begrijp ik, maar waarom daar en niet in Katowice?'

'Dat is een te lang verhaal om door de telefoon te vertellen,' zei moeder. 'Kan je hem bezoeken?'

'Mam, dat is meer dan zeshonderd kilometer van mij vandaan, het is Kerstmis en je weet dat we niet meer met elkaar praten.'

'Ev, het is je vader.'

Ik had mijn antwoorden paraat, maar zei niets. Mijn hele jeugd hadden moeder en jij zorgvuldig de familiebanden met mij verstoord. Nu deed moeder een beroep op mijn verbondenheid met jou.

Ulrich zag me voor het eerst huilen. Ik had mijn verleden zo diep voor hem begraven dat hij me nu perplex stond aan te kijken. Ik belde Nina.

Ze vertelde me dat je kort nadat ik uit Polen wegging, bij de kikkervrouw – Adele – was gaan wonen. Dat ging al snel mis, je verliet haar, maar moeder wilde je niet meer terug. Jij pakte je spullen en zocht de familie van je ouders in Duitsland op. Sinds een paar jaar woonde je in Essen, waar je als *Vertriebene* een flinke uitkering kreeg. Nina vertelde me ook over je operatie in het ziekenhuis van Essen.

'Het is verschrikkelijk als je in een ziekenhuisbed ligt met Kerstmis en niemand komt je bezoeken. Ik heb medelijden met hem,' zei ze.

Ze zei iets wat ik niet kon zeggen. Mijn zus begreep niets van de relatie tussen jou en mij.

'Ik weet niet of ik de juiste persoon ben om hem op te zoeken,' zei ik.

'Maar zie je dan niet dat hij je nodig heeft?'

'Waarvoor? Ik ben de laatste die hij zou willen zien.'

'Jullie lijken te veel op elkaar, dat is het punt.'

'Praatjes, je hebt altijd praatjes paraat. Zeg zoiets niet, we konden nooit samen door een deur...'

Maar natuurlijk wilde ze geen discussie met mij, haar man en haar twee dochters zaten al aan tafel. Het idee dat ze nu samen kerst gingen vieren deed de tranen in mijn ogen springen. Ulrich was de deur al uit. Hij speelde in een kerkensemble dat vanavond de nachtmis zou begeleiden. Hoewel ik hem beloofd had te gaan luisteren, bleef ik de hele avond alleen thuis.

Ik dacht aan onze kindertijd. Kerst in het communistische Polen betekende dat je al een week van tevoren 's nachts in de rij moest gaan staan voor een levende karper, die vervolgens dagenlang in de badkuip zwom tot hij zijn slijm verloren had. Ik vond het prachtig om met de vissen te spelen. Eerst gaf ik ze ook nog namen, maar algauw stopte ik ermee toen ik erachter kwam dat Bolek of Snoopy op kerstavond op mijn bord naast de zuurkool lag.

Ik ging ook vaak met mijn zus bij min achttien graden moeder aflossen in de rij bij de nog gesloten slagerij. Ze ging naar huis om op te warmen en kwam pas terug als de slagerij om acht uur 's morgens de deur opendeed. Zo maakte je nog kans dat je de schaarse *na pieczen*, sukadevlees, en een stuk van een betere worst te pakken kreeg. Om tien uur was alles uitverkocht.

Tijdens de feestdagen gingen we in onze beste kleren en meestal met nieuwe schoenen – wat voor mij niet gold, omdat ik de schoenen van Nina moest afdragen – naar een ochtendmis in de kerk. Dat was belangrijk, zo konden de buren zien dat het ons goed ging.

Toch was die tijd altijd iets bijzonders voor me – tenminste, als jij thuis was. Nee, niet mooi, maar wel bijzonder. Ach ja, dat begon al met de verplichte cadeautjes, ik heb nooit in een wonderlijk wezen zoals het *Christkind* of het Poolse equivalent *Gwiazdka* geloofd, dus deden we het zelf. Zelden slaagde ik erin een cadeau te vinden dat je leuk vond. Nina was daar handiger in.

Muziek zag ik toentertijd als een verlossing van familieplichten – liever speelde ik met een klein ensemble in de kerk. *Weihnachtsoratorium* van Bach, Vivaldi's *Concerti grossi* of oude kerstliederen, noem maar op. Als ik maar niet drie dagen lang thuis hoefde te blijven. Je kwam een keer op kerstavond volkomen dronken met een kerstboom naar huis. Ik herinner me nog hoe je toen in de woonkamer staande in slaap viel met je handen om de grote boom, alsof je een geliefde omarmde. Moeder was woedend omdat je te laat was, de kerstboom moest nog versierd worden. Nina veranderde de geladen sfeer in een feestje, zo blij was ze een kerstboom te zien. We zongen kerstliederen, lachten en versierden de kerstboom. Toen we klaar waren, gingen Nina en ik aan tafel, moeder kwam met de feestelijke karper de kamer in. Jij lag te snurken op de sofa.

'De karper snurkt!' zei Nina en ze lachte zo aanstekelijk dat moeder en ik met haar meelachten. We keken naar je, je lag op je zij met open mond, en leek precies op de gebakken vis op tafel.

Nog dezelfde avond, kort voor middernacht, gingen jij en ik naar de nachtmis. Jij was opgeknapt en vrolijk, moeder was te moe om mee te gaan en Nina bleef bij haar. Tijdens de kerkelijke ceremonie zong je de Poolse *kolędy* uit volle borst. Jij volgde de hoofdmelodie niet, maar zong een tweede stem die er wel bij paste, maar de religieuze kerstliederen iets van een *Bing Crosby-make-over* gaven. Ik stond naast je, hield jouw hand vast omdat je nog een klein beetje wankelde, en keek naar de gefronste gezichten die zich naar ons omdraaiden. Mijn lichaam beefde van de ongewenste aandacht. Mijn stem raakte verlamd. Omdat ik toen niet meer kon zingen, reciteerde ik de woorden van de kerstliederen hardop. Alsof ik je melodieuze uitbundigheid met nuchtere woorden zonder muziek in balans wilde brengen.

'Weet jij waarom "Jingle Bells" en "I'm dreaming of a White Christmas" in de kerk verboden zijn?' mompelde je toen we van de bank opstonden en naar het altaar gingen om het heilige brood te ontvangen. Dan plots dramatisch: '*Scheiss* communisten, ze snappen God gewoon niet.' Beschaamd trok ik heftig aan je mouw dat je stil moest zijn en je gaf me een onbeholpen por terug.

'Je moet niet zo schijterig zijn,' zei je nog harder en je opende je mond voor de heilige hostie. 'Amen!'

Toen we door de hoge sneeuw naar huis liepen, kwamen we onze buren tegen. Ze hadden de circusvoorstelling in de kerk meegemaakt. Bij de ingang van het appartementencomplex waar we woonden, vroegen ze je toch nog waarom je de Poolse *kolędy* boycotte.

'Ik kan moeilijk de Duitse *Weihnachtslieder* op die manier zingen,' antwoordde jij, 'dat is tenminste goede muziek, de Poolse versie heeft wat versiering nodig, anders is het net zo saai als het hele gecensureerde kerkgebeuren.'

'Stomme *Sauerkrautfresser*!' riep de buurman tegen hem en hij schudde zijn hoofd. Zijn vrouw keek meteen weg. Ik vroeg mijn vader wat hij bedoelde.

'Polakken zijn een jaloers volkje, onthoud 't maar,' zei je. En ik dacht: ja, moeder kan de allerbeste zuurkool van de wereld maken. Zeker op kerstavond.

15

'Een scheidslijn tussen muziek en schrijven trekken, ik weet het niet... moet dat dan?' vraagt Ev. Ze zit naast Floris in een groot, rond buitenzwembad op een steenworp afstand van Siena. In deze luxe omgeving kan ze goed genieten en luieren. Floris houdt zijn ogen gesloten en dobbert rond. Ze kijkt naar zijn ronde buik die iets boven het water uitkomt en naar de vele haren erop, veel meer dan op zijn hoofd. Het voelt onwerkelijk dat ze ineens in Italië in een zwembad liggen. Hoe vredig het hier ook is, Ev is rusteloos.

'Is dat thermaal water?' vraagt ze en ze zwaait met haar benen, het water spettert alle kanten op.

'Ik weet het niet, het ruikt wel naar zwavel.' Floris opent zijn ogen en beweegt zijn armen onder water.

'Je hoeft niet te kiezen, Ev, alsjeblieft, je zit al zo lang in het orkest en...'

'En ik weet niet zo goed hoe ik zonder verder moet.'

Ze hoort ergens in de verte een vogel die ze niet kan thuisbrengen. Hij heeft gelijk, ze moet het loslaten, tenminste voor de paar dagen dat ze hier zijn.

'Natuurlijk ga ik ervan uit dat ik blijf werken, maar stel dat het niet gaat.' Ev raakt opnieuw gestrest.

'Probeer te ontspannen, je bent vandaag jarig, ik wil het er één dag niet over hebben, Ev, oké?' Floris meent het.

Hij legt zijn hand op haar schouders. 'Je wordt maar één

keer vijftig,' zegt hij dan, en hij kust haar.

Vijftig is het begin van oud worden, denkt ze, maar ze ziet het niet bij zichzelf. Ze is dertig jaar jonger dan haar vader. Hij heeft vandaag niet gebeld, maar de dag is nog niet ten einde. Een irritant herkenbaar geluid verstoort de stilte.

'Is dat jouw telefoon?' vraagt Floris.

Ev hoort niets. Ze komt omhoog en luistert geconcentreerd. Werktuigelijk kijkt ze waar hun badjassen liggen en ziet het kleurige scherm op haar ligstoel flikkeren. Misschien belt vader toch? Nina heeft ze al gesproken vandaag. Ze zwemt naar de witte trappen. Het geluid valt weg. Ev pakt haar badjas en trekt hem aan. Dan pas grijpt ze naar het toestel. Het was Helga's nummer. Wat lief dat ze haar niet vergeten is. Als ze wil terugbellen, verschijnt het bericht dat ze slecht bereik heeft. Ze strekt haar hand omhoog en draait zich naar links en rechts om verbinding te zoeken.

'Je ziet eruit alsof je muggen met dat ding wilt meppen,' zegt Floris lachend in de verte.

'Ik ga op de kamer terugbellen, ben zo weer terug.'

Floris knikt en zwaait naar haar, het water is turkoois en ziet er onnatuurlijk uit. Ze loopt door de hotelhal. Het is hier net een grafsteenfabriek, denkt ze als ze bijna uitglijdt op de marmeren vloer. In de lift legt de spiegel haar leeftijd genadeloos bloot, ze loopt door naar de kamer.

'Ev? Wat goed dat je terugbelt.' Helga klinkt buiten adem.

'Hoi.' Ev wacht af tot Helga met haar verjaardagswensen komt, maar ze hoort alleen haar snelle adem. 'Is er iets?'

'Bo... Bo ligt hier, bij mij, in het ziekenhuis.'

Ev zakt op het bed. 'Wat?! Wat is er gebeurd?'

'Hij heeft... hij heeft een vergiftiging opgelopen. Ik dacht, je moet het weten. Het gaat niet zo goed met hem.'

'Jezus... wat voor vergiftiging?'

'Hij heeft een joint gerookt en...'

'Ik weet niet veel van drugs, maar cannabis is echt onschuldig.'

'... tenzij je dat met harddrugs en alcohol combineert.'

'Verdomme... nee toch?'

'Het is zijn hart dat protesteert...' Helga zucht. 'En er is nog iets.'

'Wat dan?' vraagt Ev. Ze loopt al naar het raam om Floris te roepen. Maar dan hoort ze Helga verder praten.

'Hij wil niet dat zijn vader hier iets van weet.'

'Daar ga ik niet op in,' zegt Ev, maar ze blijft wel van het raam weg.

'Ev... het is ernstig... ik vermoed...'

'Ja?'

'Dat Bo het met opzet gedaan heeft. Zeg, is er iets gebeurd tussen die twee? Hij was ontzettend boos op zijn vader... wat je me er laatst over vertelde...'

'Helga, ik ben vandaag... ik ben niet thuis.'

'Hij riep ook een paar keer achter elkaar jouw naam voordat hij bewusteloos raakte.'

13

Vader, achttien jaar later lag je opnieuw in hetzelfde ziekenhuis. En weer werd je geopereerd aan een galsteen. Dit keer belde Nina me.

'Bel hem!' beval ze me. 'Ik heb mijn handen vol aan moeder. Ze trilt voortdurend, wil niet meer eten en haar coördinatie wordt met de dag slechter. En ze wil niet geholpen worden omdat Parkinson geen dodelijke ziekte is. Luister, ik heb haar nog niets over vader verteld.'

Toen jij naar Duitsland verhuisde, kreeg moeder last van depressies. De dagen verloren hun doel voor haar. Daar kwam bij dat de kinderen van Nina ook ouder werden en veel minder tijd voor hun oma hadden. Er ontstond een gat in moeders leven, dat ze niet meer wist te vullen. Voor iemand die zich graag nuttig maakte viel het niet mee. Koken, verzorgen en fysiek contact met ons vormden haar wereld, maar ineens was er niemand meer die iets van haar wilde. De wereld om haar heen verstilde en zo doofde ook haar energie uit. Ze redde het niet meer, ze deelde haar zorgen niet met mij.

Vaak herhaalde ze 'als je voor niemand nuttig bent, is je leven afgelopen'. Dat zei ze ook toen ik haar een paar maanden tevoren bezocht.

'Hallo, ben je daar nog?' hoorde ik weer Nina's stem in de telefoon.

'Ja, natuurlijk.'

'Goed, bel me als je hem gezien hebt, *tschüssi!*'

Ze hing op. Zij begreep: ja, natuurlijk ga ik vader bezoeken. Ik bedoelde: ja, natuurlijk ben ik er nog.

'Er zijn complicaties,' zei de arts toen ik naar het ziekenhuis in Essen belde. Ik zou je moeten bellen, vader, met je spreken, maar ik kon het nog steeds niet. Voor het laatst zag ik je in het Café Krysztalowa. Toen wilde je me niet meer zien. Sindsdien zijn meer dan zesduizend dagen voorbijgegaan, rekende ik snel in mijn hoofd uit.

'De galsteenoperatie is goed verlopen, maar vannacht kreeg uw vader hoge koorts,' vervolgde de arts na een stilte. 'We zoeken nog steeds naar de directe oorzaak.'

'Ehm... en wat nu?'

'We houden hem hier zolang het nodig is. Zodra de situatie verandert en zijn toestand verbetert, kunt u hem natuurlijk zo spoedig mogelijk ophalen.'

'Ik?'

'Ja, u bent toch de dochter?'

'... natuurlijk, sorry...'

'Als u uw vader wilt bellen...'

'Nee, dank u... ik bedoel... ik, ik ken zijn nummer,' loog ik.

'O, dan is de telefoon toch al aangesloten, hij weigerde namelijk überhaupt een telefoon bij zijn bed te hebben.'

Ik stotterde: 'Sorry... ehm... ik... bedankt, dokter.'

Voordat hij nog een vraag kon stellen, verbrak ik de verbinding. Een kriebel joeg tranen in mijn ogen. Ik barstte uit in een enorme hoestbui. Happend naar adem als een zangeres die een hoge noot niet haalt, dacht ik ineens aan jouw astmatische hoest-aanvallen. Genen, aanleg, op elkaar lijkende levenspatronen – dat is ook familie. Ik vroeg me af wie van ons twee meer zou zijn veranderd.

De weg van Essen naar Hilversum was net zo lang als van Hilversum naar Essen – je had mij ook kunnen opzoeken. Een uur na onze ontmoeting in Café Krysztalowa had ik een auditie op het conservatorium in de Silezische hoofdstad. Het was me gelukt mijn studie van Krakau naar mijn geboortestad te verplaatsen. Maar nu had ik een probleem, ik moest immers uit je leven verdwijnen. Waar ging ik wonen? Mijn vaste adres was nog steeds mijn ouderlijk huis in Katowice, dus recht op een studentenhuis had ik niet. Van jou was geen steun meer te verwachten. Het eerste jaar woonde ik bij vrienden en vreemden. Om dat te veranderen had ik geld nodig. Al tijdens mijn tweede studiejaar solliciteerde ik bij verschillende orkesten in de regio. Onverwacht kreeg ik in hetzelfde jaar mijn eerste baan in een van de beste orkesten van Polen: het Nationale Radio- en Televisieorkest in Katowice. Vol ongeloof ging ik het contract ondertekenen. Vanaf de eerste dag in dit orkest veranderde mijn leven opnieuw. Ik was het jongste lid en toentertijd de enige vrouw in de altvioolgroep. De collega's met wie ik nu dagelijks aan een lessenaar zat, waren allemaal ouder, ambitieus en levenslustig. Iedereen was in een ander stadium van hun mannenleven. Ineens had ik elf vadersubstituten om mij heen die bewezen dat mannen oprecht en vriendelijk konden zijn.

Al snel voelde ik me daar beter op mijn plaats dan in het conservatorium. Toen ik vier jaar later mijn einddiploma-recital speelde, zat de complete altvioolgroep in de zaal. Jij was er niet. Moeder en Nina ook niet.

'Ik had niets anders verwacht,' zei moeder toen ik haar belde om te zeggen dat ik cum laude afgestudeerd was. 'Ik moet er niet aan denken dat het anders gelopen zou zijn.'

Ulrich, een contrabassist uit Duitsland, die ik al ongeveer een jaar kende, was wel bijzonder blij voor me. We leerden elkaar een jaar voor mijn einddiploma kennen op een orkesttournee door Zuid–Duitsland. Ondanks zijn westerse achtergrond had hij veel belangstelling voor Polen en Silezië getoond. Hij gaf regelmatig workshops op het conservatorium en nam deel aan concerten. Hij leerde me lachen en geloven dat muziek een mensenleven kan veranderen. We zaten laat in de avond in een te donkere kroeg in het stadscentrum en vierden bij schaars kaarslicht het behalen van mijn diploma. Hij bestelde een hele fles van de Russische champagne Igrijskoje. We proostten en nog voordat ik de eerste slok nam, zag ik iets op de bodem van mijn glas fonkelen. Ik schoof het glas dichter bij de kaars, maar kon niet zien wat het was.

'Je moet het hoge glas wel helemaal leeg drinken,' zei Ulrich lachend. Ik wist niet zeker of ik het wilde.

Om het proostmoment niet te bederven maar ook om me niet te laten kennen, nam ik drie grote slokken achter elkaar.

'Zo,' zei Ulrich en hij lachte nog breder.

Ik liet het voorwerp uit het glas op mijn handpalm glijden. Het was een gouden roosje met minuscuul gekrulde bladen en nog kleinere doornen. Een centimeter lange hanger voor een halsketting. Ik keek niet-begrijpend naar Ulrich.

'Ik wist dat je als violiste niet van ringen hield, dus heb ik een roos gekozen. Een roos als symbool van het leven met haar kleurige schoonheid, maar ook met doornen.'

Ik was nog niet van dit gebaar bekomen toen Ulrich ineens van de stoel op zijn knieën viel: 'Wil je mijn vrouw worden?'

Nadat ik mijn diploma had vertrok ik met Ulrich in oktober voorgoed uit Polen. Eenmaal verhuisd naar München, miste ik mijn collega's uit het Nationale Radio- en Televisieorkest verschrikkelijk; toch heb ik niets ondernomen om contact te houden. Ook hier speelden de familiebanden me parten. Ik realiseerde me dat ze in zo korte tijd meer dan mijn eigen familie waren geworden. Maar sterker dan dat was de behoefte om jou dit alles te vertellen. Je in de ogen te mogen kijken en zeggen: vader, ik ben gelukkig. Bij alles wat ik in München bereikte, was jij in mijn gedachten. Het kleine dagelijkse geluk begon ik zelf te vergiftigen. Ieder concert dat ik speelde was voor jou, iedere succesvolle dag vol liefde van Ulrich vervulde me met een gevoel van overwinning. Maar zonder dat ik het in de gaten had, leefde ik voor anderen.

De altviool was nu niet meer alleen een houvast, maar het kloppende hart van mijn bestaan. Al binnen een paar weken zat ik weer achter een lessenaar in een orkest. Dit keer in het kamerorkest waar Ulrich een vaste baan had. Zijn directe nabijheid voelde beschermend maar ook beperkend aan. Als een handicap. Weer vluchtte ik naar andere muziekensembles om Ulrichs bemoeizucht te ontwijken. De muziek leidde me af en op. Ik belandde binnen de kortste tijd in een kwartet.

'Kamermuziek is zo direct, dat begint al met de sfeervolle, kleine concertzalen, je vormt een kwartetfamilie,' zei Ulrich toen ik hem het nieuws meedeelde.

'Familie', met dit ene woord was je weer dicht bij me, vader.

Ik vroeg me af of jij ooit in een kwartet gespeeld had. Ik dacht aan ons vieren: jij de eerste viool, moeder de tweede viool en op de cello zag ik Nina strijken. Ik kleedde ons in barokke kostuums en maakte er een spel van in mijn hoofd. Dromend speelde ik met jullie de mooiste muziek en ruziede met Nina. Ze had geen vrede met de barokperiode.

'Waarom? Hou je niet van Telemann of Scarlatti?' vroeg ik.

'Ik ben de *basso continuo* zat. Pa heeft voortdurend de hoogste toon, ma kan ook nog af en toe wat leuks spelen, maar mijn partij heeft alleen maar cijfers in plaats van noten. Als jij met je nederige begeleidingspartij gelukkig bent, is dat jouw zaak.'

Het klopte wel wat ze zei, pas veel later bemoeide Joseph

Haydn zich met de gelijkwaardige verdeling van partijen in een kwartet.

Mijn werk bij het kwartet leek op een ontdekkingsreis. De solistische rol van de altviool in zo'n klein ensemble, verschilde van het saamhorigheidsgevoel in het orkest. Hoe ik ook mijn best deed, ik kon het met deze muziek niet helemaal eens worden. Na ongeveer een jaar kreeg ik spontaan een uitnodiging om bij de Münchner Philharmoniker in te vallen. In eerste instantie wilde ik het voorstel afwijzen, maar toen zag ik Bruckners zevende symfonie op het programma staan. Het verlangen in zijn klank te duiken, me aan de modulerende harmonie te warmen en weer onderdeel van een orkest te zijn, overviel me. Ik zegde toe.

Op de bok stond niemand minder dan hun beroemde chef-dirigent. Achteraf bleek hij niet alleen een begenadigd dirigent te zijn, maar ook een vreselijk despoot. Hij bepaalde alles: de muziek, de duur van de repetities die soms meer dan een uur uitliepen en vooral het tempo, dat in niets met de bedoeling van de componist overeenkwam. Bovendien verbood hij opnames van concerten voor cd, radio of televisie. Muziek zag hij als een transcendente ervaring, die slechts bij een live-uitvoering tot stand kon komen. Door zijn strenge levensopvattingen was hij een cultfiguur geworden. De orkestmusici verdeelden zich in twee groepen: haters en liefhebbers. Al snel kwam ik erachter dat de eerste groep in de meerderheid was.

Ik zat tijdens de eerste repetitie op het puntje van mijn stoel van spanning. De dirigent kwam langzaam op zijn hoge kruk zitten en hief zijn handen. Mijn strijkstok leek vanzelf op de G-snaar te landen, *tremolo*, zoals het in de partij stond. De hoorns en de celli hadden een melodie, de altviolen volgden. In een paar seconden was ik er niet meer, opgeslokt door de klanken.

E-majeur associeer ik sindsdien met bovennatuurlijke schoonheid en een heldere geest. Ik was weer thuis. Bruckner raakte de woordeloze essentie van muziek. De chef-dirigent kon bij mij niet meer stuk. De beschuldigingen over zijn buitengewone gedrag gonsden door de gangen van Gasteig. De musici becommentarieerden zijn uitspraken en veroordeelden zijn manier van werken. Ik verloor al snel de belangstelling voor de cynische opmerkingen. Ik was meer met de muziek bezig dan met de dirigent. De altviool leek vanzelf te spelen en in mijn hoofd borrelden de woorden omhoog. Het adagio landde midden in mijn hart. Ik voelde me Alice in Muziekwonderland. Er dansten beelden, kleuren en woorden in mijn hoofd. Ik zag me weer aan de keukentafel met de krantenwoorden spelen. De sporen van mijn Poolse verleden voelden nog nooit zo aanwezig.

Het scherzo rukte me uit mijn gedachten. Mijn vingers rolebolden *dansant* met het ritme mee. Nee, geen gemoedelijk dorpsdansje maar een groteske, demonische driekwartsmaat. Wagners muziek kwam zelfs om de hoek kijken. Na een opgewekt pizzicato hoofdthema zetten de blazers een meerstemmig koraal neer. Alles liep vloeiend in elkaar over, Bruckner Wagner liet nu Mahler ontmoeten. De dirigent leidde de bizarre confrontatie zonder van de kern af te leiden. Na afloop van de repetitie was de wereld weer gewoon. Het regende buiten en de straat was grijzer dan ooit. Maar dat zag ik niet. Bruckner vulde me nog dagenlang met zijn immense klankkathedralen waar muziek de precieze aanwijzingen van de taal ontmoet. Sindsdien begin ik, elke keer als ik Bruckner speel, met het lezen van de tempi: *sehr feierlich und sehr langsam, etwas langsamer, bewegt, doch nicht schnell.*

Ook door Bruckner werd mijn verlangen om jouw taal eindelijk proberen te leren aangewakkerd. De taalopleiding Duits aan de Volksuniversiteit leek me de eerste stap om terug te keren naar mijn verwaarloosde woordenwereld. Een wereld die ikzelf jarenlang had stilgelegd. De taalstilte kreeg eindelijk een impuls en zorgde voor een wending. Hoe verder mijn Duits vorderde, hoe meer ik besefte dat dit land van jou was. Ik woonde in jouw geest en in jouw lichaam. Ik wist niet veel van je verleden, maar Duitsers en hun land waren heilig voor je. Pas nu voelde ik dat je een van hen was. Je was een Duitser die in het verkeerde land woonde, een man die per abuis een familie stichtte. Wat de muziek in mijn leven gebracht had, begon de taal te verduidelijken. Toen realiseerde ik me dat ik niet in jouw land kon blijven. Duitsland was het land dat jij verloor, als ik er zou blijven musiceren dan zou ik nooit van je loskomen.

Wist je dat ik in 1991 van Ulrich ben gescheiden?

Nog in hetzelfde jaar kreeg ik een nieuwe baan in het Radio Filharmonisch Orkest in Hilversum. Met een koffer en mijn altviool verliet ik Duitsland. Aan de grens lachte ik hardop: ik was vrij. Vrij van Ulrich en vrij van jou.

16

De generale repetitie in het Amsterdamse Concertgebouw loopt uit. Op de lessenaar staat een dik boek, de partituur van de opera *The Tempest* van Thomas Adès. Een Duitse dirigent doet zijn best om de ritmische clusters zo precies mogelijk met de solisten en het orkest samen te krijgen. Ev telt de maten totdat ze mag inzetten. De altvioolpartij is niet ingewikkeld, nog twee maten, ze zet de altviool onder haar kin en kijkt naar de dirigent. De passage ligt op de a-snaar in de zesde positie, de juiste noot vinden lijkt wel acrobatiek op kilometers hoogte. Ze klimt met haar linkerhand tot vlak bij de strijkstok en voelt de plakkerige hars op haar vingertoppen. Ze kijkt om zich heen, de altvioolgroep is in zes verschillende partijen opgedeeld, Ev speelt de derde maar iedereen zoekt zijn muzieknoten in dezelfde zesde positie. Nu komt er nog een *accelerando* bij. De zwarte loopjes glijden als de bliksem naar beneden. De sopraan Ariel scandeert een paar keer achter elkaar een hoge g, haar stem steekt als een spitse naald in Evs trommelvlies. De dirigent zweept de passages op tot een uitbarsting. Haar pols verstijft door de harde en snelle bewegingen met de strijkstok over de snaren. Harder, roept de dirigent, hij spreidt zijn handen als een vleermuis boven het orkest, blijft hangen en vervolgens snijdt hij met een gebaar het geluid af. Stilte, afgelopen. Hoort ze haar buurman ademen? Daarna zetten contrafagot en tuba in het lage register in. Achtenzestig maten rust voor de altviolen.

Ze is er nog, hier, op het podium in haar orkest. De tijd is bijna om, maar ze heeft nog geen bericht van Kees ontvangen. De muziek van de afgelopen weken weerklinkt in haar hoofd. Ze vraag zich af hoeveel werken ze al gespeeld heeft als orkestmusicus. Maakt het wat uit?

Ja, het maakt uit, het was niet zozeer de hoeveelheid werk maar de uren waarin ze met iets anders dan de dagelijkse beslommeringen bezig is. Sinds het gesprek met Kees kijkt ze anders naar haar werk. Deze week verplaatst *The Tempest* van Thomas Adès haar naar de tijd van Shakespeare en laat haar geloven dat de wereld niet alleen bestaat uit dingen die ze kan zien, ze beseft hoeveel groter de onzichtbare krachten zijn.

Zoals nu. Ze brengt haar aandacht terug naar de stoel waarop ze zit, ze kijkt naar de lessenaar, naar de partituur en ze spitst haar oren. Het is alsof ze met behulp van de muziek door de tijd reist. Voor even verliest ze de controle en de strijkstok valt uit haar hand. Een harde klap. De collega's draaien hun hoofden. Rob lacht, maar hij blijft spelen. Ze bukt zich en pakt de stok weer op.

Waar moet ze nu beginnen?

Rob tikt met het puntje van zijn strijkstok op de maten op de rechterbladzijde. Ze pakt de loopjes op en binnen een paar seconden komt het vertrouwde levensgevoel: ze is weer een onderdeel van het geheel. Het podium voelt stevig onder haar voeten. Het publiek dat in de rode stoelen komt zitten voelt vertrouwd. Het orkest laat haar van gedaante veranderen, voor even is ze enkel energie die met de klanken meetrilt. Deze toestand verandert pas na afloop van een concert, wanneer het stil is. In de stilte keert ze weer terug naar het hier en nu.

Maar vandaag voelt het anders. Ze huivert. Woorden nemen weer de plaats van muziek in.

Mag ze het vage verlangen naar de letteren, naar het schrijven volgen? Stel dat ze niet meer dagelijks met muziek bezig is, zou muziek dan dezelfde betekenis voor haar behouden?

Het is pauze, Ev legt haar altviool weg en gaat op een stoel in de zaal zitten. Het podium loopt leeg, iedereen gaat naar de kantine in de kelder. Zodra Ev bijna alleen in de zaal zit, vertroebelen de gebeurtenissen van de afgelopen weken haar gedachten. Als ze haar ogen sluit, krimpt de grond onder haar voeten tot een eiland. Net zoals in een droom verliest de tijd zijn eenheid. Ze dwaalt naar de lange nacht van gisteren af die ze met lezen probeerde te verkorten. Dat werkte altijd goed. Nog steeds. Voor even dook ze in iemand anders leven, dacht langs de voorgeschreven lijnen, grijnsde en proefde een vreemde taal in de Nederlandse vertaling. Een woordenwisseling, een beeld was al voldoende om de stap naar de boekenwereld te zetten. Maar ineens stond ze op en greep ze zelf naar de pen. Bijna geleid door een hogere kracht, zette ze woord voor woord op papier, onderzocht waar de woorden en waar de oer-emoties ontsprongen. Ze begreep het niet, maar ze wist wel of een zin werkte of niet. Niet te veel nadenken, want dan ging meestal verloren wat het voor haar betekende. Ze daagde zichzelf uit om haar intuïtie te volgen, te doorvoelen, in de diepte van haar onrustige gedachten te durven kijken. Ze onderging de confrontatie alsof ze in de afgrond keek. Pijn. Stilte. Hoop.

Ev opent haar ogen en kijkt rond. Op een paar mensen na zit ze nog steeds bijna alleen in de zaal. Er is nog even de tijd om de recente gebeurtenissen aan elkaar te rijgen.

‘Op de bodem ligt de hoop, als het allerlaatste kwaad,’ zei Henriëtta tegen haar tijdens de zoveelste bijeenkomst in Utrecht, ‘dat zijn woorden van Nietzsche, niet van mij, hoor.’

Dat was kort na haar vijftigste verjaardag in mei.

‘Ik heb me ingeschreven voor een cursus op de Schrijversvakschool in Amsterdam,’ zei Ev toen vastbesloten tegen haar.

‘Goed zo.’ Henriëtta’s ogen lichtten op. ‘Het wordt tijd je eigen leven te beginnen.’

Een paar dagen later vertelde ze hetzelfde aan Iris. Ze zaten in een café, Iris kreeg tranen in haar ogen.

‘Eindelijk, Ev,’ zei ze toen, ‘je bent zo aan het worstelen met je verleden, ik vind je zo sterk.’

Ev knipperde met haar ogen, het raakte haar, misschien omdat tot dan toe nog niemand dat tegen haar gezegd had.

En gisteren was alweer de derde les op de Schrijversvakschool geweest. De pen is een naald in haar handen geworden. Als met garen stikt ze haar brokken taal aan elkaar. De woorden glijden door het oog van de naald en transformeren in beelden die bedrieglijk echt voelen. Nacht na nacht naait ze haar verhalen aan elkaar, gebeurtenissen die uit een ander leven komen. Als het begint te schemeren valt ze in slaap. ’s Ochtends, na een paar uur slaap, neemt een automatische piloot de dag van haar over.

De eerste collega’s lopen weer het podium op, de pauze is voorbij. Werktuiglijk neemt ze haar instrument mee en loopt naar haar stoel in het orkest terug. Vanuit de balkons komen gouden letters op haar af. Ze lijken te fluisteren. Allemaal namen van componisten, Mahler is in het gezelschap van Bruckner aan de linker- en Franck aan de rechterkant.

De letters wiebelen, iemand begint loopjes op de hobo te spelen. Stokken met grote vilten bollen slaan krachtig op de diepe, koperen trommels achter haar. Ze zet de altviool op haar schouder en kijkt naar de technisch moeilijke passages.

De dirigent springt op de bok en zijn handen gaan omhoog. Ze probeert niet naar de gouden letters te kijken. De muziek overrompelt haar, ademen, denkt ze, rustig doorademen. Wat speelt ze ook alweer? Ze herkent de muziek niet. Door, door, door.

Algauw gaan Evs gedachten een andere richting op. Ze stelt zich heren in rokkostuums voor die hun vrouwen helpen uitstappen uit de koetsen voor de concertzaal aan de Van Baerlestraat. De jurken zijn elegant. Een vrouw houdt een programmaboekje van het inwijdingsconcert van het Concertgebouw voor zich. Werken van Wagner, Haydn, Bach en Händel. Een zeer toegankelijk concert, oordeelt Ev, niets voor het Amsterdamse publiek.

De woorden nemen het vaker van de muziek over. Letters stralen voor Ev, muzieknoten niet.

'Ev,' hoort ze.

'Ja?'

'Slaap je? We zijn al hier, sla de bladzijde om,' zegt Rob.

Ze slaat haastig om. Met moeite schuift ze haar gedachten opzij en keert in de muziekwereld terug. Tevergeefs, al binnen twee tellen dringt de zanglijn van de tovenaarsdochter Miranda de altvioolpartij binnen met het verhaal. Geen wonder, Thomas Adès' muziek is operatesk en toneelachtig. Terwijl Ev de trompetten hoort, zondigt ze meteen en vraagt zich af of Shakespeare in Prospero zichzelf zag of zich door Thomas Harriot liet inspireren, een man die in zijn tijd de reputatie had een magiër te zijn.

'Bedankt, we zien elkaar morgen weer,' zegt de dirigent en Ev ontspant. Iemand lacht, de hoboïste speelt nog een keer het laatste loopje.

'Gaat het met je?' vraagt Rob. Hij kijkt bezorgd. 'Het is echt k-u-t voor je. Heb je al een gesprek met Els gehad?'

Ze zegt niets, Rob staat op van zijn stoel en klopt met zijn hand op haar schouder, ze blijft nog even zitten. Rob is een fijne collega, de hele altvioolgroep is als een familie voor haar. Hun bezorgdheid raakt haar, iedere keer als iemand ernaar vraagt onderdrukt ze de neiging om te huilen.

'Wil je misschien iets drinken?' roept Rob achter haar.

'Nee, dank je,' antwoordt Ev en ze pakt een potlood. Ze doet alsof ze iets in de partij opschrijft. Hoe gaat het met haar, herhaalt ze de vraag van Rob. En? Ze is er nog, ze zit op het podium en ze houdt zich aan haar instrument vast. Als ze opkijkt en de zaal in zich opneemt denkt ze aan al die uren muziek die ze hier door de jaren heen gespeeld heeft. Ze leest de namen van de componisten die in de eregalerij genoemd worden. De gouden letters glimmen in de schijnwerpers en trekken haar aandacht. Ineens voelt ze tintelingen in haar vingers, net zoals bij het schrijven. De letters zijn weer bij haar.

Het is avond, het huis ruikt naar de gebraden kip. Fjodor loopt steeds voor Evs voeten in de hoop dat hij een hapje krijgt. Floris schenkt rode wijn in twee bolle glazen. Hoe zal hij reageren als Bo straks voor de deur staat? Haar afspraak met Bo nadat hij uit het ziekenhuis ontslagen werd, heeft ze geheim gehouden. Bo vertelde haar dat hij begeleiding kreeg na zijn vergiftiging. 'Wordt het niet eens tijd voor een serieus gesprek met je vader?' vroeg Ev. Hij beloofde langs te komen.

Met Floris over Bo praten is onmogelijk geworden. Wat gaat er in hem als vader om? Ze gaat snel naar de keuken en haalt de kip uit de oven. Bij het snijden valt het vlees uit elkaar, zoals Floris het graag heeft. Naast de kip schept ze de salade op de borden. Floris zit met een krant aan tafel. Tussen de wijnglazen branden twee witte kaarsen.

'Ik heb enorme honger, dat ziet er goed uit zeg,' zegt hij vrolijk.

Ze neemt plaats tegenover hem en pakt het wijnglas, maar Floris staat ineens op.

'Ik heb iets voor je,' zegt hij en hij verdwijnt achter de deur. Hij komt terug met een pakje in cadeaupapier dat op een boek lijkt. Hij legt het bij haar neer en kust haar. 'Ik ben zo trots op je!'

'Maar waarom?' zegt ze en ze denkt aan haar verrassing straks. Ze voelt hoe haar gezicht warm wordt.

Floris kust haar en gaat weer op zijn stoel zitten. Ev scheurt het papier open en haalt een boek van Miroslav Holub tevoorschijn.

'*De geboorte van Sisyphus*, gedichten', leest ze hardop. De auteur zegt haar niet veel.

'Hij is een Slavische dichter die vanwege het communistische regime slechts een enkele keer – en dan ook nog onder valse voorwendselen – zijn land uit kon. Hij kwam naar het Poetry International Festival in Rotterdam.'

'Holub is in Tsjecho-Slowakije geboren,' zegt Ev. Ze begrijpt Floris niet, wat heeft Holub met haar te maken?

'Het gaat erom hoe hij tot schrijven kwam. Ik vond het grappig dat hij net zoals jij met een andere wereld bezig was, hij was immunoloog en wetenschapper maar de woorden die hij in zich droeg waren sterker en hij gaf het nooit op.'

'Wat gaf hij niet op?'

'Woorden, schrijven, hij geloofde in de kracht van woorden, in zijn bijdragen.'

De wijn is sterk, ze neemt nog een grote slok. Floris is de enige in haar leven die altijd in haar geloofd heeft. Nu ook weer. Als ze naar het boek kijkt, moet ze ineens aan Bo denken. Waarom gelooft Floris niet op die manier in zijn eigen zoon?

'Trouwens, de kip smaakt heerlijk,' zegt Floris met volle mond. Ze kijkt op en ziet dat hij al begonnen is met eten. Met iedere minuut loopt de spanning in haar op, ze prikt met haar vork in de salade, zonder echte eetlust. Om haar gedachten van Bo's komst af te leiden, kijkt ze naar het boek van Holub. Ze is nu regelmatig aan het schrijven, maar zou ze ooit een verhaal of poëzie kunnen schrijven? Meteen merkt ze hoe weinig vertrouwen ze nog in haar Nederlands heeft. Hoe kan ze zich deze taal ooit eigen maken? Floris prevelt iets over zijn werk en over de gebeurtenissen van de dag. Ze probeert een geïnteresseerde indruk te maken.

'Heb je vandaag aan je schrijfopdracht gewerkt?' Floris knaagt aan een botje, likt zijn vingers af en legt het op het bord.

'Ja, maar ik heb niet het gevoel dat ik vooruitkom.'

'Iedere dag een kleine stapje vooruit. En op je werk?'

'Je klinkt als mijn docent.' Ev twijfelt even en dan zegt ze: 'Even over Nederlands. De taal voelt soms als... als een jurk die ik graag wil dragen. Maar staat-ie me? Vanaf de eerste les op de Schrijversvakschool voel ik me iemand anders, de taal maakt me nieuwsgierig, daagt me uit. Normaal gesproken leerde ik gewoon een vreemde taal, maar met Nederlands is het een avontuur.'

'Meen je dat nou?'

'Ja, het is gek. Het lijkt wel alsof ik Nederlands moet... leven. Ja, leven, ervaren en er niet zo veel over na moet denken. De woorden krijgen meteen een invulling, ik kijk door het raam en zie bloesems – geen *Blüte* of *kwiat*. Er is iets fysieks aan het Nederlands, wat je denkt dat ben je. Op de een of andere manier ben ik de taal, zo voelt het... vreemd, vind je niet?'

'Ik kan het inderdaad moeilijk volgen, maar dat heeft misschien met je...' Floris' woorden worden onderbroken door de deurbel, die tweemaal wordt ingedrukt. Fjodor rent meteen de kamer uit.

Ev kijkt op de klok, het is na half negen. Bo is laat, ze springt op en loopt naar de deur.

'Kom binnen.' Ev stapt opzij.

Maar Bo blijft staan, hij kijkt onzeker. Het duurt even voordat hij een stap naar binnen zet. Ze geeft hem een duwtje. Als ze met zijn tweeën de woonkamer binnen komen, kijkt Floris haar met gefronste wenkbrauwen aan.

'Ja, ik had het je moeten vertellen,' zegt ze zo luchtig mogelijk, maar ze blijft bij de waarheid. 'Ik heb Bo uitgenodigd. Er valt veel te bespreken en dat kan niet meer wachten. Het gaat onder andere over muziek en Bo's keuzes...'

'Dat zeg jij, terwijl je je baan bijna kwijt bent,' flapt Floris eruit. Hoort ze agressie in zijn lach? 'Waarom heb je niets tegen me gezegd?'

'Ik was gewoon bang, bang dat je af zou haken.'

'Hoezo?' vraagt Floris.

'Is dat waar?' vraagt Bo tegelijkertijd en zijn gezicht wordt rood. 'Ben je je baan kwijt? In het orkest?'

'Wacht... dat zit anders. Maar eerst thee? koffie?' Ev voelt hitte vanuit haar buik omhoog schieten. 'Ik heb ook een cake gebakken.'

Zodra Bo aan de tafel plaatsneemt, wordt Floris' gezicht somber. De mannen begroeten elkaar niet, waardoor de spanning voor Ev bijna tastbaar is. Ze loopt snel naar de keuken, waar ze heel langzaam een paar keer diep ademhaalt. Het bezoek aan Henriëtte komt in haar op. Ze hoort zichzelf nog zeggen: de kans dat ik blijft werken is net zo groot als dat ik mijn baan verlies. Fifty-fifty, ze herhaalt dat een paar keer in zichzelf voordat ze met een dienblad terug naar de woonkamer gaat. Bo en Floris veren op en helpen mee. Ze zet de cake in het midden van de tafel.

'Toen we in Italië waren, is Bo in het ziekenhuis beland,' begint Ev.

Floris kijkt meteen op. Maar Bo wrijft eerst over zijn knokkels en begint dan met zijn blik op de tafel gericht rustig te praten.

'Soms begin ik de dag alsof ik met het verkeerde been uit bed gestapt ben. Ik ben boos, maar ik weet niet waarom. Het betekent niet per se dat ik een probleem heb, dat is het echt niet,' zegt Bo en hij kijkt nu naar zijn vader. Zijn hele lichaam leunt achterover, alsof hij plotseling groter wordt. 'Het voelt... het voelt alsof zich zo veel in mijn dromen opstapelt dat ik er onrustig van word.'

'Hoe komt dat dan?' vraagt Ev.

'Ik weet 't niet precies... maar... ik ben niet zo'n prater. Als ik dan de viool pak, ga ik improviseren. Het helpt me weer rustig te worden.'

'Hoe dan?' Ev laat niet los.

'Geen idee... misschien omdat ik aan de loopjes denk, de melodie in mijn hoofd heb en onder mijn vingers voel, dat is zo fijn. Dan kan ik weer verder.'

'En als je dat niet doet?' Floris kijkt Bo indringend aan.

'... dan... dan doe ik stomme dingen...'

'Zoals?' vraagt Floris door. Hij schuift naar het randje van zijn stoel.

Maar Bo antwoordt niet meteen. Wel zoekt hij oogcontact met Ev. Ze glimlacht bemoedigend.

'Waar gaat dit over?' Floris legt zijn handen op elkaar op tafel en leunt naar voren. Zijn blik gaat van Ev naar Bo en terug. Door zijn op elkaar geperste kaken klinkt zijn stem raar. Ev heeft hem nog nooit zo gespannen gezien. 'Dat heeft iedereen op jouw leeftijd. Ik hield ook van liedjes, maar dat gaat over. Als je dat niet op tijd beseft, dan krijg je spijt.'

'Floris, Bo's verbinding met muziek gaat verder dan van liedjes houden.'

'Je kent mijn mening,' zegt Floris botweg.

'Het gaat hier niet over jou,' zegt Ev geïrriteerd.

'Mag ik een stukje cake?' vraagt Bo na een pauze. Ev schept voor iedereen een stukje op een bord.

'Als ik mijn eigen muziek maak...' begint hij weer.

'Als, als, als... *get to the point*, jongen,' zegt Floris fel.

'Laat hem alsjeblieft uitspreken.' Ev slaat ongeduldig met haar vlakke hand op tafel. Verbaasd kijken ze alle twee naar haar op.

'Op school gaat het goed...'

'Dat is het juist,' onderbreekt Floris hem, 'je hebt meer keuzes in je leven dan alleen maar jazz spelen. Dat kan je nog altijd, maar dan liever als hobby.'

Ev legt haar hand op Floris' arm. 'Alsjeblieft.'

'... ik weet zo langzamerhand niet meer waar mijn huis is...' Bo's woorden vloeien nu sneller. Hij praat over zijn moeder, de verhuizing, haar vriend en dat Floris nooit thuis is om het erover te hebben. Floris schiet nog een laatste keer in de verdediging, maar Bo praat gewoon door zijn commentaar heen. Als hij de begeleiding van een psycholoog noemt na het laatste incident waardoor hij in het ziekenhuis belandde, schrikt Floris.

'Hoe kwam dat?'

'Het is precies wat ik zei, als zich dingen opstapelen en ik weet het verder niet, dan... dan loopt het mis. Die avond kon ik ook niet meer met de band meekomen. Ik raakte gefrustreerd en ging eerst bier drinken. Toen bood iemand me witte poeder aan. Ik voelde me meteen beter, maar daarna rookte ik uit overmoed ook nog een joint. Alles begon te dansen, ik werd wakker in het ziekenhuis aan de hartbewaking.'

'Je bent echt een sukkel, weet je dat? Verdomme, je had wel dood kunnen gaan!' roept Floris. 'En ik moet het leuk vinden, hè? Heb je erbij stilgestaan wat er gebeurd was als ze je niet gered hadden?'

Ev onderdrukt de drang om Floris te weerspreken. Ze beseft nu pas hoeveel geluk Bo heeft gehad en ze zoekt naar de juiste woorden om te reageren. Maar Bo is haar voor.

'Nee, maar jij was er niet en ma heeft een vriend. Ze is op dit moment met iets anders bezig. Prima, ik kan me echt prima redden. Ik ga dat echt niet meer doen,' zegt Bo, maar zo komt het niet over.

Als Bo opstaat, pakt Floris zijn arm. 'Ga maar zitten,' zegt hij, en hij duwt hem terug op zijn stoel.

Er knapt iets in de blik van Floris. Zijn hele boosheid is plotsklaps weg. Met zachte stem begint hij te vertellen waarom Bo's moeder en hij uit elkaar zijn gegaan toen Bo twee jaar was. Hij praat rustig, zijn lichaam is ontspannen. Bo luistert met open mond.

'Ik ga nog even theezetten,' fluistert Ev en ze loopt de kamer uit. Als ze de deur achter zich sluit, beseft ze dat ze Bo niet heeft verteld hoe het met haar baan zit. Maar wat maakt het uit? Het ging niet om haar vanavond. Ze vult de waterketel bij en zet hem op. De gedempte stemmen in de woonkamer plooien haar gelaat tot een glimlach. Floris is eindelijk met Bo in gesprek. Ze kan zich bijna niet herinneren wanneer ze die twee voor het laatst met elkaar hoorde praten.

13

Vader, geografisch gezien was ik juist dichter bij je gekomen. Hilversum lag nog geen tweehonderd kilometer van Essen vandaan. Het leek alsof ik een cirkel volgde, die me verder bracht in mijn loopbaan maar ook dichter bij jou. Een baan in een zeer goed orkest gaf me financiële stabiliteit. Ik kon niet alleen mijn rekeningen betalen, maar ik genoot ook nog van waar ik goed in was – altviool spelen. Jij zei vroeger vaak: 'Succes is je geld verdienen met wat je kunt.'

Was ik nu eindelijk succesvol in jouw ogen?

Ik voelde nieuwsgierigheid en de drang om te musiceren, dat wel, maar voldaan was ik toch niet. Vanaf dag één op mijn nieuwe werk moest ik aan je denken. Alsof jij de baan gekregen had, en niet ik. Iedere ochtend als ik mijn tanden poetste en mijn haar kamde, zag ik jouw gezicht in de spiegel.

'Zie je? Ik kan het beter dan jij, ik heb bereikt wat jij niet kon,' fluisterde ik venijnig. Wat was ik aan het doen? Hoe kon de muziek ons zo ver uit elkaar drijven?

Ongeveer vanaf dat punt begon ik me weer af te vragen waarom je niet in de muziek geloofde. Hoe kon je zo makkelijk opgeven? Waarom leek een chauffeursbestaan je beter dan een bestaan als violist, fluitist of jazzmusicus? Wat is er in je leven gebeurd dat je je grootste talent zo verwaarloosd hebt?

'*Abteilung... Viszeralchirurgie, Zimmer 80*,' zei een jonge vrouw aan de balie in het Alfried Krupp Krankenhaus. Op haar witte kraag zat een koffievlek. Ik keek naar haar linkerborst, waar een geplastificeerd plaatje met symbolen, nummers en een grote, vette letter K te zien was: K. Afgeleid raakte ik kwijt wat ze zei. De vrouw keek de hele tijd omlaag.

'*Entschuldigung, können Sie es wiederholen?*' vroeg ik en ik fixeerde mijn blik op de koffievlek.

Nu keek ze me eindelijk aan, '*Zweiter Stock, Allgemeine- und Viszeralchirurgieabteilung, Zimmer 80. Sie können der Lift oder die Treppe nehmen. Erst hoch und dann wieder auf der anderen Seite runter. Folgen Sie die grünen Pfeilen.*'

'Kamer tachtig, kamer... K... K80, Mozarts eerste kwartet... natuurlijk,' murmelde ik en ik liet de lift voor wat hij was. Mijn benen leken een metronoom, ik liep in driekwartsmaat de brede trap op, G-majeur in mijn hoofd klaarde alles op en ik hoorde de eerste maten van het muziekstuk. Jouw gezicht danste op mijn netvlies, hoe zou je er na tien jaar uitzien?

Mijn rechterhand liet vochtige sporen op de leuning achter. Met de linkerhand drukte ik een bosje bloemen tegen mijn borst. Ik had het die ochtend gekocht in de bloemenboetiek bij het hotel waar ik overnachtte. Pas daarna realiseerde ik me dat je niet om bloemen gaf.

Op de muur rechts zag ik het nummer van jouw kamer: 80. Jouw naam op het bordje eronder joeg de tranen naar mijn ogen, ik ging snel naar binnen.

Drie mannen in hun bedden keken me aan, eentje begroette me. Je lag achteraan met je hoofd naar het raam gedraaid. Ik kwam zachtjes bij het voeteneind staan en zag hoe diep je sliep. Een witte baard omlijstte jouw open lippen. Welk verdriet had de diepe groeven rond je mond gekerfd? Jouw in de oogkassen verzonken ogen bewogen, alsof je een film in een andere wereld aan het kijken was. Wat zag je? Over wat droomde je? Je was het wel en tegelijkertijd niet. Aan je armen waren naalden bevestigd. Je magere, oude lichaam weersprak mijn beeld van jou. Verdi, dacht ik, je lijkt op Verdi.

'Hij heeft een slaappil gekregen,' zei iemand achter mij met een Beiers accent. Ik draaide me om. De zuster was een kop kleiner dan ik, haar grote donkere ogen straalden medelijden uit.

'Hij heeft heel veel pijn... bent u de dochter?'

Ik knikte. 'Waar kan ik de bloemen neerzetten?'

'*Kommen Sie mal mit*, ik laat u zien waar de vazen staan,' antwoordde ze. 'Ik weet niet of we überhaupt zulke grote vazen hebben.'

Ik volgde haar de kamer uit. Het duurde even tot ik de juiste vaas en een kraan vond. Toen ik de kamer weer binnen liep, stond er een vrouw bij jouw bed. Ze keek naar me.

'Ev,' zei ze en ze bedekte haar lippen met haar handen. Ze had geblondeerd haar, was klein en zo mager dat haar jurk op verpakkingspapier leek, met een strikje om haar middel.

'Ev, *ty tutaj...* ' zei ze in het Pools. En ik wist het weer. Wat was er met haar donkere haar gebeurd? Ik miste de chique bril op haar neus, haar mooie decolleté met een opvallende ketting en haar elegantie. Maar ze was het wel, de kikkervrouw.

'Adele?'

Met twee stappen was ze bij me en ze omarmde me met een verbazingwekkende kracht. Ze kuste me op mijn wangen. Ik rook tijgerbalsem en rozen.

'Het ziet er niet goed uit voor je vader,' zei ze.

De tranen die langs haar gezicht stroomden waren niet de eerste die ze vandaag vergoot. Ik kon de opgedroogde sporen van haar make-up op haar wangen zien.

'Hij was wakker, maar hij herkende me niet. Ze hebben besloten hem in slaap te houden, zie je deze slang? Hij krijgt zeer sterke medicijnen rechtstreeks in zijn aderen.'

Zo erg kon het niet zijn als hij niet op de intensive care lag, relativeerde ik voor mezelf.

'Wat goed dat je hier bent, Ev, wat goed,' herhaalde ze een paar keer achter elkaar en ze wreef met haar handen langs mijn armen. 'Je ziet er goed uit.'

Ik glimlachte en zocht naar woorden, maar ik kon alleen Duits denken, Pools was even geblokkeerd. Ik kwam niet op gang.

'Het kan uren duren, hij wordt niet snel wakker. Zullen we... zullen we koffie gaan drinken?'

'De bloemen... ik...' zei ik en ik liet haar staan. Wat moest ik met haar? De bloemen waren ook namens Nina en moeder, bedacht ik ter plekke. En alsof ik het je duidelijk wilde maken, zette ik de vaas zo dicht mogelijk naast je hoofd op het kleine kastje. Jouw geur, ik kon je lichaamsgeur ruiken. Die was niet veranderd. Met mijn vingertoppen raakte ik je haar aan. Ons unieke *Wiedersehen* was door haar aanwezigheid verstoord. Nu was ik bijna blij dat je niet wakker was. Wat flikte je me nu weer, vader, woonde je met haar samen?

Toen ik verder van je bed ging staan, schoof Adele de bloemen meteen naar achteren.

'Goed,' zei ik tegen Adele, die mij nu met een scherpe blik opnam, 'laten we naar de stad gaan.'

'Geraakt worden, daar ging het hem om,' zei Adele toen ze tegenover me in een bijna leeg café zat. Door het raam keek ik naar een plein met stenen platen en enorme bloembakken waar zeer jonge moeders met kinderwagens op enorme banken zaten. Geen van hen lette op haar kind. In het café zat nog een man, hij staarde naar buiten. De serveerster bracht de koffie. De kopjes leken op soepkommen.

'Je vader heeft mijn perceptie laten kantelen, zoals een kunstwerk dat soms doet.'

'Wat bedoel je?' vroeg ik. De eerste slok koffie was bitter.

'Hij inspireert me, zijn manier van liefhebben doorbreekt elk patroon.'

Adeles ogen schoten vol. Ze keek me niet meer aan.

'Met Hans voel ik me sterk, nog steeds. Al jaren geleden ben ik uit mijn comfortabele leventje gestapt, voor hem. Hij is zo vrij in zijn doen, alsof hij de schoonheid van het leven zelf is. Zijn bezetenheid om er iets van te maken gaf me een zetje.' Ze lacht kort, schuift een haarlok van haar voorhoofd weg en zegt: '"Als je maar jouw eigen weg volgt, Adele," dat zegt hij nog altijd tegen me.'

Ze had nog geen enkele slok genomen.

'Door hem besefte ik voor het eerst dat je niet alleen het lot of de tegenslagen moet ondergaan, maar dat je uit een leven ook iets kan maken. Hij had het vaak over je, Ev, hij is zo trots op je.'

Ik verslikte me en begon te hoesten, de koffie steeg naar mijn neus. En omdat ik geen zakdoekjes in mijn tas had, rende ik naar het toilet. Het felle licht boven de wastafel viel op mijn wallen. Adele zei dat ik er goed uitzag. Ik kon het niet zien. Jij? Trots op me? Laat me niet lachen. Meteen zag ik jouw gezicht in de spiegel.

'Ik was toch altijd een optelsom van mislukkingen in jouw ogen?' vroeg ik hardop, maar je spiegelbeeld verdween weer. Ik waste mijn handen en ging terug naar de tafel. Adele had nog steeds haar koffie niet aangeraakt.

'Gaat het weer?'

'Ja, sorry,' zei ik. Ik wilde niet horen wat ze te zeggen had, en wat deed ik? Ik bleef zitten en verontschuldigde me er ook nog eens voor.

'Wist je dat je vader soms gehandicapte kinderen hielp?'

'Waarmee?'

'Hij bracht ze naar de stad, naar plekken waar ze niet zo makkelijk kwamen. De ouders waren hem zeer dankbaar. Je weet toch wel dat gehandicapte mensen eind jaren zeventig in communistisch Polen verzwegen werden?'

Ik kon me onze buurvrouw op de eerste verdieping nog herinneren. Haar zoontje, die in een rolstoel zat, droeg je soms in je armen naar beneden als ze met hem naar de dokter moest. Maar moeder zei dat je iets met die vrouw had gehad. Heeft Adele gelijk of ben ik naïef?

'Op een dag kwam hij met een jongen naar me toe die het Williams-Beuren-syndroom had.'

'Wat is dat?'

'Het zijn mensen met een verstandelijke beperking die vaak goed muziek kunnen maken. De jongen was bezeten van muziek, Hans zei dat als iemand het kon ik het was. Aanvankelijk was ik sceptisch, maar ik ging het toch proberen. Dat was een ongelooflijke ervaring, zo heftig dat ik besloot een muziekschool voor gehandicapte kinderen te starten. Het was niet altijd makkelijk, maar ik kreeg het gevoel dat ik iets zinnigs deed, voor iemand die behoeftig was een verschil kon maken, snap je?'

Ik wist niet zeker of ik het kon snappen. Of ik het wilde. Iemand anders in jou zien choqueerde me. Nu pas weet ik dat het aan de dag zelf lag. Na zo veel jaren nam ik een stap om jou op te zoeken, maar mijn stap was te klein tegenover de lawine die Adele over me heen stortte. Ik kwam hier iets tussen vader en dochter oplossen. Adele schetste daarentegen een man die je vreemd maakte. Ik stond er niet voor open, niets van haar verhaal was voor mij herkenbaar. Ze had een heel eigen versie van jou. Een versie die bij haar leven paste. Ik droeg meer dan twintig jaar lang een genetische afdruk van je met me mee die totaal anders was. Wat Adele vertelde maakte je tot een raadsel voor mij. Het was beter om te zwijgen.

'... ik weet dat je aan de kant van je moeder staat, maar...' Adele praatte verder.

'Ik sta aan mijn eigen kant, ze heeft in dit gesprek niets te zoeken,' onderbrak ik haar fel.

'Misschien heb je gelijk, ik heb nog helemaal niet gevraagd hoe het met je gaat.'

Adele was de laatste persoon met wie ik mijn leven wilde doornemen.

'Je hebt je koffie niet opgedronken,' zei ik geïrriteerd.

'Nee, omdat ik je om thee vroeg.'

Was dat werkelijk zo of provoceerde ze me?

'Je lijkt woorden te negeren, Ev, zoals vroeger toen je nog bij mij op les kwam.' Ze bleef ontspannen. 'Je lijkt op je vader, wist je dat? Daarom botsen jullie met elkaar. Alleen zijn gevoel voor humor heb je niet. Hij kan soms heel grappig zijn.'

'Waarom vertel je me dat?'

'Op een avond zaten we in Berlijn in een *Biergarten.*' Haar stem werd warmer en hoger, ze leek ineens jonger. 'Het was laat, de meeste mensen waren al vertrokken. De tafels naast ons waren verlaten. Je vader en ik waren halverwege de laatste ronde toen er een man voor ons stond. "Geld, portemonnee op tafel, nu!" riep hij terwijl hij met een mes zwaaide. Ik schrok me rot. Jouw vader schoof beide handen rustig in zijn broekzakken en haalde een Zwitsers zakmes tevoorschijn. "Heb je er ook een tandenstoker in zitten?" vroeg hij en klapte zijn mesje open. De man fronste en even dacht ik dat we er geweest waren. Maar hij bleef naar ons kijken. "Of een blikopener? Ook niet? Nee?" vroeg je vader door. "Man, waar heb je je mes gekocht? Hij is hartstikke nep!" De man was zo verbouwereerd dat hij aan zijn mes begon te frutselen. Ze hebben de messen vergeleken en het werd bijna gezellig aan tafel. Op het eind trok Hans alsnog een portemonnee tevoorschijn en gaf de arme man twintig D-mark.'

Adele lachte hartelijk en haalde een hand door haar kapsel. Ineens werd ik jaloers op de verhalen van jou die ze zich eigen maakte.

'Het enige wat je vader echt niet kan is musiceren,' vervolgde ze zuchtend.

'Wat zeg je nou?' riep ik.

'Jouw vader is een levenskunstenaar, maar de muziek in hem is doodgetrapt.'

'O ja, een slachtoffer. In jouw verheerlijking zie je niet hoe mijn vader werkelijk is, Adele.'

Ze bleef nog steeds rustig.

'Ev, hij bespeelt mensen,' zei ze, 'hij kan je met zijn enthousiasme optillen, een speciaal gevoel oproepen en je bezielen. Maar hij kan geen muziek, geen instrument spelen.'

'Dat is niet waar. Hij kan op ieder instrument spelen dat hij in zijn handen krijgt!'

Adele glimlachte, ze tilde het kopje koffie op en nam eindelijk een paar slokken.

'Ik ben het met je eens, hij maakt wel die indruk, maar hij speelt altijd hetzelfde, een paar jazzy klinkende akkoorden, even een treurig melodietje en een toonladder, klaar.'

Dat was me nooit opgevallen. Ik moest diep in mijn herinneringen graven.

'Hij bespeelt ze allemaal op dezelfde, hoekige manier,' vervolgde ze. 'Er komt wel geluid uit, maar geen muziek. Ben je ooit geraakt door wat hij speelde? Kon hij jou betoveren met een stuk? Indrukwekkend hoe hij zonder enige schroom een instrument pakte, maar de muziekziel zat er niet in.'

'Jawel, hij speelde prachtig mondharmonica!' Dat had ze vast nooit van je gehoord. Ze beoordeelde je met een klassiek oor. Wist ze dat je ooit in een bigband had gespeeld?

'Elke overvloed doodt de subtiliteit van een innerlijke verbazing,' begon ze opnieuw. 'Zonder deze verrassing krijg je geen toegang tot muziek. Je speelt toch zelf altviool. Aan hoeveel instrumenten zou je dezelfde aandacht kunnen geven? Je weet als geen ander hoe je viool speelde en hoe anders je de altviool liefhebt. Hoeveel instrumenten kan je op zo'n hoog niveau beheersen?'

'Maar hij is bijzonder...' Deze uitspraak was me ontglipt. Ik bloosde.

Adeles hand lag nu op de mijne.

'Hij kon de viool niet trouw blijven. Zoals hij zijn vrouw niet trouw kon blijven...'

Het geluid van mijn rinkelende telefoon onderbrak haar. Dankbaar greep ik naar mijn tas onder de stoel en haalde mijn uitklapbare telefoon tevoorschijn. Ik bad dat jij dat was, dat je wakker was geworden, de bloemen zag en belde waar ik bleef. Door de zon kon ik niet zien wat er op het kleine schermpje stond. Ik drukte op de groene knop.

'Ja?' riep ik haastig. 'Ja?' riep ik nog een keer, maar aan de andere kant bleef het stil. 'Hallo?' riep ik nog harder.

Even hoorde ik geluiden die ik niet kon plaatsen.

'Ev, Nina kan nu even niet praten,' hoorde ik na een korte stilte de stem van Stan, de man van mijn zus. 'Jullie moeder is net overleden.'

17

De docent is jonger dan Ev had verwacht. Zijn blonde haar is strak naar achteren gekamd en lijkt op zijn hoofd geplakt. Zijn mooie blauwe ogen benadrukken de donkere wallen eronder. Sander van Laanen is een jonge schrijver die het afgelopen jaar de Librisprijs gekregen heeft voor zijn tweede roman. Nu werkt hij aan zijn derde. Vanavond zit hij tegenover een klein groepje van vier mensen, drie cursisten zijn afwezig.

'Maak je hoofd leeg en vul je verhaal, Ev,' zegt hij wanneer ze haar werk bespreken. 'Jouw tekst over de ontmoeting tussen Antonio Vivaldi en de mysterieuze gravin staat te ver van je af.'

'Maar het gaat met name over muziek.' Ev voelt benauwdheid opkomen, de oefening van Henriëtta komt van pas: maak contact met de aarde en let op je ademhaling, dan heb je controle over je emoties. Het werkt.

'Jawel, maar het fragment over muziek staat op zichzelf. Het drama schuilt in jouw verhaal in de personages en niet in de muziek.' Sander valt een tijdje stil en glijdt met zijn vingers over de afdruk van Evs woorden. 'In alles wat je schrijft moet een kern zitten die associaties mogelijk maakt. Zoek naar jouw basis, naar een centrum van waaruit jij kunt scheppen, ook al blijven de lijnen nog grof. Je hoeft niet alles te vertellen, toch moet je het diepste binnenste van wat je schrijft weten. Denk aan een pruim, de kern van een pruim is een pit die je niet ziet. Toch weet je dat deze vrucht nooit zonder de pit zou kunnen ontstaan, groeien en een vrucht worden – dat bedoel ik met het schrijfproces. Hoe groot of hoe klein je tekst ook is: denk na over wat je echt wilt zeggen.'

Ev knikt.

'Maar ga geen andere schrijvers imiteren,' gaat Sander door. 'Datgene wat je meegemaakt hebt, wat je goed kent en weet is vaak veel interessanter dan de zoveelste bedachte liefdesscène.'

Ev valt stil, ze schuift haar voeten onder de tafel nog verder uit elkaar. Dit keer lukt het niet het hoesten te onderdrukken.

'Wat is er?'

'Nou... boeken zijn voor mij... een vlucht in een andere wereld. Ik bedoel fantasie, juist de fantasie, het verhaal zelf, laat me het hier en nu vergeten,' Ev dwingt zichzelf langzaam te praten en let op haar adem. Het hoesten ebt weg.

'Maar dat zeg je meteen goed,' Sanders stem gaat omhoog, 'boeken! Maar waar je nu mee bezig bent is schrijven.'

'Wat is het verschil?'

'Schrijven en lezen zijn elkaars tegenstanders. Een fervente lezer voelt lang niet altijd een drang om te schrijven, hij consumeert en neemt wat hem gegeven wordt. Een schrijver is scheppend, onderzoekend en zeker ook gevend. Er ontstaat een ander leven, een ander verhaal in hem. Dat verhaal zoekt via hem een weg naar buiten, naar de lezer. Je vlucht in je verbeelding als je leest maar je volgt een diepe, innerlijke stem als je schrijft, dat is een groot verschil.'

Ev schudt haar hoofd. 'Kun je me dat beter uitleggen?'

Sander leunt nu voorover met zijn ellebogen op tafel. Een meisje naast Ev zucht.

'Je bent musicus, toch? Zonder jouw beroep nou te kleineren, maar jouw functie is uitvoerend: je geeft weer wat al gecomponeerd is.'

'Ja... en nee.' Ev verzet zich tegen die te gemakkelijke opvatting. De drie andere cursisten kijken haar nu aan. 'Ik bedoel dat het enorm uiteenloopt hoe je Bach of hoe je Bruckner interpreteert.'

'Dat snap ik.' Sander sluit even zijn ogen. 'Wat ik bedoel is dat je niet componeert, je speelt muziek van blad, kant-en-klaar, toch?'

Ev weet niet wat ze moet antwoorden. Nee, wat zij speelt is nooit kant-en-klaar. Ze voelt zich juist medeverantwoordelijk voor de compositie. Zonder musici bestaat er geen muziek. Om met Sanders woorden te spreken: musici zijn de kern van de klank, ze creëren de toonkunst, ze brengen tot leven wat stilstaat en slechts als idee opgeschreven is.

Sander geeft het niet op en kijkt weer naar haar. 'De geweldigste violiste of de wereldberoemde pianist, of nog een andere bekende vertolker, hoe goed ze ook allemaal in hun vak zijn, hun beroep is interpretatie en niet creatie, zoals een lezer leest wat iemand anders heeft opgeschreven.'

Ev schuift op het puntje van haar stoel, alles in haar wil dit standpunt weerleggen, hoewel ze intuïtief voelt dat Sander ergens wel gelijk heeft. Het kwartje valt nog steeds niet. 'Dat is hoe jij het ziet,' zegt ze onzeker. Een kriebel, verdomd, geen gehoest nu. Ze grijpt naar het kopje thee naast haar. Het is muisstil in de ruimte. 'Creatie en interpretatie zijn twee werelden die elkaar raken, maar niet aanvullen,' denkt ze hardop na. 'Als ik nu aan het schrijven ben, zoek ik naar een nieuwe weg, naar verwoording van associaties in taal en woorden die de verbeelding prikkelen. Ik maak iets nieuws, een nieuwe tekst.' Ze neemt de tijd voordat ze verder praat. 'Maar als ik muziek speel ben ik ook met creatie bezig. Op een ander niveau, maar ik ben wel de maker van de klank en de muziek die ik speel, ook al blijft het een weergave. Maar ik doe het eenmalig, niemand kan me dat nadoen.'

Ze valt even stil, maar omdat iedereen nog geconcentreerd naar haar kijkt, praat ze gauw verder. 'Het creatieve proces is dus wel degelijk aanwezig. Musicus zijn betekent juist de vrijheid om in de muziek op te gaan en je eigen manier te zoeken, hoewel je toch een vaste route, een compositie, volgt.'

Ze kan zich uitvoeringen herinneren onder leiding van dirigenten die voor haar ziel vernietigend waren omdat de visie van de maestro niet de hare was, door een andere opvatting van fraseren of een slordige uitwerking. In een orkest bestaat geen democratie, de musici zijn verplicht te spelen wat er staat, dat is wel waar.

'Zodra de magie tussen een dirigent en het ensemble klopt, ontstaat er een collectieve creatie die verschilt van andere interpretaties in tempo, dynamiek en zo voort.' Ze heeft weer moed gevat om verder te praten. 'Wat telt is het samenspel van vaardigheid, ervaring en omgang met de details. Zo zie ik het. Is er een grens? Is er überhaupt een grens? Spelend kom ik juist in een creatieve trance. "Muzieknoten weergeven" is geen muziek maken, dat zal iedere musicus je vertellen. Musiceren is een klank creëren, maar wel verbonden blijven met de essentie van de dragende gedachte van de componist. Pas dan ontstaat muziek. Misschien ligt het eraan dat je muziek samen maakt en schrijven een zeer solistische bezigheid is.'

'Ik snap wat je bedoelt, Ev,' zegt een medecursist, 'want noten op papier zijn inderdaad geen muziek, net zoals opgeschreven letters geen literatuur zijn. Zo zie ik dat.'

Een jongen naast Ev schuift luidruchtig zijn voeten onder de tafel uit.

'Dank je, je zegt het goed. Een Franse chanson bijvoorbeeld, van... zeg maar... Edith Piaf of Jacques Brel,' gaat ze verder. 'Of je naar de originele interpretatie luistert of naar iemand die het nadoet, is een wereld van verschil. Dankzij Brels eigen invulling klinken de woorden “*Ne me quitte pas*” heel anders dan wanneer iemand anders hetzelfde chanson zou zingen.’ Ze merkt dat meer mensen het woord willen nemen.

Sander buigt naar voren. ‘Stilte alsjeblieft. We begonnen met lezers en schrijvers. Lezen is natuurlijk veel passiever dan een instrument bespelen en...’

‘Ja, klopt.’ Ev lacht. ‘Maar lezen is in mijn ogen geen passieve activiteit. Als je leest gebeurt er behoorlijk veel met je, het lezen is een driedimensionaal avontuur: het activeert kennis, ervaring en zintuigen tegelijkertijd. Het mooie is dat je dan op je eigen kracht de wereld aankunt. Mijn drang om te schrijven vloeit juist voort uit mijn leesgedrag.’

‘Dat ervaar ik ook zo,’ zegt dezelfde man, ‘de beelden ontstaan achter de woorden. Maar er gebeurt ook iets met de tijd, die de eigen associaties vasthoudt zolang je een boek aan het lezen bent. Er is altijd een gedeelte van je hersens dat bij welke activiteit dan ook bij het boek is. Met schrijven gaat het bij mij precies zo!’

Iedereen begint weer te praten.

‘Rustig, rustig... maar Ev,’ Sander grijpt in, ‘terug naar het thema, als lezer volg je een verhaal en als schrijver zet je de wereld zelf neer. Dat is precies het verschil tussen lezen en schrijven. Jullie moeten je eigen universum gaan creëren. En dat doe je niet als je iets interpreteert. Begrijp me niet verkeerd, maar dat is echt wat anders dan wat Ev bedoelt met spelen.’

Sander kijkt de andere aanwezigen aan alsof hij bevestiging verwacht.

‘Dat is toch logisch, het verbaast me dat je dat niet snapt,’ reageert een meisje met lang haar ongeduldig.

‘Sorry, waarschijnlijk komt het door mijn ervaring als altvioliste. Of ik ben langzaam van begrip,’ zegt Ev, en ze lacht verlegen.

'Een beetje,' zegt het meisje bruusk, 'maar misschien komt het ook doordat Nederlands niet... niet je moedertaal is. Je gebruikt echt veel te veel woorden om iets uit te leggen.'

Smak. Ineens zit iedereen roerloos op zijn stoel. Ev blijft rustig. Mag ze niet schrijven in een taal waarmee ze niet is opgegroeid?

'Manon, wat heb jij voor vanavond geschreven?' Sander verplaatst zijn aandacht naar het meisje.

Ze schudt haar hoofd, het haar valt naar achteren, op haar schouders.

'Ik vond de opdracht... nou ja... het lukte me niet, dus ik... ik breng mijn werk de volgende keer mee.'

Sanders aandacht gaat nu naar Manon. Ev krijgt het idee dat ze niet serieus genomen wordt. Henriëtta's stem dreunt in haar hoofd: *geloof in jezelf, als je voelt dat je emoties de overhand nemen, haal jezelf uit je hoofd naar je lichaam, kijk naar je handen, naar je benen en zeg dat je goed genoeg bent.* Ev grijpt met haar rechterhandpalm naar haar linkerelleboog. Ze is er, ze is hier in Amsterdam en ze doet wat haar grootste wens is. Het voelt goed, ook al is Nederlands niet haar moedertaal en wordt het dat nooit. Ze heeft een poëtica die haar opvattingen bepaalt, dat heeft iedereen. Manon denkt zo omdat haar taalgevoel anders is dan dat van Ev. Ev kijkt naar haar en realiseert zich dat woorden net als tonen in een muziekstuk emoties en ideeën vormen, afgezien van het feit dat ze naar concrete dingen verwijzen. Hier draait het om. Dat is de reden waarom ze wil schrijven.

'Je voelt je algauw beter dan de anderen, of niet?' zegt Manon in de pauze als ze met zijn tweeën bij het koffieapparaat staan.

Ev trekt haar wenkbrauwen omhoog, ze kan de opmerking niet plaatsen.

'Als je het nog niet wist als buitenlander, wij Nederlanders zijn allergisch voor hiërarchie en autoriteit.'

'Is dat zo belangrijk om te weten?'

'Waarom zou jij met jouw achtergrond beter zijn dan een Nederlander?'

'Dat snap ik niet.' Ev merkt dat ze in de verdediging schiet.

'Waarom schrijf je eigenlijk niet in het Duits? Of in het Pools? Dat gaat je vast beter af dan Nederlands!' Manon duwt nu haar wijsvinger in Evs trui. 'Ja, daar was je niet op gekomen, hè?'

Sander komt nu bij Ev staan. Manon wordt op slag rood in haar gezicht, ze loopt weg.

'Manon is... heel jong, nog geen twintig. Ze gaat niet meer naar school, maar wil wel schrijfster worden. Ik ben heel blij dat ze naar de pen grijpt, het is waardevol als iemand een uitgesproken wil heeft.' Hij neemt een slok uit het kopje koffie dat hij met beide handen vasthoudt. 'Schrijven maakt soms dingen los die diep in ons verborgen zitten. Dat hoort bij het proces en dat geldt ook voor Manon.' Sander glimlacht naar Ev.

'Je hoeft je niet voor haar te verontschuldigen, het is oké. En Nederlands is niet mijn moedertaal, dat is gewoon waar,' zegt Ev. Ze zegt wat ze denkt. En het voelt alsof ze een last van haar schouders afgeschud heeft. 'Ja, Nederlands is mijn bewuste keus, mijn nieuwe kans.'

13

Vader, ik weet het nog zo goed, in de kapel rook het naar kaarsen. Het elektrische licht kwam van de lamp die als een groot ijzeren bloemstuk aan het plafond hing. Ik keek naar de ontblote schouders van mijn moeder. Ze waren wit gebalsemd en strak. Dit lichaamsdeel was nooit verouderd. Het kreeg geen rimpels, werd niet dik of slap en zag er tot vandaag goed uit.

'Ze is nog zo mooi, ik kan niet geloven dat ze er niet meer is,' zei Nina in tranen.

De gedachte was luguber. Moeder kwam vreemd op me over zoals ze daar lag: een tot in de puntjes verzorgde dame die ze nooit was. Of misschien: die ik nooit in haar zag. Iemand had haar lippen gestift, te fel, te rood. Ze lag in een kist op een wit kussen. Het haar golvend, nog nauwelijks grijs, naar achteren gekamd in een kapsel dat ze nooit droeg. Haar hals was strak, haar ongelofelijk witte huid contrasteerde met het zwarte Carmen-decolleté van haar jurk. Heel even dacht ik: straks staat ze op en gaat ze grapjes maken en lachen. Ik kon me de eenvoudige zwarte avondjapon nog herinneren van haar jonge jaren. Na mijn geboorte droeg ze die nooit meer. Ze gaf mij de schuld dat ze te dik geworden was, omdat ze er na de zwangerschap van Nina nog wel makkelijk in had gepast. De jurk hing in een plastic hoes in de kast en ik kon me er haar altijd moeilijk in voorstellen. Het was een symbool voor haar gelukkige, verloren jaren geworden.

'Waar slaat dit op?' vraagt Ev.

'Dat wilde ze zo graag, ik kon het allemaal niet goed meer volgen,' Nina pakte een nieuwe tissue en snoot haar neus. 'Ik zei nog tegen haar: je wilt toch niet dat ik je deze jurk aantrek als het zover is? Ze wilde er na haar dood uitzien als Sophia Loren.'

'Serieus?' zei ik in het Nederlands. Nina en Stan keken op.

'Ja,' vervolgde Nina, alsof ze dat begreep, 'ik moest ook nog zwarte lakschoenen met hoge hakken en een zwarte panty voor haar kopen, kijk maar.'

Nu pas zag ik haar dunne beentjes in elegante schoenen met een zilveren gesp aan de zijkant.

'Jeetje, ze droeg nooit hoge hakken en al helemaal geen zwarte panty's.'

'Denk je dat het door de Parkinson komt?' vroeg Nina.

Ik dacht het niet. Kijkend naar mijn moeder probeerde ik Sophia Loren in haar te ontdekken. Moeder had haar eigen plannetje bedacht. Wanneer begon ze haar ongelukkige uren als kraaltjes aan een draad te rijgen? De draad – of eigenlijk de ketting – was uiteindelijk langer geworden dan haar geluk. Wat had deze vrouw allemaal moeten doormaken met jou? Ik dacht aan haar verjaardagen, wanneer je er nooit was, aan kerstdagen die we vaker zonder jou dan met jou vierden, aan oud en nieuw, wanneer je ergens in een bigband andere mensen opvrolijkte. En moeder maar wachten, wachten, wachten... En dan stelde ik me de doordeweekse dagen, de vrijdagavonden en de weekends voor dat ze niets omhanden had. Jij was weg, ik woonde te ver en Nina gaf haar al genoeg aandacht.

Zemsta – wat op zijn Pools wraak betekent – was een onderwerp waar ze veel over nagedacht had. Ze wilde jou zelfs na haar dood een ultieme streek leveren, een streek waarmee ze bij jou schuldgevoelens wilde oproepen. Haar laatste wens ging niet in vervulling: je was er niet. Natuurlijk had ze er geen seconde aan gedacht dat je niet naar haar begrafenis zou komen. Haar mislukte vendetta schoot pijnlijk door mijn lichaam en ik produceerde een hortend, schraperig geluid dat mijn adem verstoorde, zelfs mijn ogen prikten.

'*Tata* zou hier moeten zijn,' zei ik.

Een paar dagen nadat Stan had gebeld, was ik vanuit Schiphol naar Katowice vertrokken. Ook al hadden jij en ik geen woord meer gewisseld, ik wist van de Beierse *Krankenschwester* dat je al drie dagen thuis was. Ik zat te tellen. Maar er was nog iets. Adele was bij je.

Je had nu hier moeten zijn en niet thuis met een vreemde aan je zij. Je moest je vrouw zien, Tina Müller, onze moeder. Ze had haar leven aan jou gewijd, ze gaf je Nina uit liefde en mij per ongeluk – maar dat had ze nooit tegen me gezegd. Zo mooi, hoe ze nu in de kist lag. Ze deed alles voor je, zelfs nu nog. Hadden jullie nog met elkaar gesproken toen je al in het ziekenhuis lag? Ik herinnerde me de woorden van Nina, moeder wist van niets.

Ik vroeg mijn zus of ze nog iets had gezegd voordat het zover was.

'"Als je in de regen staat, maakt het niet uit of je huilt", dat zei ze. Daarna lachte ze. Ik keek naar haar en dacht dat ze naar mij lachte, maar nee, ze was echt dood.' Nina bedekte haar ogen met de handen, ik hoorde haar snikken. 'Alsof ze me al vanuit de andere wereld aankeek.'

De laatste woorden van mijn moeder riepen meteen muzikale beelden in mij op. Ze was geen lezer en geen vrouw die in een literaire context over het leven nadacht. In deze scène, hier bij haar kist, moest ik aan *De zeven laatste woorden van Jezus*

Christus aan het kruis van Haydn denken. De strijd ging tussen woord en muziek. Ik sloot mijn ogen. Wat of wie bedoelde moeder met haar uitspraak over regen en huilen? Het klonk als een tegeltjeswijsheid – hoe vaker ik het herhaalde, des te zekerder was ik dat het niet haar eigen woorden waren. Herken jij het?

Waarom sprak moeder niet met mij over haar problemen? Ik wist het antwoord – omdat ik nooit met haar over de mijne praatte. Maar haar laatste woorden troffen me, ze weerspraken mijn vooroordelen over haar, mijn onverschilligheid en mijn vaste patronen.

'Moeder, ik heb nooit de moeite genomen je echt te leren kennen,' fluisterde ik toen ik haar voor het laatst op haar koude voorhoofd kuste.

Jij, vader, wilde iemand anders worden, zij was haar hele leven iemand anders geweest. Het was te laat haar dit te vertellen, maar ik was dankbaar dat alsnog te beseffen. Ouders accepteren hun kind bij de geboorte. Of niet. Kinderen houden onvoorwaardelijk van hun ouders zolang ze klein zijn. Bij mij is in de puberteit verwijdering ontstaan. Moeder was er niet meer. Zou het ooit nog goedkomen tussen jou en mij?

'Wat ze zei was voor mij bedoeld,' zei ik tegen Nina. Ze wilde wat terugzeggen, maar op hetzelfde moment kwam de priester binnen. Het deksel werd door twee mannen op de kist gezet en ons werd gevraagd aan weerskanten hiervan naar de kerk te gaan.

Naar mijn idee was ik nog nooit zo dicht bij de fysieke dood geweest. Na het overlijden van oma's, opa's en tantes zag ik altijd de kist, maar nooit de lichamen. En toch was ik niet zo verdrietig als Nina. De dood betekent voor mij een onderdeel van een levenscyclus. Je wordt geboren, je leeft en je sterft. Wat is er natuurlijker dan dat? Dat inzicht kwam door de muziek. Dood als inspiratie – omdat alles voorbijgaat, dood als geloof – omdat er na het einde een nieuw begin komt, dood als een grens die een leven zinvol maakt. *Requiem* van Mozart, de onvoltooide *Symfonie nummer 10* van Mahler, *Falstaff* – de laatste opera van Verdi, *Symfonie nummer 9* van Beethoven – allemaal laatste werken van grote componisten die er niet meer zijn. Maar ook andere werken die ik dagelijks speelde, waren geschreven door mensen die allang niet meer leefden.

Ik keek naar moeders blote schouders en dacht dat kunst bij de gratie van de dood bestaat. Ze zou nu geschilderd kunnen worden en op die manier, als een werk van een kunstenaar, alsnog op de aarde blijven. Ze was beeldschoon, maar voor mij was ze niet die vrouw die ik gekend heb. Ik betrapte me erop dat ik naar een vertrouwd detail in haar perfect geënsceneerde dodenmasker zocht. Naar iets waardoor ik mijn moeder in dit dode lichaam kon herkennen.

Nina, Stan, de ooms en tantes, hun kinderen en nog een paar mensen die ik niet herkende stonden rondom het graf. Ik voelde geen binding met hen. Nina was de enige voor wie ik wel wat voelde. Terwijl de priester het heilige water en de aarde over de kist strooide, dacht ik aan ons huis, onze kinderjaren en aan de Poolse taal. Na vandaag zou het Pools voor mij alleen nog door Nina tot leven gewekt worden. Jij hield mijn Germaanse wortels intact, niet de Poolse. Moeder praatte met me in het Pools, ze paste op dat ik geen Silezisch gebruikte en ze ontwortelde me onbewust van jullie verleden in het goede geloof dat het beter voor me zou zijn. Ik hoorde haar nog de straten noemen, Wieczorka, Koszalinska, Armii Czerwonej, ik hoorde haar stem toen ze me de krant *Gazeta Robotnicza* of *Dziennik Zachodni* liet kopen, maar ik miste haar niet.

Met moeders dood raakte ik definitief ontkoppeld van dit

land. De gezichten van de aanwezigen overlapten elkaar omdat ze nog zo dicht bij moeders leven stonden. Ik zag haar oogopslag in de ene en haar gebaren in de andere persoon. We vulden voor even de ruimte tussen moeders dood en ons eigen leven, maar ik voelde een leegte vanbinnen.

'Dus je hebt vader niet ontmoet?' vroeg Stan toen ik naast hem thee zat te drinken tijdens de *Leichenschmaus* na de ceremonie.

'Ja... nee, ik was er wel, maar hij sliep. Hij was door de sterke slaappillen helemaal verdoofd. Een uur later belde jij en ben ik halsoverkop naar Polen doorgereden. Ik heb niet eens aan mijn bagage gedacht.'

'Heb je daarna het ziekenhuis nog gebeld? Gaat het beter met hem?'

'Ik denk het, hij is sinds vrijdag thuis.' Ik dacht aan Adele en mijn adem explodeerde, alsof ik me verslikte. Toen ik gekalmeerd was, zag ik Stan denken, maar hij zei niets meer. De gasten kwamen ons een voor een condoleren. Ik was de exoot van de familie geworden, iedereen wist veel over mij en mijn levensloop maar ik had nauwelijks nog contact met hen.

'Ik wil het ook niet weten,' zei Stan ineens. 'Dat zijn mijn zaken niet.'

18

‘Nederlandse vrouwen hebben zo’n uitgesproken wil dat er geen plaats meer overblijft voor tederheid of romantiek,’ zegt Casper Boomgarden, een man van in de zestig met lang, onverzorgd grijs haar, terwijl hij met zijn wijsvinger langs de knopen van zijn overhemd glijdt. Het overhemd spant om zijn borst. Dik zou je hem nog net niet noemen, er bestaat zo’n prachtig Nederlands woord voor: gezet, hij is gezet. In zijn roze colbert komt hij parmantig over. ‘Misschien klinkt het overdreven, maar ik mis de romantiek in de boeken die tegenwoordig door onze vrouwen geschreven worden. En daarmee bedoel ik niet een Bouquetroman, maar tedere literatuur die zich onderscheidt. Kijk maar naar de Vlamingen, afijn, ik dwaal af.’

Ev zit in een kale kamer op de Herengracht. Het raam is open, de naar binnen stromende lucht zet spinrag in beweging op de muur vlak achter de directeur. Het is net of de draadjes ademen. Het is even stil in de ruimte. Ze heeft al over Silezië, haar Duitse wortels en over haar zoektocht naar de taal verteld. ‘Ik vond de schrijfcursus bij Sander van Laanen erg interessant en...’ begint ze opnieuw.

‘Tja, schrijfcursussen zijn echt een vrouwending,’ verzucht hij. Casper is blijkbaar nog niet klaar met zijn gedachtenspinsels over Nederlandse vrouwen, hij wrijft met zijn handen over zijn gezicht.

'Ik overweeg de vierjarige opleiding aan de Schrijversvakschool te volgen. Sander adviseerde me met u contact op te nemen.'

Casper kijkt haar nu voor het eerst geïnteresseerd aan. Ze voelt een rilling tussen haar schouderbladen.

'Ja, ja, Sander belde me al en ik heb je werk gelezen,' verzucht Casper en hij trekt een la van zijn bureau open. Hij pakt een stapel A4'tjes, één vel valt eruit. Hij bukt kreunend onder de tafel, pakt het papier op en zegt heel lang niets. Lezend trekt hij zijn mondhoeken naar beneden en schudt met zijn hoofd. Vervolgens legt hij de bladzijden naast elkaar op de tafel. Ev slikt.

'O ja, dat is 'm. Ja, ja, nu weet ik het weer.' Caspers stem is donker. 'Je moet nog veel aan je Nederlands werken.'

Ze kijkt hem gespannen aan, niet opgeven, spreekt ze zichzelf moed in.

'Jouw taalniveau... tja...' Hij kijkt haar niet aan en schuift zijn vingers in zijn broekzak. Er komt een blauwe zakdoek tevoorschijn, hij gaat ermee langs zijn ogen en stopt hem terug in de broek.

Doorademen, tijdens haar pleidooi voor muziek en literatuur in de les van Sander heeft ze zich sterk gevoeld, dat wil ze nu oproepen. Haar oerkracht is met het schrijven verbonden, ze laat zich vandaag niet afwimpelen. De gebeurtenissen draaien in haar hoofd, het gelach van Manon, Henriëtta's aanmoedigingen, Iris' tranen en Floris' geloof in haar.

'Heb ik foute verwachtingen?' vraagt ze vijandig, ze houdt het niet meer in.

'Onze studenten, misschien niet allemaal, maar wel een groot aantal, zijn al literair bezig voordat ze met deze opleiding beginnen. Niet zelden behalen ze hun eerste successen tijdens de opleiding. Wat ik wil zeggen, het niveau is hoog.

Het is geen cursus – met alle respect – op de Volksuniversiteit, hier zitten volwassen mensen die serieus met schrijven bezig zijn. We zijn streng en dat wordt door studenten gewaardeerd.'

Dat is niet nieuw voor haar, maar ze weet dat ze nog niets heeft gepubliceerd, sterker nog, haar taalgebruik is niet goed genoeg. Een samentrekkende spier ergens in haar buik verhindert dat ze opstaat. Haar voeten zijn van beton, haar knieën kunnen niet scharnieren.

'Maar... ik bedoel, wat...' Ze komt niet uit haar woorden. Dit is de executie van mijn dromen, schreeuwt een stem in haar. Hij kan ze onthoofden, doden, maar mijn vader krijgt geen gelijk: ik deug wel – en dat ga ik bewijzen.

'Maar wie ben ik om te zeggen dat jij dat niet kunt?' Caspers ogen zijn nog steeds op de pagina's gericht.

Verbeeldt ze het zich of zegt hij dat echt?

'Nederlands kun je leren, en dat bewijs je al. Als ik je eerste en je laatste tekst vergelijk, zie ik een groot verschil, binnen twee maanden schrijf je al aanzienlijk beter. Jouw taalbenadering is in ieder geval de moeite waard.'

Haar gezicht klaart op, het betonnen gevoel brokkelt af. Opgelucht is ze. Verbeeldt ze het zich of valt er een straal zonlicht op tafel?

'Taalbenadering? Wat een woord...' onderbreekt ze hem.

'Je manier van vertellen is wel prettig, dat valt me als eerste op. Het heeft met stijl te maken, die is zeker aanwezig, ook al is die nu nog niet... perfect. Wat me ook opvalt zijn je keuzes.'

'Keuzes?' Dat begrijpt ze niet.

'Ja, volgens mij manifesteert zich duidelijk een thema in al je teksten. Je krijgt tijdens de vierjarige opleiding genoeg gelegenheid om je taalbeelden in de juiste vorm te gieten.'

Hoort ze dat goed? Is ze door?

‘Dus ik.... ik ga... wat moet ik nog insturen? Of is dit gesprek bepalend?’

Casper kijkt haar bevreemd aan.

‘Dat besluit de toelatingscommissie nadat alle leden je teksten gelezen hebben.’ Voor de tweede keer grijpt hij naar de blauwe zakdoek en hij veegt opnieuw zijn ogen af. ‘Maar waarom twijfel je?’

‘U hebt net gezegd dat...’

‘Zeg maar “je” tegen me, alsjeblieft,’ zegt hij een tikje geïrriteerd, ‘ik ben Casper.’

Casper verzekert haar dat de commissie een formaliteit is na dit gesprek, zeker als ze al met succes een cursus gevolgd heeft. Als ze de kamer verlaat, hoort ze hem haar naam roepen, ze draait zich om.

‘Als je maar niet te Nederlands gaat schrijven,’ zegt hij lachend, en hij zwaait met zijn hand.

Buiten spettert het, maar door de woorden van Casper voelt ze de regen niet, meteen belt ze Floris.

‘Ik had niet anders verwacht.’ Zijn stem klinkt zacht. Ze ziet hem bijna de schouders ophalen en ontspannen.

‘Vanavond vertel ik je de rest, nu moet ik snel naar het Concertgebouw hollen, de repetitie begint over een half uur.’

Het Tristan-akkoord gaat Ev door merg en been wanneer ze met het orkest op het podium in het Concertgebouw speelt. De extreme muziek van *Tristan und Isolde* overweldigt haar, maar ze blijft in haar eigen gedachtewereld hangen tussen het vooruitzicht van de opleiding op de Schrijversvakschool en de reactie van Floris. De spanning in de muziek zwelt aan, de terugkerende korte muzikale suggesties lossen niet op en jagen haar razende gedachten steeds weer van Casper naar Floris. Ze discussieert ook met Sander in haar hoofd. Kan ze waarmaken wat ze wil? Maar het antwoord blijft samen met het Tristan-akkoord in de lucht hangen.

De dirigent op de bok is woedend, zijn handen zakken als twee te zware takken. Hij is niet tevreden, zijn korte, agressieve zinnen leiden haar af van de carrousel in haar hoofd. Waarom schreeuwt hij zo?

'Mezzopiano! Tjam, tjam... p-i-a-n-o! Nee, nee, nee... we moeten het nog een keer doen, dat is nog niet binnen. Opnieuw, vanaf maat tweeënvijftig.'

Ze moeten de hele bladzijde nog een keer spelen. Ev verdrinkt opnieuw in haar eigen chromatiek, waarom heeft Floris haar vreugde niet gedeeld? Er was iets aan de hand, zo reageert hij normaal gesproken niet. De draaiende zinnen overlappen de melodieflarden, er ontstaat in haar hoofd een beweging die eeuwig blijft doorgaan, Wagners *unendliche Melodie* drijft haar in een toestand van verwarring. Een onvervuld verlangen, dat Wagner in deze opera laat broeien, spiegelt zich aan Evs gemoed. Wat als ze niet voldoet aan de verwachtingen? Blijft ze de rest van haar leven hunkeren naar iets wat ze wil en niet kan?

Haar adem wordt korter, ze voelt het hout van de altviool en kijkt naar de strijkstok in haar rechterhand. Ze huivert, wat als ze alles verzint, zelfs de werkelijkheid? Niet denken, niet wanhopen, door, door, door. Eindelijk is de repetitie afgelopen.

Samen met haar collega's loopt ze naar de bus voor het Concertgebouw. Zoals altijd brengt de chauffeur hen naar Hilversum terug. Kees, de chauffeur die regelmatig met het orkest rijdt, kijkt iedereen die de bus instapt aandachtig aan, maar hij zegt niets. Ev blijft staan.

'Staat je goed, je nieuwe bril,' zegt ze.

'Je bent de eerste die het merkt.' Hij straalt en streelt met zijn hand over zijn blauwe overhemd en de rode stropdas. 'Je ontkomt er niet aan, we worden allemaal ouder,' zegt hij en hij pakt verrassenderwijs haar hand. Hij zou slager kunnen zijn, zo vlezig voelen zijn vingers om haar hand. Ze lacht en loopt door. Zodra ze plaatsneemt, trilt haar mobieltje.

'Met mij,' hoort ze Nina's stem.

'Ja?'

'Waar zullen we het feest van vader vieren?'

'Welk feest?' Ev kijkt door het raam, de bus blijft in een scherpe bocht staan, een paar auto's moeten naar achteren rijden om de bus door te laten.

'Hij wordt tachtig, weet je nog?'

De bus rijdt nu door de Van Baerlestraat. Ze hoort grapjes over de dirigent, de stemming is al snel lacherig. Als de bus abrupt voor het stoplicht remt, stoot Ev haar voorhoofd tegen de stoelleuning voor haar. Niet nu, ze wil niet in de bus over vader praten.

'Ja, dat weet ik, maar wat bedoel je?'

'Hij wil zijn feest in Polen vieren.'

'Ja, en?' Ev verliest haar geduld.

'Hoe krijg ik vijftien mensen van Duitsland naar Polen?'

Ev denkt aan haar gesprek met Nina toen ze van Zywiec naar Katowice kwam om bij haar zus te overnachten. 'Ik bel je als ik thuis ben, oké?'

Meteen is alles er weer, het verleden haalt haar in.

13

Vader, de naam Radio Filharmonisch Orkest zei je niets, ook al was het mijn vaste baan in het Westen – jouw droom die jij nooit waar kon maken. Ik dacht: je weet niet eens waar Hilversum is, maar ik heb me vergist. Het was de eerste maandag in juli, na mijn eerste seizoen in het orkest. De zon, die door de jaloezieën in mijn slaapkamer scheen, maakte me wakker. Ik keek op de wekker, tien over zeven. Ik had nog geen vakantieplannen. Het vooruitzicht zes vrije weken te hebben gaf al een ontspannend gevoel. Ik stond op en gooide de balkondeur open. De frisse ochtendlucht rook naar natte aarde. Het had geregend, de bladeren van de bomen schitterden in de zon. Het uitzicht op de Oude Haven met zijn struiken en bomen had een schilderij uit de vorige eeuw kunnen zijn. De deurbel ging, drie keer achter elkaar. Zondagochtend – wie zou dat kunnen zijn? Snel pakte ik de peignoir uit de kast en struikelde de trap af.

Ik zag een mannenpostuur door het glas van de deur. Het duurde even voor ik doorhad dat jij op de stoep stond, vader.

Als verlamd daalde ik de trap af. Was je dat echt? Toen ik de deur opendeed keken we elkaar als twee dwazen aan. Jouw gladgeschoren gezicht, jouw hangende schouders, jouw buik die terug was – ik nam je stukje bij beetje op en vergeleek je met hoe ik je laatst in het ziekenhuis had gezien.

'*Darf ich rein?*' vroeg je.

‘*Witaj*,’ verwelkomde ik je in het Pools en ik stak automatisch mijn hand naar je uit.

‘*Ich komme dich abholen*,’ antwoordde je, je handen bleven in je broekzakken. ‘Het wordt tijd dat we met elkaar praten.’ Je duwde de deur open en ging langs mij heen naar binnen.

‘Kom je helemaal uit Essen?’ vroeg ik toen we in de woonkamer stonden.

‘Nee, ik was er gisteren al, maar je was er niet. Ik heb in hotel Ravel overnacht.’

Ik deed de deur dicht en ging achter je in de woonkamer staan.

‘Ik kom je halen,’ zei je nog een keer. Je keek rond in de kamer en bleef bij de schuifdeur naar de tuin met de rug naar mij toe staan. ‘Hoeveel tijd heb je nodig om een tas te pakken?’

‘Wie zegt dat ik zomaar weg kan?’ De leegte in mij verbaasde me, ik zou moeten doorvragen, kalm blijven, maar mijn gedachtegang was uitgeschakeld en mijn lichaam trilde. Het lukte me niet bij mezelf te blijven. Alsof door jouw aanwezigheid mijn bestaan gewist was, gereduceerd tot één feit: ik was je dochter. Niet meer en niet minder. Ik kneep in mijn handen.

‘Je gaat met mij voor een paar dagen naar Beskidy. Nou, zeg maar een weekje,’ zei je. Zonder uitnodiging pakte je een stoel en ging zitten.

Beskidy was mijn studententijd. Dit Silezische gebergte was een vaste stek voor weekenden en spontane wandelingen met mijn toenmalige kamergenote. ‘Waarom Beskidy? Waarom kunnen we niet hier en nu praten?’

Je zuchtte en keek weer naar de tuin. De zonnestralen maakten die mooier dan hij werkelijk was.

‘Wat wil je?’ Ik verslikte me en perste dramatisch de lucht uit mijn longen in korte scherpe geluiden.

'Sorry, ik ben een beetje duizelig,' zei ik en ik ging tegenover jou aan de tafel zitten. Waarom, in godsnaam, verontschuldigde ik me in mijn eigen huis? Je keek me aan, liep naar de keuken en haalde een glas water. Nee, niet voor mij, voor jezelf.

'Ik moet mijn medicijnen innemen,' deelde je me mee en je zette het glas op mijn tafel. Je ging zitten en haalde twee zilveren stroken uit je broekzak.

'Hoe is het met je longen?' vroeg jij.

'Waarom?'

'Kom op, dit soort hoesten ken ik, ik heb ook astma. Je schudde je hoofd en dronk het glas leeg.

'Ik heb geen astma,' zei ik geïrriteerd.

Ineens dacht ik: het is een droom, straks word ik wakker en zal ik erom lachen. Hoe zou Nina reageren als ik vertel dat je aan mijn tafel zit? 'Waarom was je niet bij de begrafenis?' vroeg ik scherp.

'Wat een stilte hier. Je wilt me toch niet vertellen dat je om moeder rouwt, je draait nooit muziek thuis, hè? Als kind kon je ook niet tegen een radio... '

'Waarom was je er niet?' drong ik aan.

Eindelijk keek je me aan. Een moment dacht ik dat je je ging verontschuldigen, maar ik had het mis.

'Ik was ziek,' verzuchtte je, 'ik was te ziek om... om naar Polen te gaan.'

Ik schudde mijn hoofd en wilde je tegenspreken, maar je was me voor.

'Het is genoeg, Ev, ze is er niet meer. Daarom ben ik hier, ik heb meer van haar...' je stem was ineens weg, een piepend geluid uit je longen leek op een vogelkreet. ' ... het is zo... zo definitief, weet je?'

'Wat?'

'Alles... het ging zoals het ging, ik wil het niet goedpraten, maar... ze is er niet meer... ze liet me achter.'

Je leek serieus te zijn, maar ik moest mijn lach inhouden. Wat waren dat voor krokodillentranen?

'Jij hebt haar verlaten, niet omgekeerd,' antwoordde ik snuivend.

'Ja, dat denkt iedereen. Ev... ik moet met je praten. Ik ben er niet trots op, ik weet dat al die jaren dat we, jij en ik...' Je pakte het glas en slurpte met overgave de enige druppel op die er nog op de bodem lag.

Ik dacht aan een kop sterke koffie, aan een kom muesli en aan hoe graag ik alleen wilde zijn.

'Ga je tas pakken. We gaan naar een plek die mij... die... ik wil, ik moet... ik doe het voor je moeder.'

Ik bleef zitten. Hoe langer ik naar je keek, hoe meer ik besefte ik dat je een oude man geworden was.

'Je hebt mij daar niet bij nodig, je doet het voor jezelf, geef het gewoon toe.' Ik wilde je uitdagen en ik was niet van plan mijn tas te gaan pakken. 'Ik blijf thuis, zolang ik je ken moesten anderen altijd alles voor je doen,' zei ik.

'Ik wil vandaag nog in Beskidy aankomen, alsjeblieft, schiet op.'

Ik stond op, maar in plaats van mijn koffer te gaan pakken zette ik het koffieapparaat aan.

'Wil je ook een kopje?'

Je schudde je hoofd. Bedoelde je ja of nee? Voor de zekerheid pakte ik twee mokken uit de kast. Na vijf minuten schonk ik ze vol. Ik vroeg je niet of je melk of suiker wilde, ik zette de mok voor je neus. 'Komt Nina ook mee?'

'Nee, ze zou het niet begrijpen.'

'Waarom zou ze iets niet begrijpen? Ze is getrouwd, ze is moeder en ze was altijd mama's beste vriendin.'

Nina en ik begrepen jou allang niet meer, ik nog minder dan zij.

'Juist daarom, Ev, doe niet zo stom, het is iets tussen jou en mij, schiet alsjeblieft op,' zei je geërgerd. Ik pakte mijn koffie, ging naar boven en liet de badkuip vol met warm water lopen. Eerst een lang, warm bad, wakker worden, nadenken. Daarna kon ik altijd nog mijn koffer pakken.

19

'Bij ingrijpende gebeurtenissen komen er soms levensvragen naar boven.' Henriëtta's blouse met Miro-motieven verandert met ieder gebaar in een nieuw beeld. Het lijkt wel een animatiefilm. Henriëtta opent een lade, neemt er een notitieboek uit, schuift hem weer dicht en praat verder.

'In eerste instantie voel je rouw om iets wat er straks niet meer zal zijn. Nu sta je aan de vooravond van fase twee, heroriëntatie. Geef jezelf vooral de tijd, ook al denk je zelf dat je snel moet beslissen. Daarna volgt het ontdekken van een nieuw doel. Het is een proces en je kunt het niet afdwingen. We nemen vandaag afscheid van elkaar, maar ik wil je nog iets meegeven.'

Ze haalt nu een pakje in cadeaupapier uit een la. 'Tijdens alle bijeenkomsten in de afgelopen twee maanden heb je het niet alleen over boeken gehad, maar steeds vaker over taal en woorden. Ik heb het al een keer gezegd, maar vandaag vraag ik je in alle oprechtheid de komende weken, onafhankelijk van wat je van jouw werkgever gaat horen, in dit boekje de essentie van je stappen op te schrijven. In het Nederlands!' Henriëtta overhandigt Ev een dikke Moleskine.

'Ik weet niet wat ik moet zeggen.'

'Zeg niets, schrijf het op.'

Ev voelt ademnood, ze hoest een klein beetje.

'Je adem, Ev, je weet precies hoe het moet; voeten op de

grond, breng je adem op ritme, buik in en uit en kijk uit met je gedachten, ze veroorzaken vaak emoties terwijl er nog niets is gebeurd. Goed zo.'

Ze staat nu op en maakt aanstalten Ev te omarmen. 'Heb je al contact met een longarts opgenomen? Dat heb je beloofd.'

Daar heeft ze nog geen tijd voor gemaakt, ze staat op en omarmt Henriëtta hartelijk. 'Dank je, Henriëtta.'

'Je kunt altijd bij mij aan de bel trekken, maar het is vanaf nu eigen koers houden, beloofd?'

Zodra Ev buiten staat, belt ze de huisarts, Annemiek Bouma. Ze is al twintig jaar patiënt bij haar.

'Eindelijk, dat had je vorig jaar al moeten doen, Eveline,' zegt zij meteen. Ze is een van de weinigen die haar bij haar volledige naam noemt. 'Je mag morgen het verwijsbriefje voor de longarts bij de balie ophalen. De rest moet je zelf regelen.'

Waarom zou ik willen schrijven in een vreemde taal? noteert Ev nog dezelfde avond thuis in haar Moleskine. Woorden in het Duits, Nederlands, Pools, Russisch, Engels en Frans dwarrelen door haar hoofd, maar waar is de essentie te vinden? De essentie van de drang naar woorden die ze sinds haar kindertijd voelt?

Is het om me met mijn verleden te verzoenen?

Is het wat Nederlanders een talenknobbel noemen?

Of is het een onderzoek?

Ev verplaatst zich in de tijd, de losse gedachten die in haar opkomen pent ze meteen neer.

Ik wil onderzoeken wat niet meer 'ik' is maar wel was. Nederlands voelt alsof ik voor de eerste keer verantwoordelijkheid neem. Al meer dan veertig jaar leef ik in de klankwereld, maar heel diep in mijn hart weet ik dat ik meer van de verhalen dan van de muziek hou. Ik zou het nooit aan iemand toegeven. Muziek biedt me zekerheid. En toch, niets is gevaarlijker dan zekerheid als je verder wilt komen in je leven. De magie ontstaat nooit in je comfortzone. Niet in de kunst en niet in het leven zelf. Je moet risico's durven nemen. Ineens zie ik alles als in een vale, oude spiegel die alles vertekent. Ben ik bang om te veranderen? 'Mijn ziel is van bordkarton, mijn sentimenten van varkensvet,' las ik ooit. Wie schreef dat? Deze zin bleef bij me hangen zonder dat ik het begreep. Tot vandaag. Nep, ik ben een personage van een slecht toneelstuk geworden. Kilo's van mijn gekrenkte ego verdwijnen onder de verrotte houten planken van mijn eigen muziektoneel. Ik sta er alleen. De stoelen in het publiek zijn leeg.

Als kind legde ik letter voor letter bij elkaar totdat er een woord ontstond. Het was moeilijk, begrepen heb ik ze toen niet. Ze hebben me simpelweg gefascineerd. Door lettergrepen was een tafel ineens niet meer slechts een ding, maar kreeg hij kleur, dimensie en een eigen naam. Pas als je een naam hebt, ben je er. Dit besef was magisch. Dingen begonnen te leven, woorden werden tastbaar. Het gold ook voor mensennamen. Een naam brengt verschil aan, betekent duidelijkheid, tekent een beeld in je hoofd en achter iedere naam zien we een gezicht.

Toen ik op school Russisch leerde, kwam ik erachter dat je mensennamen in iedere taal hetzelfde uitsprak, ongeacht hoe ze geschreven werden. Daarmee krijgt een persoon een identiteit. Identiteit heeft dus met een constante te maken, met iets wat onder alle omstandigheden onveranderd blijft.

Mijn Poolse vrienden spreken mijn naam anders uit dan mijn Duitse of Nederlandse vrienden. Ik heb het zelf toegelaten en meegenoten van de diverse klanken, hoe verschillend mijn naam ook klonk. Maar ik was iemand anders in Polen en iemand anders in Nederland. Wie ben ik nu?

Ze legt de pen neer en wrijft met haar handen over haar gezicht. Het is tien over twee in de nacht, of zeg je in de morgen? Floris slaapt, Fjodor is op zijn nachtelijke jacht. Het zou verstandig zijn om nu haar bed op te zoeken, maar ze is niet moe.

Hoe langer ze naar de Moleskine kijkt, hoe rustiger ze wordt. Ze bladert even terug.

Ineens ziet ze haar vader voor zich. Herinneringen aan haar jeugd mengen zich met hun reis naar Beskidy. Beelden en scènes komen in haar op als een ongeregisseerde film. Onverwacht voelt ze een verlangen. Een verlangen om de beelden vast te houden, te ordenen en naar ze te kijken zonder er meteen een betekenis aan te willen hechten.

Ze pakt opnieuw de pen, maar dan moet ze lang denken hoe ze haar Silezische belevenissen in het Nederlands vertaalt. Slecht idee, denkt ze, en op het moment dat ze wil opgeven, ziet ze haar eigen hand een woord opschrijven.

Vader.

Alsof haar hand geleid wordt schrijft ze verder.

Ook al zul je dit nooit kunnen lezen, toch is Nederlands de juiste taal om een brief aan jou te schrijven. Een brief die ik waarschijnlijk nooit aan je ga opsturen. Waar moet ik beginnen?

> *Vader, weet je nog, die frisse vrijdagavond in november. Ik loop met jou in het centrum van Katowice langs een drukke weg. De twee gespen op mijn te grote lakschoenen glimmen in de koplichten van de auto's. Ik krom mijn tenen en ontwijk de stoepranden, die zouden krassen kunnen maken. In de punten heeft mijn moeder bolletjes watten gestopt, maar ze schuiven nog steeds. De lakschoenen zijn van mijn zus, ik mocht ze voor één keer dragen…*

13

Vader, je zei later tegen me: 'Ik was er wel. Jij, Nina met de kleinkinderen en Stan, Tina's broers met aanhang, allemaal in het zwart gekleed, jullie vormden een kring. Ik besefte dat ik er niet bij hoorde, al helemaal niet in mijn jeans en T-shirt,' vertelde je toen we in jouw auto in de richting van Polen reden. Je zat achter het stuur. 'Het hele familiegedoe, een toneelstukje, daar heb ik nooit iets om gegeven.'

Je leek nu ouder dan je was.

'Jullie waren met je eigen leed bezig, niet met haar. Ik was in de kapel nog voordat jullie kwamen om afscheid te nemen, en weet je wat ik dacht? Dat is Tina niet. Ik herkende haar niet. De vrouw in de kist was niet mijn vrouw. Even dacht ik in een verkeerde kerk te zijn beland. Voor de zekerheid heb ik nog een keer naar haar naam gevraagd. Toen ik haar de laatste keer zag, ongeveer tien maanden daarvoor, was ze een zieke, oude vrouw.'

'Heb je haar ontmoet? Was je in Polen?'

Ik weet niet waarom ik zo verbaasd was, tien maanden geleden hoorde voor mij nog bij een ander tijdperk tussen ons.

'Ja, ik was regelmatig in Katowice, dankzij Adele, ze moest er vaak naartoe om zaken te regelen. Maar deze maandag geloofde ik mijn ogen niet, in de kist lag een dame.'

Je viel even stil. We passeerden de grens tussen Nederland en Duitsland en ik keek naar de bossen achter de grote velden rechts van de snelweg. De zon stond hoger dan vanochtend, een warme zomerdag kondigde zich aan.

'En toen moest ik aan de kamer in een klein pension in Beskidy denken en aan Tina, ze was toen begin twintig. Op de plek waar we nu naartoe gaan is alles begonnen, daar zei ze tegen me dat ze van me hield en ik wist toen nog zo weinig van de liefde.'

Twee vrachtwagens voor ons deden een wedstrijd en haalden elkaar langzaam in. Je viel stil, zuchtte en gaf gas. Pas na geruime tijd vertelde je verder.

'En weet je wat ze toen ook zei?'

Ik schudde mijn hoofd, al kon je dat niet horen.

'Als ze dood zou gaan vóór mij, wilde ze in haar beste jurk begraven worden.'

Ik keek naar je. Voordat ik iets zei, was je weer verder aan het vertellen.

'Ze droeg nooit broeken, altijd rokken of jurken. Ik was het allang vergeten, maar toen ik haar in de kist zag liggen dacht ik er weer aan. Dat was voor mij het bewijs dat ze toch nog van me hield. Ze wist het ook nog, ze rekende erop dat ik het zou begrijpen, dat weet ik zeker.

Jeetje, wat heb ik dat gemist bij haar, de pit, de moed anders te zijn. Mijn Tina, zo was ze vroeger. Maar alles werd anders toen ik haar dwong thuis te blijven, toen jullie geboren waren, was alles voorbij... het hokjesleven, de zorgen en de sleur hebben van haar een andere vrouw gemaakt. Ineens was ze alleen met kleinigheidjes bezig, dit mocht niet, dat was niet goed en wat de mensen zouden zeggen, alles was belangrijker dan zijzelf. Al snel werden gebeurtenissen die buiten haar patroon vielen haar te veel, ze was een vrouw zonder behoeftes en zonder haar eigen leven geworden. Het enige wat ze nog had was levenspijn. Wat kreeg ik genoeg van haar gezeur...'

Ik liet je praten, over vroeger, over situaties die ik me ook nog herinnerde. Het ergste was dat ik je ook nog gelijk gaf: moeder was soms niet te genieten. Maar ik zei niets.

'Nou ja, nu is ze er niet meer, ze is het lijden voorbij. En hoewel ik de laatste tijd niet meer zo veel aandacht aan haar besteedde, mis ik haar verschrikkelijk. Of mis ik de liefde tussen ons, ik weet het eigenlijk niet zo goed allemaal.'

Ik zwichtte, bij je laatste zin sprongen de tranen in mijn ogen.

'Zullen we wisselen?' vroeg je en je nam de eerste afslag naar de parkeerplaats langs de snelweg.

'Goed,' zei ik en ik veegde mijn gezicht schoon. Ik had honger, maar voelde me bezwaard om alleen voor mezelf te zorgen. 'Wil je wat eten?'

'Goed idee, het is alweer na twaalven.'

We stapten het wegrestaurant binnen en zochten broodjes uit op de afbeeldingen achter de kassa. Jij nam een grote bol met gehakt, ik een kleine met salade en zalm. Toen we aan een klein tafeltje gingen zitten, begon je meteen te eten. Je was met de mensen om ons heen bezig en durfde me niet aan te kijken. Na een half uurtje zaten we weer in de auto, dit keer reed ik. Je viel meteen in slaap. Zelfs toen ik bij Braunschweig stopte om naar het toilet te gaan, sliep je door. Ik was al bijna bij Cottbus toen je weer wakker werd. Een zurige geur uit je mond bereikte mijn neus. Je gaapte en hoestte.

'Moet ik stoppen?' vroeg ik. Ik was moe en mijn ogen brandden.

'Nee, rij nog even door, we gaan na de grens pauzeren. In Polen smaakt de koffie beter.'

Was het een grap? Sinds wanneer waardeerde je Poolse koffie meer dan de Duitse? Na tien jaar kende ik jouw gewoontes niet meer. Braaf volgde ik de weg, ondanks de beginnende vakantietijd was het niet druk. We stopten precies waar je wilde. Het was achtentwintig graden. Ik bracht twee bekers koffie naar de tafel buiten, waar je al een sigaret had aangestoken.

'Rook je nog steeds?' vroeg ik. Ik was het al vergeten. 'En je astma dan?'

Je negeerde mijn vragen en nam een paar slokjes koffie. Natuurlijk moest je hoesten. God, wat was ik lang niet meer in Polen geweest, ik keek naar de mensen en het uitpuilende vuilnis in de hoek achter de parkeerplaats. De hitte maakte me nog vermoeider dan ik al was, de sterke koffie drong mijn maag binnen als sterke drank. Ik werd licht misselijk. Terug in de auto viel ik meteen in slaap.

De auto schommelde van links naar rechts, ik opende mijn ogen. Je reed op een smalle dorpsweg. De bergtoppen aan de horizon tekenden een golvende lijn tegen de donkerblauwe hemel. Helemaal achteraan hingen als op een toneel een paar witte wolken, net voordat de nacht viel.

'We zijn er,' zei je zuchtend. 'Hier is na zo veel jaren echt niets veranderd, *unglaublich*!' Je stem klonk scherp, maar je gezicht straalde. We stapten uit en liepen naar een houten huis met een spits dak, ook van hout. Ik telde twee verdiepingen. Je regelde de sleutel en we namen de trap naar boven. De brede treden kraakten als in een film. Onze kamer was meteen op de eerste verdieping links.

'Ik ga slapen,' zei ik toen we binnenkwamen. Ik vond het verschrikkelijk, het stonk naar bleekmiddel en op de lamp onder het plafond zaten vette vliegen. Ik ging meteen op een bed in de hoek zitten maar het was alsof ik in een gat viel, zo laag was het. Ongeduldig schopte ik de schoenen van mijn voeten, liet me op mijn zij vallen en sliep meteen in.

Toen ik wakker werd, lag je in een groot bed onder het raam op je zij te snurken. Het licht brandde nog en naast je bed stond een blik bier op het nachtkastje. Ik had geen idee hoe laat het was en waar de badkamer was. Er was een deur achter mij, ik stond op en zo voorzichtig mogelijk ging ik er naartoe. Raak, ook al was de naam overdreven voor een hok met een stinkende toiletpot en een roestige badkuip. Ik kon er net staan. Al mijn bewegingen maakten lawaai. Toen ik gewassen de kamer binnen stapte zat je op je bed met het blik aan je lippen.

'Hoe laat is het?' vroeg ik.

'Het is nog donker.'

Nu pas zag ik dat je een foto van mijn moeder in je andere hand hield.

'Ik wist van de priester dat jij en Nina om half twee naar de kapel zouden komen,' zei je.

Ik begreep dat je nog niet uitgesproken was over haar.

'Dus ben ik kort ervoor naar de kerk gegaan en achter een pilaar gaan zitten... hoewel de kerkelijke ceremonie voor anderen was, niet voor mij. Familie, daar hoorde ik niet meer bij, we waren niet meer samen, ons samenzijn was ontspoord... met name door de kerk, dus wat moest ik hiermee, maar dat wist je vast wel.'

'Nee,' ontkende ik, 'nee, dat wist ik niet.'

'Waarschijnlijk moest ik haar eerst verliezen om erachter te komen dat ik zonder haar niet dezelfde ben.'

'Ik mis haar ook,' zei ik, maar was dat wel zo?

'Terwijl ik daar zo achter die pilaar zat besefte ik ineens dat ze niet alleen de enige ware liefde van mijn leven was, maar... dat ze ook als enige altijd in mij geloofde, in alles wat ik ondernam. Zij gaf me vleugels in mijn leven, alleen vloog ik altijd zonder haar verder.' Je zuchtte.

Ik dacht bij mezelf: een vader is een liefdevolle ouder wiens toewijding naar het gezin gaat. Dat was je niet. Eerder een verwekker, een kostwinner.

'Ik had je net ten doop gehouden toen je moeder me verkondigde dat ze geen seks meer wilde. Twee dochters is genoeg, zei ze. Maar de waarheid was dat een priester volhield dat gebruik van voorbehoedmiddelen een zware zonde in de ogen van God was. Mooie God, dacht ik, maar wat moest ik dan? Ik was vierendertig, man, man, man... Heeft ze je hier nooit over verteld?'

'We praatten nauwelijks met elkaar, als ze dat überhaupt met iemand gedeeld heeft dan is het met Nina.'

Je stond op, ik zag iets nats op je wang, was het een traan of een druppel bier? De deur van de badkamer viel hard in het slot. Toen je slechts in je onderbroek uit de badkamer kwam, was je haar gekamd en had je je opgefrist alsof het al ochtend was. Uit je tas pakte je een zomers overhemd en een korte broek. Zodra je klaar was, kwam je bij me zitten.

'Tina en ik waren geliefden en geen vrienden, daarom ging het mis. De dood... daar gaan we allemaal naartoe. Ik heb hem ook al in de ogen gekeken...' Jouw stem klonk anders. 'Zelfs met de dood kon ik beter vriendschap sluiten dan met je moeder.'

'Pa, praat geen onzin,' onderbrak ik je. 'Wat wil je eigenlijk zeggen?'

Je zat zo dicht bij me dat ik me ineens gepikeerd voelde. 'Ik blijf het bizar vinden, dat niemand van ons je in de kerk heeft gezien. En dat je zomaar de ruimte met de kist binnen kon lopen.'

'Ik heb honger, hier ligt een verpakt brood en wat jam in kuipjes. We kunnen ook naar de ontbijtruimte gaan, daar staat een buffet met alles erop en eraan.'

'Maar hoe laat is het?' Ik zocht met mijn ogen naar de klok.

'Het is tien over zeven,' zei je na een blik op je horloge.

'Wat? Zo laat al? Waarom is het hier nog zo donker?'

Je ging naar het raam en sleutelde aan de sluitingen. Ineens gingen de luiken opzij en een fel licht verblindde me.

Toen we van het ontbijt terugkwamen, stond de kamer nog meer in de zon. Het zou weer een mooie warme dag worden. Ik kreeg zin om naar buiten te gaan, maar jij ging weer aan tafel zitten.

'En hoe ben je daar überhaupt gekomen? Met de auto? Met het vliegtuig? Waar heb je geslapen?' vroeg ik door. Maar zonder dat je een woord zei, wist ik het al. Adele, je was er met Adele. Misschien was ze wel de persoon die je gedwongen had om te komen.

'Was... was Adele met jou in de kerk?'

Je pakte een nieuwe mok, deed er Nescafé-poeder in en goot er water op. Dit keer vroeg je me niet of ik ook iets wilde drinken. Je greep naar je tas die onder de tafel stond en rommelde erin.

'Ga zitten,' beval je.

Ik ging tegenover je zitten om je rechtstreeks in de ogen te kunnen kijken.

'Was ze erbij?'

Je legde een klein fotoalbum op de tafel. Het was vies en versleten.

'Ze is er niet meer, Ev, laat haar gaan.'

'Wat is dat?' Ik gebaarde met mijn kin naar het fotoalbum. Ik verwachtte oude foto's uit Beskidy van jou en moeder.

'Ik was een jochie van dertien,' zei je, 'kijk maar.'

Waarom wisselde je weer van thema? Wat schoot ik hiermee op? Alles naar je eigen hand zetten, daar was je goed in, en je wilde dat ik het voor zoete koek slikte. Ik schoof het van me weg.

'Ik heb je iets gevraagd, ik wil ook over jou en mij praten en wat er allemaal tussen ons gebeurd is, niet in jouw verleden blijven hangen.'

'Doe maar open.' Je schoof het in mijn richting.

Ik begon erin te bladeren. Gezichten, interieurs, straten en landschappen op verbleekte zwart-witfoto's die me niets zeiden. In de vrouwen herkende ik moeder niet. Ik keek naar een tijd die nooit meer terug zou komen. Eén foto trok mijn aandacht, daar bleef ik hangen. Het was een afbeelding van een blonde jongen met kortgeknipt haar en zwarte laarzen. Zijn broek waaierde boven de knieën breed uit. Trots keek hij in de camera. Ik gleed van zijn ogen naar zijn linkerelleboog. Daarboven zat iets wat mijn aandacht trok. Ik moest me voorover-buigen om dichterbij te komen, toen zag ik het pas: een band met een hakenkruis erop.

'Wie is dat?' vroeg ik.

'Deze foto werd in 1943 in Dresden gemaakt nadat ik geslaagd was voor het examen viool. Ik was dertien en mocht nu naar de beste *Musikschule* in Duitsland om fluit en viool te studeren. Deel uit te maken van de 254 trotse leerlingen was voor mij een grote droom. Dankzij mijn muziekleraar, SS-officier Hans Kramer, was de oorlog voor mij een feest. Ineens was alles mogelijk. Mijn ouders dwarsboomden mijn keuze voor muziek, ze wilden me thuis hebben, in Silezië. Maar ik luisterde niet. De behoefte om muziek te leren en te spelen was voor mij sterker dan het onderhouden van familiebanden.'

Het laatste woord hees een rode lap in mijn onderbewustzijn. Met alle kracht onderdrukte ik de behoefte er als een stier op te reageren.

'Ik won de ene muziekprijs na de andere, maar ze wilden er

niets van weten. Hans Kramer was de eerste die toentertijd mijn vertwijfeling opmerkte. Hij zou Silezië verlaten om in Dresden te gaan doceren en vroeg me om mee te gaan. Je kunt je niet voorstellen wat het voor me betekende. Een jaar later wilde hij me adopteren om mijn muziekcarrière mogelijk te maken. Natuurlijk heb ik zonder na te denken ja gezegd. Het *Hitlerjugend*-kamp was mijn bewuste keuze... uit liefde, uit dankbaarheid.'

Nu pas zag ik de gelijkenis tussen jou en de jongen op de foto. Mijn verstand weigerde de informatie op te nemen. Nee. Ik begon te lachen.

'Zeg dat het niet waar is,' hoorde ik mezelf fluisteren.

Wie was je eigenlijk? Een oude man die een fout leven leidde? Een verrader? Een ding stond vast: je probeerde me iets te vertellen, iets goed te maken. Mijn voeten tintelden. Ik bukte me, deed mijn schoenen uit en legde de bevrijde rechterenkel op mijn linkerknie. 'Waarom vertel je me dit nu pas?'

Je zat daar als een standbeeld.

'Wist moeder hiervan?'

Maar je zat daar alleen maar en staarde me aan.

'Wist Nina hiervan?'

Voor het eerst in mijn leven zag ik onzekerheid in je ogen. Je twijfelde, de vraag was: waarover? Over wat je gedaan had of over mij, of ik het zou kunnen aanvaarden?

'Moeder is dood en jij,' ik klapte het fotoalbum dicht, 'en jij... wie ben je in godsnaam?'

'... je bent de eerste en de enige aan wie ik het kan vertellen, vreemd genoeg. Als kind was je onvoorspelbaar voor me, als iemand die in een eigen zeepbel blijft zitten en niet naar buiten wil. Man, wat had ik een hekel aan je... ik kreeg geen grip op je, niet als vader en niet als mens... en toch, als iemand me zou kunnen begrijpen, dan was jij dat. Misschien juist omdat je zo anders bent.'

Je ogen waren koud en kil en tegelijkertijd zag ik er ook vertedering in. Een poging om te glimlachen vervormde jouw smalle, rimpelige lippen. 'Mijn hele leven probeer ik iemand anders te zijn dan ik werkelijk ben, dat zei je goed, een paar dagen geleden. Weet je... ik vond Hitler oprecht goed, wil je weten waarom?'

'Hou op!' riep ik. 'Hou nu op!'

Ik weet niet meer hoe ik de kamer uitliep. Ik stond op de trap, mijn benen wilden niet meer verder. Ik laat me vallen, dan is alles voorbij, dacht ik. Maar ik bleef staan met mijn handpalmen op de houten leuningen links en rechts van de trap. Een stem in mij bleef rustig zeggen: als je nu wegrent, dan sluit je definitief een deur achter je. Ik draaide me om en liep terug naar de kamer, naar jou toe.

Jij zat precies in dezelfde positie aan tafel.

'Gaat het?' vroeg je.

Wat moest ik zeggen?

Je zag de zon niet, je hoorde de koekoek niet roepen, je bleef in je verhaal hangen. De dood van moeder had je ontdaan van de zoete betekenis van de liefde. Nu was je ertoe veroordeeld om te leven zonder haar, of je het nu wilde of niet.

'We hadden het over moeders dood en nu...'

'Ev, iedere innerlijke wens die niet uitkomt is een les over de dood. Deze leerschool begint bij je geboorte, maar het diploma krijg je van je nabestaanden als je er niet meer bent. Dit draag ik al mijn hele leven met me mee, nu weet jij het ook, doe ermee wat je wilt.'

Weg zijn van hier, dat was nu mijn eerste reflex. De zon, de bergen en de wind die nu buiten met de takken speelde brachten me tot bedaren.

'Ik luister, pa.'

'In de nacht van dinsdag 13 op woensdag 14 februari 1945

kwam mijn droom ten einde. Dresden werd die nacht aangevallen. Een luchtaanval. Ik sliep in een slaapzaal met tientallen jongens op het internaat van de muziekschool. Opeens stond Hans bij mijn bed, hij pakte me bij de hand en riep: "*Schnell, schnell!*" Ik kreeg geen tijd om me aan te kleden. Slechts in pyjamabroek rende ik met hem door de gangen, maar ik had het niet koud. Overal waren mensen en vuur. De vlammen vernietigden alles, vrouwen schreeuwden, kinderen huilden. De hand van Hans die me met een ijzersterke vuist vasthield, deed me pijn. Op straat heerste een oorverdovend lawaai van bommen die als hagelstenen om ons heen vielen. Overal stonk het. We wisten niet waar we naartoe moesten. Hans trok me plotseling naar een gebouw toe. We schuilden in een verlaten keuken. "Het is zo over, dan zijn we vrij, mijn zoon," zei hij en hij drukte mijn hoofd tegen zijn borst. Ik hoorde een knal en daarna viel het plafond naar beneden. Een pijnlijke regen van stenen stortte over ons heen. Ik klampte me vast aan Hans' lichaam. Ik wist niet hoe lang we daar zaten, maar toen het stiller werd, durfde ik me als eerste te bewegen. Hans zat roerloos naar de hemel te staren. Op zijn haar, zelfs op zijn lippen en tong, lag stof. Langs zijn oor liep een brede streep bloed. Hij reageerde niet. Hij was... bevrijd. Voor mij stortte de wereld in.'

Ik zag de man in het uniform voor me. Ietwat beschaamd keek ik van je weg. Je vertelde met een monotone stem verder.

'Jaren later kwam ik erachter dat van de 254 muziekschoolleerlingen die in het internaat sliepen slechts vijf overlevenden waren. Ik was een van die vijf.'

Met een draaierig gevoel, alsof ik zou vallen, keek ik weer naar buiten. Mijn huid deed zeer. We zaten hier al een paar uur te praten. Maar je ging maar door, over jouw tocht terug naar Silezië, over jouw ouders en de armoe.

Je praatte maar door, alsof ik er niet was.

13

Vader, 'voor mij blijft Zywiec altijd Saybusch heten,' zei je opnieuw, 'ik heb nooit aan de Poolse namen kunnen wennen. Hans was dood, ik raakte in paniek en rende weg. De mensen schreeuwden, de straat leek op een brandende rivier, op de grond lag van alles: spullen, stenen en mensen. Ik sprong opzij omdat een kleverige gloeiende substantie bijna mijn tenen raakte. Het was warm, wat zeg ik, het was zo heet dat ik geschrokken op de stenen klom. Pas jaren later las ik dat het brandende fosfor was geweest. Niet ver van de school stond toen tijdelijk een circus. Hans had me het weekend daarvoor nog meegenomen naar een voorstelling in de bonte tenten. Nu zag ik een giraf die ik misschien twee dagen geleden nog had bewonderd gillend door de straten rennen. Zijn rug brandde als een fakkel, erachter bezweek een olifant in een plotselinge vuurexplosie. Kleine aapjes sprongen krijsend langs me heen, ze grepen de mensen aan het haar en aan hun schouders om verder te komen. Ik zag het branden op hun staarten en op hun ruggen. Een kind verderop verschroeide in een kinderwagen. De geur van mensenvlees drong in mijn poriën, ik moest braken. Ik holde, wrong me in smalle bochten tussen huizen en mensen en wilde weg van deze hel. Dat ik bleef leven is een wonder...

Uitgeput kwam ik bij de stadsrand aan. De gebouwen leken hier op een reusachtig skelet. Het begon al te schemeren toen ik bleef staan in een kleine straat achter iets wat vroeger een kerk was. Ik maakte mezelf wijs dat de mensen die hier lagen alleen maar sliepen. Ineens had ik het koud, mijn lijf beefde, op mijn pyjamabroek zaten bloedvlekken. Niet ver bij me vandaan lag een jongen met opengesperde ogen, zijn armen waren in een vreemde hoek achter zijn hoofd verdraaid. Hij staarde net zoals Hans naar de hemel. Voor de zekerheid bewoog ik voorzichtig mijn hand voor zijn ogen. Geen reactie. Bang keek ik achter me, maar nog steeds bewoog er niemand. Gebukt raakte ik de jongen aan. Nog nooit had ik een dode aangeraakt. Nou ja, Hans dan, maar dat was anders. Ik keek weer om me heen, ging op mijn hurken zitten en deed de jongen zijn jas uit. Het ging niet makkelijk. Daarna nam ik ook nog zijn broek en zijn colbert. En omdat de straat nog steeds warm was, dacht ik niet aan zijn schoenen, stom als ik was. De honger was het ergste. Ik heb honden gegeten en koeienbloed gedronken, ik heb op een leren riem gekauwd en uit honger mensen bestolen. Over de vierhonderdvijftig kilometer die ik van Dresden naar Swietochlowice, mijn ouderlijk huis in Silezië, te voet ben gegaan, deed ik acht weken en twee dagen. Ik hielp boeren in de varkensstal, of bij de koeien, of bij de groenteman, of bij de bakker. Allemaal eendaagse klusjes, ik kreeg eten in plaats van geld. Geld had toen sowieso geen waarde, ruilhandel was veel meer in trek. Voor een paar eieren kreeg ik toen een stevige jas. Ik werkte een halve dag voor een kom soep of een worst en dan kon ik weer verdergaan. Er waren genoeg dagen waarop ik niet aan eten toekwam omdat ik verder wilde lopen. Het was maart 1945, de Duitsers moordden en plunderden uit angst en vertwijfeling. Het einde van hun overheersing naderde en dat wisten ze. Op een dag beloofde een bakker me niet alleen een flinke tas met brood, melk en kaas maar ook nog een oude fiets als ik een weekje bij hem bleef werken. Ik bleef vooral vanwege de fiets. Ik voelde me al binnen een week thuis. Hij was als een vader voor me en het viel me zwaar om afscheid van hem te nemen. Met het eten stapte ik op de fiets en het lukte me nog dezelfde dag een groot stuk te fietsen. 's Avonds stopte ik aan een bosrand om te eten. Ik had de melkkan op de grond gezet en hapte net in het brood toen er een SS-officier voor me stond. Waar hij zo plotseling vandaan kwam, weet ik niet. Zijn uniform was op zijn linkerschouder donkerrood, hij droeg zo'n muts die driekwart van zijn gezicht bedekte. Toch kon ik wel de open wond tussen zijn lippen en rechteroog zien. Hij kwam voor mij staan en schopte tegen de kan. Ik greep naar de kan om hem weer rechtop te zetten, maar nu schopte hij tegen mijn arm. Jankend van pijn liet ik de kan leeglopen.

'*Du hast das Fahrrad gestohlen!*' riep hij en hij sloeg met de onderkant van zijn geweer op mijn achterhoofd. Ik viel opzij. De officier richtte zijn geweer op mij. De twee zwarte ogen van de loop keken me aan. Ik dacht: zo ziet de dood eruit. Tranen liepen over mijn wangen, ik wilde leven. Ik stotterde dat hij de fiets mocht hebben.

'*Du hast auch das Essen gestohlen, du Schwein!*' Hij kwam nu nog dichterbij met het geweer. Hij schopte een paar keer in mijn maag en maakte me aan het huilen. Ik zag hem door mijn tranen heen wankelend wegfietsen met de tas. Ik heb de tocht ternauwernood overleefd. Toen ik thuiskwam was ik gek van vreugde mijn ouders te zien. De laatste meters rende ik naar de deur, ondanks de hevige pijn in mijn voeten. Mijn moeder deed open, ze stond er met een rood gezicht en keek me secondenlang aan. Het was middag, ze was waarschijnlijk aan het koken. Ineens kreeg ik een harde klap van haar, dan een tweede en een derde, en toen kon ze niet meer stoppen. Ze sloeg me steeds harder en huilde, totdat ik haar handen vastgreep. Ze rukte zich los en ging de keuken in. Mijn pa zat zoals altijd in een grote stoel tussen het fornuis en het keukenraam. Toen hij me zag, stond hij op, hoestte, bleef staan en streelde me over mijn bol, hoewel ik nu groter was dan hij. Zonder een woord te zeggen ging hij naar de woonkamer, opende de zware kastdeur en haalde mijn oude viool tevoorschijn. Ik was ontroerd, hij begrijpt me, dacht ik. Ik wilde de viool uit zijn handen nemen, maar hij wees mijn handen af en liep met het in een lap gewikkelde instrument naar de keuken. Opnieuw moest hij hoesten. Zijn adem leek op een windmachine die in een regelmatig ritme omhoog en omlaag suisde. Zijn hoesten was dit keer langer en erger. Hij ging zitten en gebaarde me naar hem toe te komen. Ik kwam bij hem staan. In volkomen stilte keek hij me in de ogen, alsof hij wachtte totdat ik iets zei. Ik had alles fout gedaan, ik had nooit van huis weg moeten gaan. Ik voelde wel spijt, maar geen angst, niet na de acht weken lopen van Dresden naar huis. Pa hield nu de viool met beide handen omhoog en met een ruk sloeg hij het corpus op zijn knieën. Paf! Mijn boven alles geliefde viool was in een klap dood. Het bloed stolde in mijn aderen. Ik dacht nog aan de viool die ik in Dresden van Hans had gekregen. Was die verbrand of gestolen? Voor het eerst in mijn hele leven zou ik iemand kunnen doodslaan, ook al was het mijn vader. “En nu is het afgelopen met die muziek van je, ik wil je nooit meer zien spelen,” zei vader. Hij sloeg de stukken hout van zijn knieën af alsof het broodkruimels waren. Daarna sloot hij zijn ogen en viel in slaap. Polen, muziek en mijn ouders haatte ik vanaf dat moment met een ongekende hartstocht, alsof ik in een paar seconden een compleet ander persoon was geworden. Wat bezielde me om terug naar mijn ouders te willen? Wat had ik verwacht? En nu wist ik weer hoe weinig ze me de muziek gunden. Maar het was te laat, ik kon de breuk tussen hen en mij niet herstellen. Ouders en onvoorwaardelijke liefde... onzin, zoiets bestaat niet. Sinds die dag kon ik het niet meer opbrengen om ze te respecteren. Later, als volwassen man, was ik vaak verliefd, maar dat heeft niets van het echte gevoel in zich. Verliefd zijn is prettig, maar niet blijvend.

Ook muziek was nooit meer hetzelfde voor mij. De Hitlerjugend, Hans en daarna de breuk met mijn ouders... Mijn moeder verdiende de kost als naaister, vader kon niet meer werken vanwege zijn astma en ik had nog twee zussen thuis die ook moesten eten. Mijn vader besloot al snel dat ik moest gaan werken. Ik moest boeten en dat deed ik, jarenlang. Tot ik Tina ontmoette. Met haar leek de wereld anders, ik leefde op. En ze was gek op muziek, niet zozeer op klassieke muziek maar wel op dans, operette en swing, dus ik deed mijn best om in bigbands te komen. Voor haar, snap je?'

13

Vader, toen ik me gisteren had gehaast om mijn spullen te pakken, schreef ik je nog een kort briefje. In de nacht droomde ik van Adele, zag zij meer in jou? Was je bij haar de echte Hans? Hoeveel gezichten had je? Hoeveel personen was je?

De zeven woorden die ik opgeschreven had: *ik heb tijd nodig, gun me tijd*, zouden jouw gevoel dat ik stiekem was verdwenen uit je hoofd wegwissen.

Ongeduldig tikte ik nog een keer op de telefoon, zeven minuten over half vijf. Voorzichtig, om geen lawaai te maken, bewoog ik me tastend naar de stoel waar mijn kleren op lagen. Je ademde rustig. Langzaam schoof ik mijn benen in de broekspijpen en trok het T-shirt over mijn hoofd. De brief, dacht ik en ik tastte naar het boek van Thomas Mann dat ik aan het lezen was, *Bekenntnisse des Hochstaplers Felix Krull*. Gisteren had ik het briefje tussen de omslag en de eerste bladzijde gelegd, waar was het nu? Ik liet het op tafel achter. De schoenen besloot ik buiten de kamer aan te doen. Heel zachtjes liet ik de deur in het slot vallen en bevroor, ik hoorde je hoesten. Met mijn voorhoofd op de deur sloot ik mijn ogen. Word niet wakker alsjeblieft, bad ik zachtjes. Nog geen minuut later hoorde ik je sloffen op de houten vloer schuifelen. Ik knielde nu op de trap en wachtte af. Misschien ging je alleen naar het toilet. Op hetzelfde moment opende je de kamerdeur.

'Wat ben je aan het doen?' zei je hardop. Je zag de tas meteen.

Ik zweeg.

'Je kunt niet voor jezelf vluchtten, niet als kind en niet als volwassen vrouw. Dat zou je op jouw leeftijd al ontdekt moeten hebben.' Je gaapte en wreef in je ogen.

Ik dacht dat je nu ging schreeuwen en me van alles zou verwijten, maar je bleef rustig.

'Ik heb tijd nodig,' herhaalde ik de woorden van mijn briefje, alsof ik niets anders in mijn hoofd op voorraad had, 'gun me die alsjeblieft.'

Maar je was niet van plan me los te laten. Je ging naast me zitten. Jouw lichaamsgeur herinnerde me aan het moment dat je in het ziekenhuis lag, aan Adele en aan mijn gesprek met haar. Zij kende jouw ochtendgezicht, jouw geuren, jouw lichaam. Ik keek van je weg en voelde mijn gezicht warm worden.

'Het is niet eens vijf uur, wat ben je van plan te doen, Ev?'

'Ik heet niet Ev, en ik heb geen achternaam,' begon ik te mijmeren, 'omdat ik er niet ben, zo voel ik me.'

'Je kunt niet altijd alleen maar willen.' Terwijl je dat zei, gaf je me een paar zachte tikken op mijn vingers.

'Hoe bedoel je?'

'Weet je, op de een of andere manier dacht ik dat je verder met het leven zou zijn, ergens... ja... verder. Misschien heb ik je verkeerd ingeschat, misschien heb ik te lang alles geheim gehouden. Ik was bang om in mijn leven aan de verkeerde kant te staan. Maak niet dezelfde fout als ik, zoek naar wat je raakt, ga de confrontatie aan, dat is de wegwijzer. Je hebt zo veel meer geluk dan ik, je bent na de oorlog geboren, je bent hoogopgeleid, je zou het moeten begrijpen.'

'Een diploma is geen garantie dat je grip op het leven krijgt, pa.'

'Dat zeg je nou wel, maar je zou het moeten weten met zo veel mensen om je heen, met zo veel muziek in je leven, alleen heb je misschien de moed niet.'

'Het voelt alsof ik geen inhoud, geen massa of kleur heb, alsof ik er niet ben. Mijn relaties met mensen kunnen niet wortelen. Soms ben ik te bang, soms juist overmoedig. Over muziek kan ik je alles vertellen, maar hoe ik mijn leven moet organiseren, weet ik niet. Je bent... je was zo ver weg dat ik niet meer het gevoel heb dat ik je dochter ben.'

'Meen je dat?' Je schrok.

'Dat wil zeggen, fysiek klopt het misschien wel, maar mijn substantie vanbinnen is anders dan de jouwe.'

'Gelukkig maar...'

'Nee, ongelukkig maar, snap je dat niet?'

Je keek me aan. 'Waar wil je naartoe?'

'Naar Nina, ze is de waarheid tussen jou en mij, ze staat met beide benen op de grond en ze heeft kinderen. Ze is een uit liefde geboren kind dat niet weet wat ontkenning is.'

'Ho, ho! Nu ga je te ver. We hebben jou dezelfde liefde gegeven, maar je was zo anders.'

'Ik ben een optelsom van jullie mislukte verlangens, dat heb ik ooit al tegen moeder gezegd en dat denk ik nog steeds. Als kind stond ik tussen jouw verlangen naar de muziek en moeders behoefte aan vrijheid. Alles in mijn leven leidde tot een grote strijd omdat jullie niet met elkaar communiceerden, zelfs jullie taal klopte niet – Duits, Pools en Silezisch door elkaar.'

'Ev, je gaat te ver, echt. De verhalen in je hoofd waren altijd al groter dan de werkelijkheid en zo te zien heb je er nog steeds last van. Het ligt veel simpeler, je deed altijd veel te ingewikkeld over alles. Maar weet je wat het is – en dat zeg ik niet omdat ik het allemaal zo goed weet, maar omdat ik je ken: je ontkent vooral jezelf omdat je te veel naar mij of naar moeder kijkt. Je verschuilt je achter boeken of muziek of iemand die autoritair genoeg is. Pas op dat je Nina niet de schuld voor je levenspijn geeft.'

'Levenspijn?'

'Ja, verdomme, je past je aan alles en iedereen aan, daarom heb je "geen massa", zoals je dat zelf noemt. Waar ben je zelf? Waar is je taal? Heb je een taal? Op je derde was je heerlijk eigenwijs, ik bedoel op een gezonde manier. Weet je nog? Je ontdekte de letters. Niets en niemand kon je tegenhouden. Je ademde het alfabet, je beleefde woorden alsof ze films waren, zelfs van het eten maakte je altijd een woord op je bord. En toen heb je de woorden voor muziek verruild en sindsdien ben je de weg kwijt. Hoe meer je studeerde, hoe volgzamer je je gedroeg. Je wilde op mijn viool spelen, je wilde alles wat je niet kon. En op een gegeven moment gedroeg je je alsof iedereen meer recht om te leven had dan jij. Wat heb ik een hekel aan je gedrag gehad. Op het conservatorium had je alleen nog maar angsten. Angst om vals te spelen, om buiten het elitaire bootje te vallen, om fout ingeschat te worden, om door de mand te vallen, terwijl je alles bereikt heb. Angst vreet je eigen wil op, en dat doet het nog steeds.'

'Wat heeft dit met levenspijn te maken?'

Je ging met je vingers door je haar. Nu kreeg ik een hoestbui. Ik stond op en ging naar de kamer om een glas water te halen. De pijn concentreerde zich op dit moment in mijn hoofd, ik hoopte een paracetamol in mijn handtas te vinden. Toen ik de badkamer verliet, zat je in de kamer. Het licht boven de tafel brandde, mijn tas stond naast de stoel waar je op zat.

'Neem het leven een keer zoals het is, Ev. Ga niet alles eeuwig in twijfel trekken en ga je alsjeblieft niet langer met muziek verdoven. Al je energie stop je in nadenken, overdenken en bedenken. Hoe meer liefde je van ons kreeg, hoe krampachtiger je werd uit angst hem weer kwijt te raken of het met minder te moeten te doen. Totdat de pijn van teleurstelling, afwijzing, eenzaamheid, niet gezien worden, niet gekregen hebben wat je nodig had, je leven beheerste. Je loopt steeds weg, van huis, van je partners, van scholen, van Duitsland naar Nederland en nu weer van mij.'

'Zie je dat zo? En mijn altviool? En mijn goede cijfers? En mijn successen?'

'Welke successen? Alles wat je noemt was het idee van iemand anders over jezelf volgen. Nooit iets wat uit jezelf kwam. Iemand zei dat de altviool beter bij je paste, en huppakee: je switchte, iemand zei dat je in Krakau moest studeren en je volgde, moet ik doorgaan?'

Jouw woordkeus, jouw gretigheid om nu ter plekke mijn leven vlot te trekken, jouw houding verbaasde me. Iemand bang voor niemand, dacht ik ineens. In een kamer waar jij en moeder ooit gelukkig waren, gaf je mij je levenslessen door. Alsof de plek je herinnerde aan andere eigenschappen die in je schuilgingen.

'Alles wat je doet, Ev, is omdat "iemand anders dat belangrijk of beter vindt", niet jij.' Je stem klonk laag en rustig. 'Stop met het bedenken van dreigingen, met een "ja, maar". De muziek heb je al gevonden. Ga de taal in jezelf zoeken, daar ben je goed in. Als je die vindt, vind je jezelf.'

Ik werd stil. Wat kletste je nou toch? Welke taal? Nederlands? Dat was onmogelijk te leren. Ik zou het nooit redden om in deze taal te denken en te schrijven.

Je stond op en liep naar de deur. 'Red je de bus nog?'

'Muziek maakt mijn leven makkelijk. Van het geld dat ik als musicus verdien kan ik een huis betalen, een auto kopen of op vakantie gaan. Hoe meer ruis ik produceer, hoe meer prikkelingen ik in de muziek opzoek, des te minder hoef ik te zijn. Hebben is ook een vorm van bestaan,' zei ik maar.

'Hebben is ook angst... en afleiding. Gevaarlijk, zeker als het leven vastgelopen lijkt te zijn. Als je de vrees weet kwijt te raken, ben je pas vrij,' zei je.

Ik wilde weg. En terwijl ik dat besefte, vroeg ik me af of vluchten een reactie op angst was. Maar kon ik van mijzelf vluchten? Ik moest erover praten, mijn angst riep ineens vele vragen op. De enige persoon met wie ik hierover kon praten was mijn zus.

'Breng je me naar Katowice? Naar Nina?'

En toen je knikte, begreep ik weer niet waarom ik het je gevraagd had.

20

Henriëtta's Moleskine wordt algauw een toevluchtsoord voor Ev. Het Nederlands werkt als medium om verouderde gemoedspatronen te transformeren in kracht. Ze staat er vroeg voor op en onderbreekt het schrijven slechts om te eten, te slapen en te spelen. Ineens zijn de dagelijkse plichten een afleiding van de kern: het opschrijven van haar drijfveren uit het verleden. Lucht stroomt in haar longen en er heerst weer rust in haar hoofd. Haar pen glijdt over het papier wanneer Floris binnenkomt.

'Ben je weer bezig?'

Ev knikt, Floris glimlacht.

'Het is nog geen vijf uur... ben je nu al thuis?'

Floris gaat op tafel zitten en legt zijn hand op haar schouder.

'Is er iets?' vraagt Ev.

'De situatie met Bo zit me dwars.'

Ev zegt niets, ze dacht dat Floris en Bo kort geleden een goed gesprek hadden gehad.

'Vanochtend had ik hem aan de telefoon. Hij zei dat hij twijfelde tussen Amsterdam en Rotterdam.'

'Om te wonen of...? Wat bedoel je precies?'

Floris vouwt zijn handen voor zijn borst. 'Het zou niet goed zijn als hij hier komt wonen, Ev, dat weet je zelf ook.'

Ev legt haar pen neer en schuift het opschrijfboekje van zich af. Ze voelt zich schuldig, ze heeft na hun laatste gesprek niet gevraagd hoe het was afgelopen. Ze hoopte dat Floris er zelf mee zou komen. Maar dat deed hij niet. Door het schrijven is ze de wereld vergeten.

'Kom, we gaan wat drinken.'

'Ik trek een fles open,' zegt Floris.

Hij ziet er moe uit, door zijn matte huid en vermoeide gezicht lijkt hij ouder.

'Ik dacht dat het bij het laatste gesprek goed gekomen was tussen jullie.'

'Ik weet het niet.' Floris schenkt rode wijn in de glazen op de lage tafel bij de sofa. Fjodor springt meteen op Evs schoot.

'Pak je ook nog mineraalwater voor mij?' vraagt Ev.

Floris staat meteen op, loopt naar de keuken en komt met twee glazen en een fles water terug.

Floris begint meteen weer over zijn werk. Fjodor verplaatst zich en gaat tussen hen in zitten. Ev wacht tot hij zijn verhaal afgemaakt heeft, trekt haar knieën op en draait zich naar hem toe. 'En Bo?'

Floris zucht. 'Ik heb geen grip op hem.'

'Maar moet dat dan?'

'Ik weet echt niet wat ik met die jongen moet.'

'Misschien is het beter in gesprek te blijven dan je met hem te bemoeien.' Ev neemt een slok, maar zet het glas niet op tafel terug. Mag ze dat zomaar tegen een vader zeggen? 'Weet je wat Helga zei? Dat je alleen maar invloed op Bo wilt uitoefenen. Maar volgens mij hoeft dat helemaal...'

'Praat je met de hele wereld over mij en mijn zoon?' onderbreekt Floris haar. Hij buigt voorover. 'Toen Bo geboren werd ging alles mis tussen mijn ex en mij. Ik ben wel de vader, maar ze heeft me niet eens het ouderlijk gezag gegund. Begrijp je? Ik ben buiten alle beslissingen gehouden. Ze heeft alles zelf bepaald wat hem betreft. School, sport, alles. En dan vertelt ze Bo ook nog dat ik geen belangstelling voor hem heb. Dat doet nog steeds pijn als ik eraan terugdenk.'

Ev wil zeggen dat hij juist vooruit moet kijken, maar haar stembanden zijn nog te gevoelig na het longfunctieonderzoek vanochtend en ze begint te kuchen. Dat heeft ze Floris nog niet verteld. Later, niet nu, ze neemt nog een slok wijn en onderdrukt het hoesten.

'Alles wat ik als vader deed heeft ze altijd belachelijk gemaakt en veroordeeld.'

'Mensen oordelen als ze niet kunnen nadenken,' zegt Ev.

'Wat?'

'Dat heb ik ooit gelezen, een theorie van Carl Jung. Nadenken om eerlijk tot je overtuigingen te komen dwingt je buiten de gebaande paden te treden. Oordelen is erg makkelijk, je zegt je mening en klaar, je bent er vanaf.'

'Het is natuurlijk te simpel om mijn ex de schuld te geven, maar ik laat haar in haar waarde. Heb ik altijd geprobeerd, hoe moeilijk het ook voelde. Ze is zijn moeder, denk ik dan, ik ga niet met modder gooien als Bo erbij zit.'

Als Floris zijn positie verandert, springt Fjodor van de bank.

'Door haar heeft Bo geen vertrouwen in mij.'

'Ik weet niet of je dat zo kunt zeggen. En je kunt juist nu beginnen zijn vertrouwen terug te winnen.'

'Tijdens ons gesprek hier aan tafel, toen je al weg was, vertelde hij over zijn moeder. Heel eerlijk.'

'Wat zei hij dan precies?'

'Dat ze hem waarschuwde voor mij, dat hij niets aan me zou hebben, dat soort dingen.'

Ev krimpt in elkaar, dat zijn zware woorden uit de mond van een kind tegenover zijn ouder. Floris heeft zeker mindere kanten, maar dit verdient hij niet. Zijn loyaliteit en oprechtheid bewijst hij iedere dag opnieuw in alles wat hij doet. Dat hij tegenover zijn zoon anders zou handelen, gelooft Ev niet.

Ze zet de wijn terug op de tafel en grijpt naar het glas water. Haar longen spelen haar parten, ze moet opnieuw hoesten.

'Mag ik muziek opzetten?' Floris staat op.

Hij kiest voor *Das Paradies und die Peri* van Robert Schumann. Een tijdje luisteren ze naar de vallende melodie van de violen en als de lage strijkers met hun eigen thema beginnen, vullen de blazers de harmonie op. Dan begint de sopraan in het Duits te zingen. Ev denkt meteen aan het orkest, aan haar werk. Het lijkt alsof het nu verder van haar af staat, ze kan genietend luisteren, zonder te veel emoties.

'"Het eeuwige verlangen naar het paradijs maakte van Robert een dromer,"' leest Floris uit het cd-hoesje voor, '"als zoon van een uitgever en een boekhandelaar kreeg hij..."'

'Dat klinkt zo verheven, maar Schumann was gewoon een mens, een kind, een puber enzovoort,' onderbreekt Ev hem. 'Als jongeman was hij gefascineerd door Paganini, hij wilde dezelfde capriolen uithalen als de Italiaan, maar dan op zijn piano.'

'Maar hier staat dat hij ook rechtswetenschappen heeft gestudeerd. Zie je?'

'Alleen maar omdat zijn vader was overleden heeft zijn moeder, op advies van een jurist die de familiezaken beheerde, hem naar deze opleiding gestuurd. Hij had geen keus, hij moest doen wat hem gezegd werd. Maar toen Robert Paganini's concert bezocht had, kon hij niet anders dan voor de muziek kiezen,' zegt Ev, ze moet even giechelen. 'Grappig, ik moet even aan Bo denken. Maar serieus, denk je nu echt dat Bo jouw eigen bedrijf ooit zou kunnen overnemen?'

'Dat is het niet, maar ik kan me gewoon niet voorstellen dat hij als jazzmuzikant een fatsoenlijk leven kan leiden. Of vergis ik me zo erg?'

Ev raapt al haar moed bij elkaar. 'Waar ben je bang voor? Wat zou er gebeuren als je Bo wel het vertrouwen geeft hem het pad te laten volgen dat voor hem belangrijk is?'

'Makkelijker gezegd dan gedaan,' antwoordt Floris.

'Bo wil iets doen wat bij hem past.'

'Dat is cliché en het klopt ook niet helemaal,' zegt Floris meteen. 'Ik had hem meer aandacht moeten geven. Dat hij in het ziekenhuis terechtgekomen is, had niet hoeven gebeuren.'

Ev laat hem praten.

'Wist jij dat hij die ene avond voor geld gespeeld heeft?'

Ze verstijft, dat wist ze wel.

'... om zijn schulden aan zijn leraar af te betalen. Hij wil mijn geld niet.'

'Hij wilde het niet vragen, maar als je er zelf mee komt...'

Floris zegt niets meer, de muziek neemt hun gesprek weer over. De zingende stemmen stijgen, het orkest speelt *forte*, de culminatie lijkt nabij.

'Telkens opnieuw naar een hoger doel, dat kan ik niet, niet meer,' zegt Floris. Hij lijkt afwezig. 'Ik kan niet na al die jaren een vader spelen die ik nooit was. Eerst was ik een vijand, tenminste, dat maakte mijn ex van me, en nu moet ik ineens een geldautomaat zijn voor mijn zoon. Waar is de rest?'

Ev weet even niet wat ze moet zeggen.

'Jij vindt dat ik mee moet gaan in zijn wens om de opleiding aan het conservatorium te volgen. En als het niets wordt?'

'Dan komt hij er zelf achter, vertrouw daarop, hij is goed bezig.'

'Hij doet maar wat. Jij bent de enige die hem steunt en zo veel aandacht geeft, daarom houdt-ie je voor de gek. Voor jou lijkt het belangrijker te zijn dan voor hem. Ik snap het ook best, je worstelt zelf met je baan. Bo's ambities komen in je straatje van pas, als bewijs, dat muziek zin heeft, iets voorstelt.'

Ev slaat haar glas wijn in een keer achterover. 'Heb je hem dat gezegd?'

'Zeepbel, Ev, hij leeft in zijn eigen zeepbel.'

21

Vaders oude handen, al jaren geplaagd door vitiligo, glijden langs Adeles rug. Ev kan niet anders dan aan moeder denken. Waarom heeft hij haar nooit zo ontspannen op de wang gekust? De mensen om haar heen lachen, klinken de glazen en praten hard. Te hard. Het is Evs eigen tuin, maar ze voelt zich vreemd. Ze hoort hier niet bij en toch was het haar eigen idee, haar poging om de strijdbijl tussen haar en vader te begraven. Vandaag is hij tachtig geworden. Het is net een film waarin vader de hoofdrol speelt. Met zijn witte linnen pak, een blauw overhemd eronder en de kekke stetson, straalt hij zelfverzekerdheid uit. Deze klassieker stond voor Ev symbool voor vader, zijn onafhankelijkheid en individualiteit. Alle stetsonproducten zijn trouw aan het motto: 'Maak dingen het beste wat ze kunnen zijn'.

Is dit het geheim van haar vader? Haalde hij altijd het beste uit de situaties waarin hij terechtkwam?

Hij kijkt naar haar, ze probeert meteen te glimlachen. Ook vandaag kost het haar moeite. Voor een paar seconden lijken haar vader en zij alleen op de wereld. Wat betekent ze voor hem? Vrienden zijn ze nooit geweest. Zijn glimlach verdwijnt alsof hij haar gedachten kan lezen.

'De tafel ziet er fantastisch uit, Ev.' Een vrouwelijke stem achter haar leidt haar af, ze draait zich om. Het eerste wat haar opvalt is een dikke laag foundation op het gezicht van de vreemde. Nu verschijnen twee diepe rimpels rondom haar mond waar de gezichtsplamuur breekt. Haar lippen lijken uit honderden verticale strepen te bestaan, ze laten donkerrode strepen achter op haar voortanden na ieder woord.

'Dank je,' antwoordt Ev. Snel verplaatst ze haar blik naar de vrolijke zomerse boeketten die op de uiteinden van de tafel staan.

'Dat is Nina's werk, de bloemen zijn haar compositie,' zegt Ev voordat de vrouw verder praat.

'Welke Nina?'

'Mijn zus, ze zit daar.'

De vrouw kijkt, slaakt een kreet en loopt naar haar toe. Ze lijken elkaar toch te kennen.

Ev blijft alleen achter, ze zoekt vader weer op, maar hij zit met een oudere man te praten. Ze heeft het verjaardagfeest hier georganiseerd om zichzelf ervan te overtuigen dat ze boven het verleden staat. Vaders vluchtige blik maakt haar zenuwachtig. Ze schaamt zich bij de gedachte dat hij het zweet op haar bovenlip opgemerkt heeft. Heeft ze het toch gedaan om hem te *pleasen*? Floris komt achter haar staan. Zodra hij zijn handen op haar schouders legt, voelt ze dat hij in gedachten met de situatie rond Bo worstelt. Als ze met haar hoofd tegen hem aan wil leunen, loopt Floris alweer weg. Iemand vraagt om nog een glas bubbels.

'Het is feest, Ev.' Nina komt naar haar toe en zegt lachend: 'Wat zit je hier alleen.' Ze bukt zich en fluistert ineens: 'Stel je voor dat iedereen de uitnodiging aangenomen zou hebben, dan zou het hier heel krap worden.'

'Vader had helemaal geen twintig gasten uitgenodigd,' zegt Ev.

'O, weet je dat zeker? Ik heb zijn lijst gezien, er stonden echt twintig namen op.'

'Ja, maar zes mensen heeft Adele achter vaders rug opgeschreven.'

'Hoe weet je dat?'

'Gewoon, ik heb hem gevraagd wie dat allemaal waren en toen vertelde hij dat Adele nog anderen wilde uitnodigen, allemaal mensen die hij niet kende. Nou, het was me meteen duidelijk dat Adele gelogen heeft wie op de gastenlijst...'

'Ev, begin nu niet weer gif te spuien. Of je het graag gedaan hebt of niet, het is nu te laat. Ze zijn er allemaal.' Nina staat op en loopt een paar passen terug. 'Zolang Adele bij hem is, hoeven we ons geen zorgen te maken.' Nina bedoelt het goed, dat beseft Ev heus wel.

Een hard geluid onderbreekt hun gesprek, ze kijken alle twee naar de plek waar het lawaai vandaan kwam. Er ligt een vrouw op de grond. Nina schiet meteen te hulp. De oude klapstoel heeft het onder haar gewicht begeven. Gelukkig lacht ze en ze wappert met haar handen.

'Niets aan de hand,' roept Nina om de anderen gerust te stellen.

'Wanneer heb je die stoelen voor het laatst gebruikt?' Vaders stem klinkt verwijtend. Hij draait zich naar het slachtoffer, die nu de slappe lach krijgt. 'Excuses voor mijn dochter.'

Ev kijkt hoe hij op zijn knieën zakt en de dikke vrouw helpt omhoog te komen. Het gaat niet helemaal soepel. Allemaal lachen ze, behalve Ev.

'Net slapstick,' hoort ze Floris zeggen.

'Ik had nooit gedacht dat ik nog op mijn tachtigste voor een vrouw op de knieën zou vallen.' Vader geniet van de aandacht.

'Genoeg.' Adele staat op en reikt de vrouw de hand. 'Hop, hop, er is gelukkig niets gebeurd.'

Maar de vrouw kiest de armen van vader, ze laat zich door hem omarmen en het duurt nog even voordat ze weer op haar benen staat.

'Nou, nou, wat is dat voor een komedie.'

Op een vreemde manier stelt Adeles aanval van jaloezie haar gerust. Ze is niet de enige die de situatie niet grappig vindt. Terwijl allen rond het slachtoffer en vader blijven staan, grijpt Ev een schoon glas en schenkt voor zichzelf een prosecco in. Een lichte bries speelt met de hoeken van de witte lakens, ze controleert de drie mandjes brood en bakjes olijven en telt het bestek naast de borden. Bij twee borden ontbreken vorken, de vliegen draaien rondjes om het brood. Ev mept ernaar met haar hand en gaat terug naar de keuken om extra vorken te pakken.

'Gaat alles goed?' Floris is weer bij haar. Ze wil hem dezelfde vraag stellen, maar ze knikt alleen maar.

'Ik ben trots op je, het is zo goed dat je dit doet, echt.' Floris omarmt haar even.

'Waarom zeg je dat?'

'Omdat ik je ken, je twijfelt.'

Ze zegt niets.

'En wie weet hoe zijn wereld er over een jaar uitziet?' gaat hij door.

'Zal ik nog flessen water uit de keuken halen? Wanneer wil je met het eten beginnen?'

'Als ze allemaal zover zijn,' verzucht Ev en ze bevrijdt zich van zijn handen. Als ze weer alleen is, denkt ze aan haar werk, aan schrijven en aan muziek.

Over drie dagen heeft Ev een gesprek met Kees, ze weet niet wat ze te horen zal krijgen. De laatste dagen van het seizoen in de studio waren dramatisch. Ev heeft haar lotgenoten huilend de deur van Kees uit zien komen. Hun familie stond buiten te wachten. Meer dan vijftig mensen zijn al ontslagen. De rest van haar collega's heeft al vakantie.

Het liefst zou ze nu haar Moleskine willen pakken en gaan

schrijven. Haar vader zal nooit veranderen, maar zij kan het wel, haar hart volgen, haar leven zin en de muziek een juiste plek geven. De uren die ze nu schrijvend doorbrengt worden steeds belangrijker voor haar. Maar wat brengt de toekomst? Ze kan toch niet van schrijven de hypotheek betalen?

'Niet doen, schat, niet piekeren.' Floris is weer bij haar. 'Blijf in het hier en nu, bij wat er is, weet je nog?'

Adele loopt op hen af. Ev draait zich naar hem toe en zegt vlug: 'Ja, ik ben hier!' Adele komt nu dicht bij haar staan.

'Kijk, het *Geburtstagskind* gaat eindelijk zitten.' Ze wijst naar de tuindeur. 'Soms is hij inderdaad net een kind. Nee, erger, een puber.'

'Dan kunnen we met de lunch beginnen.' Ev doet een stap opzij. Maar Adele grijpt haar snel bij haar elleboog.

'Wat ontzettend goed van je dat je zijn feest bij je thuis organiseert, je hebt me echt verrast!' Haar stem is schor. Déjà vu, denkt Ev, en ze schudt haar hoofd.

'En mijn vader? Was hij ook verrast? Daar ging het me meer om.'

'Laat ik het maar zeggen, hij had het wel van je verwacht, maar niet hier.'

'Dat ik zijn feest zou organiseren? Dat hoor ik voor het eerst.'

'Hij heeft Nina verboden dingen te ondernemen, hij wilde dat het van jou kwam.'

'Je overdrijft.' Ev wijst haar de weg naar buiten. Daarna roept ze: 'We gaan beginnen!'

'Wat wonen jullie mooi,' prevelt Adele en ze blijft bij haar staan.

'Ga maar zitten alsjeblieft.' Ev staat op het punt zich om te draaien, maar Adele gaat op haar tenen staan en fluistert ineens in haar oor: 'Als je het echt wilt weten, hij was wel woedend dat zijn feest niet in Polen plaatsvond. Begrijp je?'

'Nee, dat begrijp ik niet.' Ev deinst terug.

'Kind toch, hij heeft niets met Nederland. Hoe vaak komt hij hier? Ik kon hem pas na urenlang praten overtuigen. Je hebt het aan mij te danken dat hij hier vandaag is. En je ziet, het is een perfecte dag aan het worden!'

De gasten nemen langzaam plaats aan tafel. Een paar nieuwsgierigen kijken in de richting van de geopende deuren van de keuken.

'Deze dag is iets tussen vader en mij,' zegt Ev scherp, 'je moet misschien niet alles vertellen waar jullie het thuis over hebben.' Ev denkt aan hun laatste ontmoeting in het café in Essen. Adele bestaat voor Ev bij de gratie van vader. Niet meer en niet minder. Ze legt haar handen op de broze schouder van de oude vrouw en duwt haar zachtjes de keuken in.

'Het botert nog steeds niet goed tussen jullie, hè?' sist Adele en ze bevrijdt zich met een ruk uit Evs handen. 'Dat komt nooit meer goed, dat weet je net zo goed als ik.'

Evs telefoon gaat af, maar ze kijkt nog steeds recht in Adeles ogen. Ze kan de triomf in haar blik niet plaatsen.

'Ev, telefoon,' hoort ze Floris roepen.

'Ja, ik bel later terug.' Ze laat de mobiel rinkelen en loopt weg uit de keuken.

'Alles klaar? Zullen we gaan eten?' roept ze, en ze klapt in haar handen.

Het woord 'eten' zet iedereen in beweging. Vader lacht om iets wat de vrouw met de lippenstiftstrepen op haar tanden zegt.

'Is er nog wijn?' vraagt een andere vrouw. Ev zoekt Floris op. Hij staat in de keuken met de telefoon aan zijn oor. Met haar telefoon. Praat hij met Bo? Ze loopt langs hem heen naar de koelkast. De flessen wijn zijn niet geopend. Waar is de kurkentrekker?

‘Ev.’ Floris staat bij haar. ‘Het is... het is Annemiek.’

‘Ik zei toch dat ik later terugbel?’

‘Alsjeblieft.’ Floris’ gezicht staat ernstig.

Ev drukt hem de fles in zijn handen en neemt de telefoon over. Ze kan niet begrijpen wat ze hoort. Haar huisarts vraagt of het een familiekwaal is, ze leest meteen de uitslag voor.

‘... waarbij meerdere celtypen een rol spelen, voornamelijk mestcellen, eosinofielen en T-lymfocyten.’

‘Annemiek, ik kan je niet volgen.’

‘Ik heb het over de druk op je borst, benauwdheid, beperking van luchtstroom – herkenbaar? Ev, je hebt een ver gevorderde astma, of noem het maar meteen COPD. Is er iemand in je familie aan een longziekte overleden?’

Ev begint meteen te kuchen.

Een half uurtje later staat Nina in de tuin en ze tikt met een lepel tegen een glas. Ze begint met haar verjaardagsrede, spreekt pa toe en verklapt meteen dat ze voor vandaag samen gekookt hebben: alle vijf de gangen zijn de lievelingsgerechten van vader. Als ze over vaders droom vertelt, een dagje Amsterdam, verraadt ze de verrassing. Nina gaat door over een bed and breakfast, die niet alleen voor vader maar ook voor de gasten een verrassing is, als hij aanstalten maakt om op te staan. Terwijl Nina verder praat, loopt hij met de wijsvinger op zijn lippen naar Ev toe.

‘De kleine kamer, waar is die ook alweer?’ vraagt hij zachtjes.

Ev ziet hoe Nina ongemakkelijk naar ze kijkt. De toespraak was voor hem bedoeld.

Ev schudt radeloos met haar hoofd en gebaart Nina door te gaan. Vervolgens gaat ze achter vader aan het huis binnen.

‘Tachtig, wie had dat gedacht. Iedere dag als ik wakker

word lach ik, het is een geschenk, God geeft me nog een dag,' zegt hij. 'Moet je Nina niet helpen? Ze doet altijd alles alleen.'

Hij trekt de deur van de wc open, maar blijft nog even staan. 'Kijk, dat had ik echt niet van je verwacht.'

'Wat?'

'Nou, dit... mijn verjaardag hier te vieren.'

Zijn ogen zijn vochtig, maar Ev weet dat het niets met ontroering te maken heeft.

'Ik wil je al de hele tijd zeggen dat...'

'Ja?'

'... Mijn werk... het orkest... het loopt niet zoals het zou moeten. Mogelijk verlies ik mijn baan.' Wanneer ze dat zegt, beseft ze dat het niet meer helemaal klopt. Gisteren hoorde ze van Kees dat er nieuwe ontwikkelingen waren. Hij wil haar volgende week spreken. Hij lachte toen hij dat zei.

'En er is nog iets. Ze schraapt haar keel, ze is vastbesloten hem over de Moleskine te vertellen. 'Ik wil eindelijk... ik wilde nooit alleen maar musicus zijn, ik bedoel, natuurlijk ben ik blij dat ik altvioliste ben, maar...'

Ze valt stil en ziet hoe vader met zijn ogen knippert.

'Waarom ben je het dan toch geworden? Niemand heeft je gedwongen. Wat heb ik hiermee te maken?'

'Ja... je weet toch dat ik altijd met mijn neus in de boeken zat... '

'Ja, en je hebt er nooit iets mee gedaan. Dat heeft me ook verbaasd,' onderbreekt hij haar ongeduldig. Weet je, op mijn leeftijd is het wachten, iedere dag opnieuw wachten op iets wat niet komt, niet meer... ' Hij schudt zijn hoofd. 'Hier mijn verjaardag vieren, dat slaat echt nergens op. Je hebt het niet voor mij gedaan, maar voor jezelf, dat weet je net zo goed als ik. En ik moet je daarvoor dankbaar zijn.'

'Je hebt net nog iets anders gezegd... en nee, ik heb het niet voor mijzelf gedaan. Wel is dat de enige manier om jou naar Nederland te krijgen,' zegt ze snel en ze raakt buiten adem. Vader begint ook te hoesten.

'Naar Nina,' gaat ze door, 'ga je negenhonderd kilometer rijden *ohne mit der Wimper zu zucken*, maar de tweehonderd kilometer naar mij zijn je te ver.'

Hij kijkt op alsof hij haar voor het eerst ziet. Hij wil iets zeggen, maar dat laat ze niet toe.

'En trouwens, ik ben bezig alles op te schrijven. Misschien kunnen we daarover praten, alsjeblieft?'

Wat is ze in vredesnaam aan het doen? Dat hoeft niet meer, bedelen en als een klein meisje met hem praten.

Hij kijkt nu helder naar haar. 'Waarover? Wat wil je nog van me horen? Je bent een volwassen vrouw en je hebt je altijd weten te redden. Wat draag ik nog bij? En trouwens, als je alles opschrijft dan kan ik het straks toch ook gewoon lezen?' Hij laat haar staan en loopt naar binnen.

Dat ze in het Nederlands schrijft, zegt ze niet. Dat het brieven aan hem zijn vertelt ze hem ook niet. Ze weet nu dat het er niet toe doet. Door het luide gelach van de gasten beseft ze dat ze terug moet naar Nina. Opgelucht loopt ze terug naar de tuin. Ze doet de deur achter zich dicht.

Nawoord

Alle personages in deze roman zijn verzonnen. De vader van de schrijfster en zijn leven stonden model voor het verhaal van Evs vader. De recente bezuinigingen binnen de Stichting Omroep Muziek in Hilversum zijn een inspiratiebron geweest voor dit fictieve verhaal.

Dankwoord

Meer dan wie ook dank ik mijn man Antoine van Opbergen voor zijn onvermoeibare geloof in mij als persoon en in mijn ambitie voor het schrijverschap, voor zijn steun en begrip voor alles wat dit schrijfproces tijdens de afgelopen jaren van me vroeg.

Ik dank mijn ouders (post mortem) en vooral mijn zus Janina Szyler voor haar aanwezigheid, haar belangstelling en haar familieverhalen over vroeger, ook al heb ik het boek geschreven in een taal die ze niet kan begrijpen.

Ik wil Christiaan Weijts van harte bedanken voor het geloof in mij en de manier waarop hij me inspireerde. Dankzij zijn scherpe opmerkingen en langdurige begeleiding heb ik de juiste weg kunnen vinden. Hij is de geestelijke 'vader' van de vorm van deze roman.

Op zoek naar de juiste formulering heeft Marjolijn Oonk me enorm geholpen. Wat ooit een onbewaakt ogenblik van haar was ('Ik wil je teksten graag nakijken') is een riskante onderneming geworden: ze stond me sindsdien al die jaren (dag en nacht) bij. Zonder haar geduld, haar kennis van de Nederlandse taal, zonder haar uitstekende taalgevoel, haar enthousiasme en onze vriendschap zou dit boek niet mogelijk zijn geweest.

Ik dank Marianne Schönbach voor het warme onthaal als schrijver in haar Amsterdamse Literary Agency. Samenwerken met haar voelt alsof we al heel lang bevriend zijn. Zonder haar zou de weg naar deze uitgave onmogelijk zijn geweest.

Ik dank alle medewerkers van uitgeverij Meulenhoff die aan mijn boek gewerkt hebben.

In het bijzonder Suzanne Aben, die me als schrijver ontdekte, en Sterre Houweling, die dit boek de fysieke uitstraling gaf en alles wat daarmee samenhangt.

Uit het diepst van mijn hart dank ik Ilse Delaere. Ze gaf vaart aan mijn schrijfproces en wist mijn focus te versterken door alle fasen van het schrijven heen.

Ik dank iedereen die mij op zijn eigen wijze begeleid heeft bij het schrijfproces, vaak met een ruimhartigheid die het noodzakelijke ver te boven ging: Hedwig van Lier, Ella Broekstra, Janet Stada, Els Maas, Marjolijn Bierens, Arie van den Berg, George Moorman, Willem Jan Otten, Ernest en Henryk Rajtor, Frits Wagenvoorde, Ellen Versney, mijn bijzonder hartelijke collega's van de altvioolgroep van het Radio Filharmonisch Orkest en al mijn dierbare vrienden.